미야모토 무사시 4

불패의 검성劍聖

미야모토 무사시 4
바람風의 장

초판 1쇄 발행	2015년 1월 20일
초판 5쇄 발행	2019년 4월 30일

지은이	요시카와 에이지
옮긴이	강성욱
펴낸이	한승수
펴낸곳	문예춘추사
편 집	신주식 고은정
마케팅	심지훈
디자인	오성민

등록번호	제300-1994-16
등록일자	1994년 1월 24일
주 소	서울특별시 마포구 연남동 565-15 지남빌딩 309호
전 화	02 338 0084
팩 스	02 338 0087
블로그	moonchusa.blog.me
E-mail	moonchusa@naver.com

ISBN	978-89-7604-213-2 04830
	978-89-7604-209-5 04830(전 10권)

*책값은 뒤표지에 있습니다.
*잘못된 책은 구입처에서 교환해 드립니다.

不敗의 劍聖

미야모토 무사시

4扁
바람의 장

요시카와 에이지吉川英治 지음
강성욱 옮김

문예춘추사

바람의 장

미소

아케미는 설맞이 머리치장은커녕 흐트러진 옷차림에 맨발이었다.

"아니?"

무사시는 눈을 크게 뜨고 별 의미 없이 그렇게 외쳤다. 어디서 본 듯했지만 누구인지 생각이 나지 않았다. 하지만 그녀는 달랐다. 자신만큼은 아니지만 무사시도 그 몇 분의 일이라도 자신을 생각하고 있었으리라 믿고 있었다. 몇 년 동안 아케미는 혼자 그렇게 믿어 왔다.

"나예요, 다케조 님. 아니 무사시 님!"

아케미는 치맛자락에서 찢은 붉은 천 조각을 손에 들고 조심조심 다가왔다.

"눈이 어떻게 됐나요? 손으로 비비면 더 나빠질 테니 이것으로 닦으세요."

무사시는 아무 말 없이 호의를 받아들였다. 붉은 천 조각으로 한쪽 눈을 누른 채 아케미의 얼굴을 찬찬히 바라보았다.

"잊으셨나요?"

"……."

"나를."

"……."

"나를요."

아무 반응이 없는 상대의 무표정한 얼굴을 보자 아케미가 품어 왔던 절실한 마음에 불현듯 불안감이 차올랐다. 상처투성이가 된 영혼이지만 이것만은 확실하다고 부여잡고 있던 것이 저 혼자 만들어 낸 환상에 지나지 않았다는 사실을 깨닫게 된 순간, 가슴 한구석에서 핏덩이 같은 것이 솟구쳐 올랐다.

"흐흑."

아케미는 입 밖으로 터져 나오는 오열을 양손으로 감싸며 어깨를 떨고 있었다.

"아아!"

생각났다. 무사시는 바로 지금 그 모습에서 기억이 떠올랐다. 이부키의 산기슭에서 소매에 달린 방울을 울리며 뛰어다니던, 세상에 물들지 않은 소녀의 모습이 남아 있었다. 무사시의 억센 팔이 그녀의 쇠잔한 어깨를 끌어안았다.

"아케미구나? 그래, 아케미야. 어떻게 여기까지 온 거야? 대체 어떻게?"

무사시의 계속되는 물음은 그녀의 슬픔을 한층 뒤흔들었다.

"이젠 이부키의 집에서 살지 않는 거니? 어머닌 어디 계시니?"

무사시는 오코의 소식을 묻자 자연스럽게 오코와 마타하치의 관계도 떠올랐다.

"지금도 마타하치와 함께 살고 있니? 실은 오늘 아침에 마타하치가 여기 오기로 되어 있었는데 네가 대신 온 것은 아니겠지?"

아케미의 마음과는 모두 상관이 없는 말뿐이었다. 아케미는 그저 무사시의 품속에서 얼굴을 옆으로 저으며 울고 있었다.

"마타하치는 오지 않니? 대체 어떻게 된 일이야? 계속 울기만 하면 알 수가 없으니 이유를 말해 보렴."

"오지 않아요. 마타하치 님은 그 전갈을 받지 못했으니 여기에 올 수 없어요."

간신히 그 말만 하고 아케미는 무사시의 가슴에 얼굴을 기댄 채 떨고 있었다. 그동안 생각해 왔던 말들이 모두 물거품처럼 뜨거운 피 속에서 떠올랐다 사라지고 있었다. 하물며 양어머니의 손에 의해 처참한 운명의 나락으로 떨어지게 된, 저 스미요시의 포구에서 오늘에 이르기까지의 일들은 도저히 입에 담을 수가 없었다.

다리 위로 설날의 화창한 햇살을 받으며 청수사淸水寺로 참배를 가는 설빔을 입은 여자들과 세배하러 다니는 사람들의 모습이 드문드문 보이고 있었다. 그들 속에서 불쑥 더벅머리 조타로가 모습을 드러냈다. 그는 다리의 중간까지 오다가 맞은편에 있는 무사시와 아케미의 모습을 발견했다.

"어? 오츠 님인 줄 알았는데 아닌 것 같네?"

조타로는 야릇한 표정을 지으며 발길을 멈췄다. 마침 아무도 보고 있지 않았지만, 길가에서 남녀가 서로 가슴을 맞대고 끌어안고 있다니 조타로는 깜짝 놀라지 않을 수 없었다. 더구나 그 남자는 존경하는 스승님이었다. 조타로의 어린 가슴은 공연히 고동을 치면서 질투심과 슬픔이 교차했다. 웬일인지 초조함에 화가 나서 돌이라도 던져 버릴까 하는 마음조차 들었다.

"뭐야, 저 계집애는? 언젠가 마타하치라는 사람에게 보내는 스승님의 전갈을 부탁한 아케미잖아? 술집 계집애라서 앙큼하군. 어느새 스승님과 저렇게 친해진 거지? 스승님도 스승님이지, 오츠 님에게 일러야지."

조타로는 오가는 사람들을 둘러보다가 다시 난간에서 다리 밑을 내려다보았지만 오츠의 모습은 보이지 않았다.

"어떻게 된 걸까?"

얼마 전부터 묵고 있던 가라스마루烏丸의 저택을 나온 것은 오츠가 먼저였다. 오츠는 오늘 아침 무사시와 여기서 만날 수 있다고 확신했는지 세밑에 가라스마루가의 부인에게 받은 초봄의 옷을 입었다. 게다가 어젯밤에는 머리를 감고 묶으면서 오늘 아침을 기다리느라고 잠도 제대로 자지 못한 모양이었다. 그리고 새벽녘부터 날이 밝는 것을 기다리다 못해 조타로에게 말했다.

"이러고 있을 게 아니라 기온祇園 신사의 청수당淸水堂에 참배한 다음에 고조 다리로 가야겠다."

조타로가 같이 가자고 따라나서려 하자 오츠는 마치 훼방꾼 취급을 하며 말했다.

"난 무사시 님하고 둘이서만 얘기하고 싶은 것이 있으니 조타로는 날이 밝으면 될 수 있는 한 천천히 고조 다리로 와요. 걱정 말아요. 조타로가 올 때까지 꼭 무사시 님과 그곳에서 기다릴 테니까."

오츠는 그렇게 말하고는 먼저 혼자서 나간 것이다.

별로 기분이 상하거나 화가 난 것은 아니었지만, 조타로의 기분도 그다지 좋지는 않았다. 그도 매일 함께 지내 온 오츠의 마음을 헤아리지 못할 나이는 아니었다. 남자와 여자가 오랜만에 만나는 감동이 어떤 것인지 알고 있었다. 자신도 야규 여관집의 고차와 마구간의 볏짚 속에서 말로는 표현할 수 없지만 서로 몸이 달아올랐던 경험을 한 적이 있었다. 그러나 그 경험에 비춰 봐도, 어른인 오츠가 평소에 울거나 풀이 죽어 있는 모습을 볼 때마다 그는 도무지 이해할 수 없었다. 뿐만 아니라 우습고 낯이 간지러울 정도여서 이해나 동정심도 느끼지 못했었다. 하지만 지금 무사시의 가슴에 매달려 울고 있는 사람이 오츠가 아닌 전혀 예상하지도 못한 다른 여자라는 것, 더욱이 그녀가 아케미라는 것을 두 눈으로 확인하자 조타로는 아연실색해서 가슴속에서 분노 같은 것이 치솟았다.

미야모토 무사시 4_바람風의 장

'뭐야, 저 여자는!'

그는 오츠의 편이 되어 있었다.

'스승님도 너무하는군.'

조타로는 마치 자신의 일인 양 울화가 치밀었다.

'오츠 님은 대체 어디 있는 거야? 오츠 님에게 일러바쳐야지.'

조타로는 초조해져서 급히 다리의 위아래를 기웃거리기 시작했다. 하지만 오츠의 모습이 보이지 않자 그는 저 혼자 안달복달하고 있었다. 무사시와 아케미는 사람들의 시선이 신경에 쓰였는지 다리 기슭에 가까운 난간 쪽으로 자리를 옮겼다. 무사시는 난간 위에서 팔짱을 끼고 있었고 아케미도 그와 나란히 서서 강가 아래를 내려다보며 고개를 숙이고 있었다. 조타로가 반대편 난간을 따라 지나가도 두 사람은 알아차리지 못했다.

"바보같이, 언제까지 부처님께 절만 하고 있을 셈이람."

조타로는 중얼거리면서 목을 길게 빼고 고조 언덕 쪽을 바라보며 초조하게 오츠를 기다렸다.

조타로가 서 있는 곳에서 열 걸음 정도 떨어진 곳에 오래된 아름드리 버드나무 네다섯 그루가 있었다. 이 버드나무에서 물고기를 잡아 먹기 위해 날아오는 백로의 무리를 자주 볼 수 있었는데, 오늘은 한 마리도 보이지 않았다. 대신 앞머리를 내린 한 젊은이가 와룡처럼 낮게 깔려 있는 늙은 버드나무 줄기에 바싹 붙어서서 무엇인가를 물끄러미 바라보고 있었다.

다리 난간에 아케미와 나란히 팔을 얹고 있던 무사시는 그녀가 열심히 하는 말을 들으며 미세하게 고개를 끄덕이고 있었다. 하지만 여자로서의 부끄러움도 내던지고 진실로 하나가 되고 싶다는 아케미의 낮고 결연한 음성이 그의 귓가 아닌 가슴에 다다르고 있는지는 알 수 없었다. 고개를 끄덕이고는 있었지만 그의 시선은 다른 곳을 향하고 있었기 때문이다. 사랑하는 사람끼리 서로 이야기할 때라면 지금과 같이 눈을 피하지는 않을 것이다. 하지만 무사시의 눈동자는 무색무열無色無熱의 불과 같았고 시선을 한곳에 집중시킨 채로 눈도 깜빡이지 않았다. 하지만 아케미는 그러한 상대의 시선을 의식조차 하지 못하고 있었다. 자기만의 감상 속에서 혼자 묻고 혼자 대답하면서 흐느낄 뿐이었다.

"아아, 저는 당신에게 모두 말했어요. 이제 숨기는 것은 아무것도 없어요."

난간 위에 가슴을 얹고 있던 아케미는 무사시에게 조금씩 다가갔다.

"세키가하라 전투가 끝난 지 벌써 오 년째예요. 그동안 저는 지금 모두 말한 것처럼 처지도 몸도 변해 버리고 말았어요."

아케미는 흐느껴 울며 말을 이었다.

"그렇지만 아니, 저는 조금도 변하지 않았어요. 당신을 생각하는 이 마음만은 티끌만큼도 변하지 않았다고 분명히 말할 수 있어요. 받아주시겠어요? 무사시 님, 그 마음을…… 무사시 님!"

"으음."

"받아주실 거죠? 저는 부끄러움도 잊고 말했어요. 저는 당신과 처음 이부키 산 아래에서 만났을 때처럼 순수한 들꽃은 아니에요. 사람에게 더럽혀진 보잘것없는 여자예요. 그렇지만 정조라는 것이 육체적인 것일까요, 아님 정신적인 것일까요? 육체는 순결하지만 마음이 음탕한 여자라면 그것은 이미 순결한 처녀라고 할 수는 없지 않나요? 저는 이름을 말할 수 없지만, 어떤 사람에게 순결을 잃어버렸어요. 하지만 마음은 더럽혀지지 않았어요. 조금도 더럽혀지지 않은 마음을 지니고 있어요."

"음, 음."

"가없다고 생각해 주시겠죠? 진실을 말하고 있는 사람에게 비밀을 숨긴다는 것은 괴로운 일이에요. 당신을 만나면 뭐라고 말할까, 말해야 할까 말아야 할까, 며칠 밤을 고민했어요. 고민 끝에 저는 당신에게만은 거짓을 말해서는 안 된다고 결심했어요. …… 알아주세요. 무리도 아니라고 생각하시나요? 아니면 불결한 여자라고 생각하시나요?"

"으음, 아아."

"네? 어느 쪽이세요? 그 생각만 하면 저, 저는 너무 분해요."

아케미는 난간 위에 얼굴을 숙였다.

"그래서 저는 이젠 당신에게 사랑해 달라는 말은 너무 뻔뻔한 듯해서 차마 할 수 없어요. 또한 말할 처지도 못 되는 몸입니다. 그러나 무사시 님, 앞으로 어떤 세상에서 어떤 생활을 하더라도 지금 말한 여자의 마음, 진주와 같은 첫사랑의 마음, 그것만은 저버릴 수 없을 거에요.”

그녀의 머리카락 한 올 한 올이 흐느끼고 있었다. 난간을 적시고 있는 눈물 아래에서 설날의 밝은 햇살을 담고 무한한 희망으로 빛을 발하며 흘러가는 강물 소리가 들려왔다.

“음, 흐음…….”

아케미의 가련한 슬픔에 무사시는 여전히 고개만 끄덕이고 있었다. 하지만 그의 눈동자는 여전히 변함이 없었고 다른 곳을 바라보는 그의 시선은 움직일 줄 몰랐다. 그의 시선이 머무는 곳엔 아까부터 늙은 버드나무 줄기에 기대 계속해서 이쪽을 바라보고 있는 사사키 고지로의 모습이 있었다.

무사시는 어릴 적 아버지 무니사이로부터 그런 말을 들은 적이 있었다.

“너는 나를 닮지 않았다. 내 눈동자는 이렇게 검은데 너의 눈동자는 갈색이다. 증조부이신 히라타 쇼겐平田將監 님의 눈이 다갈색이어서 매서우셨다고 하니 너는 아무래도 그 증조부님을 닮은 모양이다.”

밝고 화창한 아침 햇살을 비스듬히 받고 있는 탓일까, 그렇다고 해도 무사시의 눈동자는 투명한 호박처럼 맑고 날카로웠다.

‘흐음, 저자구나.’

지금 사사키 고지로는 일찍부터 듣고 있던 미야모토 무사시를 보고 있었다. 무사시 또한 주의를 게을리 하지 않았다.

'저자는 누구인가?'

두 사람은 다리 난간과 강가의 늙은 버드나무 사이에서 처음부터 무언중에 서로 상대의 깊이를 헤아리고 있었다. 병법으로 말하자면 검과 검을 겨눈 채 가만히 상대의 기량을 가늠하면서 호흡을 참고 있을 때와 비슷했다. 더욱이 무사시와 고지로는 각기 다른 의혹을 품고 있었다.

'고마쓰 계곡의 아미타당에서 아케미를 데려온 후로 지금껏 돌보고 있다. 그런데 무사시와 어떤 연고가 있기에 저처럼 다정하게 사담을 나누고 있는 것인가?'

고지로는 당연히 불쾌했다.

'마음에 들지 않는 자이다. 바람둥이인지도 모른다. 아케미도 그렇지, 내게 아무 말도 없이. 어디를 가는지 뒤를 밟았더니 저런 남자에게 울며 매달리고 있다니……'

고지로는 불쾌한 기분이 목구멍에서 치솟았다. 무사시는 고지로의 눈에 선명히 드러나는 반감과 길을 가다가 다른 무사 수행자와 서로 지나칠 때 품게 되는 묘한 적개심을 읽을 수 있었다.

'어떤 자일까?'

무사시는 은연중에 고지로의 존재를 가늠했다.

'상당한 실력을 지닌 자이군.'

무사시는 그렇게 가늠하며 경계했다.

'방심할 수 없는 자이다.'

두 사람은 눈이 아닌 마음으로 서로를 관찰하고 있었기 때문에 두 사람의 눈동자에서 불꽃이 튀기고 있다고 해도 과언이 아니었다. 나이는 무사시가 한두 살 아래인지 고지로가 아래인지 알 수가 없었다. 하지만 어느 쪽이든 그리 큰 차이는 나지 않았다. 서로가 한창 혈기방장한 때이고 세상 물정이나 병법에 있어서 마치 모든 것을 다 알고 있는 듯한 자신감으로 충만한 청년들이었다. 맹수가 맹수를 보면 바로 으르렁거리듯 고지로와 무사시는 서로 처음 대면한 지금 이 순간, 머리털이 곤두서는 듯했다.

고지로가 먼저 시선을 옆으로 돌렸다. 무사시는 그의 옆얼굴에서 마치 자신을 업신여긴다는 느낌을 받았지만 마음속으로는 자신의 눈빛이 그를 압도했다는 생각에 더없이 유쾌했다.

"아케미."

무사시는 난간에 얼굴을 대고 울고 있는 그녀의 등에 손을 얹으며 물었다.

"저기 있는 젊은 무사는 누구지? 네가 아는 사람인가? 대체 누구지?"

"……."

그제야 고지로의 모습을 본 아케미가 울어서 퉁퉁 부은 얼굴에 당황한 기색을 띠며 말했다.

"아니, 저 사람이?"

"저 사람은 누구지?"

"음, 저기⋯⋯."

아케미가 말을 더듬었다.

"등에 훌륭한 장검을 지고 여봐란 듯한 화려한 옷차림에 병법 또한 상당한 것 같군. 대체 아케미와 어떻게 아는 사이이지?"

"별로⋯⋯ 깊이 아는 사이는 아니지만."

"알고 있는 사람이기는 하군."

"네."

무사시에게 오해받는 것이 두려운 듯 아케미는 분명히 말했다.

"언젠가 고마쓰 계곡의 아미타당에서 사냥개에게 팔을 물렸어요. 그런데 피가 멈추지 않고 너무 흘러서 저 사람이 묵고 있는 여관으로 가서 의사를 불렀어요. 그 후로 사나흘 정도 신세를 지고 있을 뿐이에요."

"그럼, 한집에서 지내는 사람이었군."

"같이 지내곤 있지만 아무 상관도 없어요."

아케미는 힘주어 말했다. 무사시는 중요하게 생각해서 물은 것은 아니었는데 그녀 혼자 다른 의미로 받아들인 듯했다.

"그렇군. 그럼 자세한 것은 알지 못하더라도 저자의 이름 정도는 들었겠지?"

"예⋯⋯. 간류岸柳라고도 부르는데, 본명은 사사키 고지로라고 했어요."

"간류."

처음 듣는 이름은 아니었다. 유명하다고는 할 수 없지만 여러 나라의 병법자들 사이에서는 상당히 알려져 있는 이름이었다. 물론 사사키 고지로를 실제로 보는 것은 지금이 처음이지만, 무사시가 듣기로는, 또 그의 상상 속 고지로는 좀 더 연배가 있는 사람이었다. 하지만 그는 무사시의 예상과 달리 젊은 사람이었다.

'저자가 소문으로 듣던…….'

무사시가 다시 고지로 쪽으로 시선을 돌렸을 때였다. 아케미와 무사시가 대화하는 모습을 곱지 않은 시선으로 보고 있던 고지로는 볼에 보조개를 띠며 웃었다. 무사시 역시 미소로 화답했다. 그러나 그 무언의 미소는 석가세존과 아난阿難이 손에 연꽃을 들고 지은 미소처럼 평화로운 것이 아니었다. 고지로의 미소에는 빈정거림과 도전적인 야유가 섞여 있었다. 무사시의 미소에도 패기에 찬 전의가 담겨 있었다.

그런 두 남자의 사이에 낀 아케미는 더욱 자신의 마음을 호소하려고 했지만 그 말을 하기 전에 무사시가 먼저 말했다.

"아케미, 너는 저 사람과 먼저 숙소로 돌아가는 게 좋겠다. 곧 다시 만나자. 알았지? 곧."

"꼭 오시는 거죠?"

"그럼 가고말고."

"숙소를 기억해 두세요. 로쿠조고보六条御坊 앞에 있는 스즈야數珠屋예요."

"으응."

무사시가 건성으로 고개를 끄덕이자 못미더웠는지 갑자기 아케미가 난간 위에 있는 무사시 손을 소매 안쪽에 있는 손으로 꼭 잡으면서 애원하는 눈으로 말했다.

"꼭요. 꼭!"

돌연 저쪽에서 배를 움켜잡고 입을 크게 벌리고 웃는 자가 있었다. 등을 보이며 돌아가는 사사키 고지로였다.

"아하하하하, 아하하하하."

터무니없이 큰 소리로 바보처럼 웃으면서 걸어가는 고지로를 본 조타로가 울컥한 나머지 다리 앞 길가에서 그를 노려보고 있었다. 조타로는 그렇지 않아도 스승인 무사시에게 화가 나 있었다. 또 여태까지 오지 않는 오츠에게도 부아가 치밀었다.

"대체 어떻게 된 거야."

조타로는 발을 동동 구르며 마을 쪽으로 걸어갔다. 그리고 바로 앞 네거리에서 소달구지 바퀴 사이로 얼핏 오츠의 하얀 얼굴을 보았다.

마음속
화원

"아, 있다!"

조타로는 귀신이라도 본 것처럼 소리치며 달려갔다. 오츠는 달구지 밑에 쪼그리고 앉아 있었다. 이날 아침, 그녀는 서툴지만 머리와 입술에 화장을 해서 옅은 향기가 풍기고 있었다. 옷은 가라스마루가에서 받은, 홍매紅梅 빛 천에 흰색과 푸른색이 수놓아져 초봄의 정취가 물씬 풍기는 차림새였다. 그 하얀 옷깃과 홍매색이 달구지 바퀴 사이로 보이자 조타로는 소의 콧등을 쓰다듬으며 옆으로 다가갔다.

"오츠 님, 이런 곳에서 뭘 하는 거예요?"

가슴을 잔뜩 웅크리고 앉아 있는 그녀 뒤에서 조타로는 그녀의 머리나 화장이 엉망이 되는 것은 생각지도 않고 목덜미를 얼싸안았다.

"뭐 해요? 엄청 기다렸다고요. 빨리 가요."

"……."

"오츠 님, 빨리!"

조타로는 오츠의 어깨를 흔들며 말했다.

"무사시 님이 저기 있잖아요. 여기서도 보이죠? 그런데 난 아까 정말 화가 났어요. 가요, 오츠 님! 빨리 가지 않으면 못 만나요."

이번에는 그녀의 손목을 잡고서 팔이 빠질 만큼 잡아끌던 조타로는 문득 그녀의 손목이 젖어 있음을 깨달았다. 그리고 그녀가 얼굴을 들지 않자 이상하게 여기며 살펴보았다.

"어, 오츠 님. 뭐 하고 있나 했더니 울고 있었군요?"

"조타로."

"왜요?"

"무사시 님에게 보이지 않도록, 그늘로 숨어요. 어서."

"왜요?"

"아무튼……."

"쳇!"

조타로는 또 화가 치솟았는지 어쩔 줄 몰라 하면서 말했다.

"이래서 난 여자가 싫어. 이런 엉터리가 어디 있어. 무사시 님을 만나고 싶다고 그렇게 울며 찾아다닌 주제에, 오늘 아침엔 갑자기 이런 곳에 숨어서 나까지 숨으라니……. 어이가 없어서 말도 안 나오는군."

오츠는 조타로의 말에 아무 반응도 보이지 않다가 빨갛게 부어오른 눈을 살짝 뜨면서 말했다.

"조타로, 그렇게 말하지 마. 부탁이야. 너까지 나를 괴롭게 하지 마."

"내가 언제 오츠 님을 괴롭혔어요?"

"아무 말 하지 말고 나와 함께 여기에 움츠리고 있어요."

"싫어요. 저기에 소똥이 있잖아요? 설날부터 울기만 하고……."

"아무래도 좋아. 이미 난……."

"아까 저쪽으로 간 젊은 사람처럼 나도 배를 움켜쥐고 웃어야겠어요. 그래도 좋아요?"

"마음껏 비웃어요."

"아니에요……."

조타로는 오히려 코를 훌쩍이며 울먹거렸다.

"아, 알았다! 오츠 님은 저기에서 무사시 님이 다른 여자와 아까부터 저렇게 이야기하고 있어서 질투하는 거죠?"

"그, 그렇지 않아. 그런 게 아니야."

"맞구나. 하긴 나도 부아가 치밀었어요. 그러니까 더 오츠 님이 나가야 해요. 그것도 모르다니 한심하군."

아무리 오츠가 나가지 않으려고 고집을 부려도 조타로가 억지로 잡아끄는 힘에는 당할 수가 없었다.

"아파. 조타로, 어리다고 함부로 행동하면 안 돼요. 나보고 한심하다고 하지만 조타로는 내 마음을 너무 몰라."

"알고 있어요. 질투하고 있는 거 아니에요?"

"그런 것만은 아니야. 내 지금 심정은……."

"아무튼 어서 나와요."

오츠는 소달구지 그늘에서 질질 끌려서 나오기 시작했다. 조타로는 줄다리기라도 하는 것처럼 잔뜩 힘을 주면서 저편을 바라보았다.

"앗, 벌써 없어졌어요. 아케미는 벌써 가 버렸어요."

"아케미? 아케미가 누구야?"

"방금 저기에서 스승님과 같이 있던 여자요. 앗, 스승님도 가고 있어요. 빨리 가지 않으면 놓치겠어요."

더 이상 오츠에게는 관심이 없다는 듯이 조타로가 달려가자 오츠도 일어섰다.

"기다려, 조타로!"

오츠는 거기서 다시 한 번 고조 다리 기슭을 둘러보았다. 아케미가 아직 그 근처에 있는지 확인하려는 듯 세심하게 둘러보는 것이었다. 무서운 적이 사라진 듯 오츠는 눈썹을 펴면서 안심하는 모습을 보이더니 다시 황망히 소달구지 그늘로 들어가서 울어서 부은 눈을 소매로 닦고 머리를 매만지며 옷매무새를 정돈했다.

조타로가 다급히 오츠를 불렀다.

"빨리해요, 오츠 님! 스승님이 강가로 내려간 모양이에요. 몸단장 같은 건 하지 않아도 되잖아요."

"강가로?"

"네, 강가로. 그런데 뭘 하려고 내려간 거지?"

두 사람은 함께 곧바로 다리 기슭으로 달려갔다.

요시오카 쪽에서 세운 팻말 앞에는 이미 많은 사람들이 무리를 지어 모여 있었다. 소리를 내서 팻말을 읽는 사람도 있었고, 들어 본 적도 없는 미야모토 무사시라는 자가 어떤 자인지 주변 사람들에게 물어보는 사람도 있었다.

"아, 죄송합니다."

조타로는 사람들 무리를 헤치고 다리 난간에서 강가 쪽을 내려다보았다. 오츠는 무사시의 모습을 볼 수 있으리라고 생각하고 있었다. 그런데 잠깐 지체했을 뿐인데 무사시의 모습은 이미 어디에도 보이지 않았다.

방금 전 아케미의 손을 뿌리치고 억지로 그녀를 돌려보낸 무사시는 다리 위에서 혼이덴 마타하치를 기다린다고 해도 그가 오지 않을 걸 알았다. 그리고 요시오카 쪽에서 세워 놓은 팻말의 방문도 읽었기 때문에 더 이상 볼일이 없게 된 그는 제방을 훌쩍 내려가 교각 옆에 있는 배로 달려갔다. 그곳에는 몸이 묶인 오스기가 몸부림치고 있었던 것이다.

"할멈, 유감스럽게도 마타하치는 오지 않을 것이오. 나도 이후에 꼭 그 마음 약한 녀석을 만나 격려할 생각이지만, 할멈도 꼭 찾아내서 함께 잘 지내시오. 그 편이 내 목을 노리는 것보다 조상님들에게는 더 큰 효행일 게요."

무사시는 작은 칼을 들고 노파의 몸을 묶은 밧줄을 끊었다.

"듣기 싫다. 함부로 입을 놀리지 말거라. 쓸데없는 간섭은 하지 말고 빨리 나와 결판을 내자."

오스기는 얼굴에 핏대를 세우며 배 밖으로 머리를 내밀었다. 하지만 이미 무사시는 할미새처럼 모래톱과 돌을 밟으며 가모 강을 가로질러 반대편 제방으로 넘어간 뒤였다.

오츠는 보지 못했지만 조타로는 얼핏 멀리 강 건너편에 있는 그림자를 본 듯했다.

"앗, 스승님이다. 스승님!"

조타로는 강가를 향해서 뛰어내렸다. 오츠도 같이 뛰어내렸다. 그런데 왜 조금 돌아가는 길이긴 해도 고조 다리 위로 달려가지 않았을까? 오츠가 조타로의 기세에 이끌려 별 수 없었다고 해도, 조타로가 저지른 잘못은 그녀가 또 무사시와 만나지 못한 것만으로 끝나지 않았다. 조타로의 힘찬 걸음 앞에는 강도 산도 문제가 되지 않았지만, 화려한 봄옷으로 단장한 오츠에게는 눈앞에 펼쳐진 가모 강의 강물은 너무나 큰 장애였다. 무사시의 모습은 어디에도 보이지 않고, 또 건널 수 없는 강물을 보자 오츠는 자신도 모르게 사별한 사람이 강가에서 울부짖듯 소리쳤다.

"무사시 님!"

그런데 그녀의 외침에 대답을 하는 사람이 있었다.

"오오."

나룻배 안에서 몸을 툴툴 털며 우뚝 서 있는 오스기였다. 오츠는 아무 생각 없이 그곳을 돌아보다가 악, 하고 비명을 지르더니 얼굴을 가리고 도망치기 시작했다. 오스기의 하얀 머리카락이 곤두섰다.

"오츠 년이!"

오스기는 너무 흥분한 나머지 목소리도 제대로 나오지 않았다.

"할 말이 있으니 기다려라!"

그녀의 외침이 강물 위에 울려 퍼졌다. 오스기는 무사시가 자신에게 거적을 뒤집어씌운 것이 오츠와 이곳에서 만나기로 약속했기 때문이라고 해석한 듯했다. 그리고 정담을 나누던 중에 무엇인가 비위에 거슬린 무사시가 오츠를 뿌리치고 가 버리자 그녀가 울며 무사시를 부르고 있다고 말이다. 오스기는 순간에 떠오른 생각을 곧 사실로 단정했다.

'나쁜 년!'

오스기는 무사시 이상으로 오츠에 대해 분노를 느꼈다. 오스기는 아직 집으로 맞아들이지는 않았지만 이미 오츠를 자기의 며느리처럼 생각했고, 자신의 아들을 싫어하는 것을 마치 자신을 싫어하는 일인 양 분해하고 원망했다.

"게 서라!"

오스기가 다시 고함을 쳤을 때, 이미 그녀는 바람처럼 내달리고 있었다. 조타로가 깜짝 놀라서 오스기의 팔을 붙잡았다.

"할머니는 누구요?"

"비켜라!"

오스기는 탄력은 없지만 무섭고 억센 힘으로 조타로를 뿌리쳤다. 조타로는 대체 이 노파가 누구길래, 또 무엇 때문에 오츠가 저렇게 놀라서 도망가는지 전혀 알 수가 없었다. 하지만 사태가 심상치 않다는 것은 짐작할 수 있었다. 더구나 미야모토 무사시의 제자, 아오키 조타로가 노파의 말라빠진 팔꿈치에 떠밀려서 물러설 수는 없었다.

"나를 밀쳤겠다."

조타로는 벌써 저만치 앞서 가는 오스기를 쫓아가 뒤에서 달려들었다. 그러자 오스기는 손자의 목덜미를 부여잡고 혼을 내는 것처럼 왼쪽 팔로 조타로의 턱을 조른 후에 찰싹찰싹 서너 대 후려쳤다.

"꼬맹이가 방해를 하면 이렇게 된다. 이렇게 말이다."

"캬캬······."

조타로는 목을 길게 뺀 채 목검의 손잡이만 부여잡고 있었다.

사람들은 어떻게 볼지 모르지만 오츠는 슬프고 괴롭긴 해도 지금의 심정과 또 이제까지의 생활이 결코 불행하다고 생각하지 않았다. 희망도 있었고 하루하루 즐거움도 있는 젊은 날의 화원과 같았다. 물론 괴로움과 슬픔이 많은 날들이었지만, 그런 것들을 떠나서 그저 즐거움 속에 또 다른 즐거움들이 있다는 사실이 그녀를 놀라게 했다. 그런데 오늘만큼은 그녀가 그렇게 생각하며 견뎌 오던 마음이 사라지려 하고 있었다. 지금까지의 순수한 마음에 균열이 생기고 두 쪽으로 갈라지는 듯해서 슬펐다.

아케미와 무사시, 두 사람이 고조 다리 난간에서 남의 이목도 꺼리지 않고 나란히 있는 것을 멀리서 본 오츠는 다리가 떨리고 현기증으로 쓰러질 것 같아서 소달구지의 뒤로 가 주저앉아 버렸다. 그녀는 왜 오늘 아침 여기에 왔을까, 하고 후회하고 울어도 소용이 없다는 생각에 순간 죽음을 생각했다. 그리고 남자는 모두 거짓말쟁이며 증오와 사랑, 분노와 슬픔으로 저 자신조차 혐오스럽게 생각되어 우는 것만으로는 마음속의 통곡이 진정되지 않았다.

하지만 오츠는 무사시의 곁에 아케미가 있을 때에는 자신의 존재를 드러낼 수 없었다. 미칠 만큼 온몸의 피가 질투의 화염으로 타올랐지만, 이성 역시 얼마간 남아 있었다.

'경박하게…….'

오츠는 필사적으로 자신을 타일렀다.

'냉정해야 해. 냉정히…….'

그녀는 자신이 하려는 행동을, 평소 여자로서 쌓아야 할 수양이라고 여기며 꼭 억눌렀다. 그러나 아케미가 사라지자 그녀는 그런 절제를 완전히 벗어던졌다. 무사시를 향해 말할 작정이었다. 무슨 말을 할 것인가 따위는 생각할 겨를은 애초부터 없었지만 가슴속에 품고 있는 모든 것을 말할 작정이었다.

인생의 길에선 언제나 첫발이 중요하다. 또한 어떤 경우에는 상식만으로도 충분히 알 수 있는 것을 자칫 잘못 생각해서 그 첫발이 십 년의 실수가 되기도 한다. 오츠는 무사시의 모습을 잃어버렸기 때문에 오스기와 조우하고 말았다. 오츠에게 새해 첫날이 얼마나 흉일이었는지, 그녀의 화원에는 뱀들만이 혀를 날름거리며 고개를 들고 있었다.

오츠는 죽을힘을 다해 서너 정町[1]을 도망쳐 왔다. 평소에도 무서운 꿈을 꾸면 그 꿈속에는 반드시 오스기의 얼굴이 보였다. 그 얼굴이 꿈도 아닌 생시에서 쫓아오고 있었다. 숨이 찼다. 오츠는 뒤를 돌아보았다. 그 순간, 숨이 탁하고 멈췄다. 오스기는 반 정 정도 뒤에서 조타로의 목을 조르며 서 있었다. 조타로 역시 목이 졸리고 맞으면서도 필사적으로 붙들고 늘어지며 오스기를 놓지 않았다. 당장이라도 조타로가 허리의 목검을 뺄지도 몰랐다. 아니 뺄 것이 분명했다. 그러면 오스기도 칼을 빼 들고 대응할 것이 틀림없었다.

오츠는 오스기의 가차 없는 기질을 뼈저리게 잘 알고 있었다. 잘못하면 조타로가 칼을 맞을지도 모른다는 생각이 들었다.

'아아, 어떻게 하지?'

이미 시치조七条의 하류였다. 제방 위를 쳐다봐도 사람은 보이지 않았다. 오츠는 조타로를 구해야 했지만 오스기에게 가는 것이 무서워서 어쩔 줄을 몰라 했다.

"빌어먹을, 빌어먹을 할망구!"

조타로는 목검을 빼 들었지만 목덜미가 노파의 겨드랑이 밑에 꽉 끼어서 아무리 몸부림쳐도 빠져나갈 수가 없었다. 발로 땅을 차고 허공을 향해 발길질을 하며 발버둥을 칠수록 적을 더 의기양양하게 만들 뿐이었다.

"이놈, 뭘 하려는 게냐? 개구리 흉내라도 내는 게냐?"

---

1 1정은 1간間의 60배로, 약 109미터에 해당한다.

노파는 입술 밖으로 길게 나온 앞니를 의기양양 꽉 다문 채 조타로를 질질 끌고서 강가로 데려갔다.

　'잠깐.'

　오스기는 저편에 서 있는 오츠의 모습을 보고서 재빨리 잔꾀를 생각해 내고는 속으로 중얼거렸다. 오스기가 생각하기에 이대로는 아무래도 불리했다. 늙은이의 다리로 쫓아가거나 힘으로 싸우는 것은 결말이 날 것 같지 않았다. 무사시와 같은 상대에게는 속임수가 통하지 않지만 상대는 여자와 아이였다. 달콤한 말로 잘 구슬린 다음, 나중에 마음대로 요리하면 될 것이었다.

　"오츠야, 오츠야."

　오스기는 갑자기 손을 들어 저편에 있는 오츠를 불렀다.

　"얘, 오츠야! 어째서 너는 이 늙은이를 보자마자 그렇게 도망치는 게냐? 전에 미카즈키 찻집에서도 그러더니 지금도 나를 귀신처럼 여기고 도망치니 도대체 네 마음을 이해할 수가 없구나. 이 노인의 마음을 모르는 것이냐? 네가 잘못 생각한 게다. 네가 의심하는 것과는 달리 나는 결코 너를 해칠 마음이 없단다."

　저편에 서 있는 오츠는 아직 그녀를 의심하는 얼굴로 서 있었지만 노파의 겨드랑이 밑에 있는 조타로는 달랐다.

　"할머니, 정말이세요?"

　"암, 저 아이는 이 할멈의 마음을 오해하고 있는 모양이다. 내가 무서운 사람이라고 생각하고."

"그럼 내가 오츠 님을 불러올 테니 이 손 놔주세요."

"너 그렇게 말하고 손을 놓으면 이 할멈을 목검으로 치고 도망갈 생각이지?"

"그런 비겁한 짓은 안 해요. 서로 오해해서 싸움을 하면 안 되잖아요."

"그럼 오츠에게 가서 이렇게 말하고 오너라. 혼이덴의 노파는 객지에서 곤 숙부와 사별하여 그의 백골을 허리에 메고 늙은 몸을 끌고 이렇게 떠돌아다니고 있는데, 지금은 예전과 달리 기력도 쇠했다고. 또 한때는 오츠를 원망했지만 지금은 그런 마음은 털끝만치도 없다. 무사시는 더 이상 상관하지 않으며, 지금도 오츠를 며느리처럼 생각하고 있다. 다시 예전의 인연으로 돌아오라고 하지 않을 테니 하다못해 이 할멈의 지난 잘못과 앞날에 대해 의논이라도 하고 싶으니, 이 늙은 이를 불쌍하게 여겨서라도……."

"할머니, 너무 길어서 외울 수가 없잖아요."

"그걸로 됐다."

"자, 놓아주세요."

"잘 말해야 된다."

"알았어요."

조타로는 오츠에게로 뛰어가더니 오스기의 말을 그대로 그녀에게 전하는 듯했다.

"……."

오스기는 강가 바위에 걸터앉아서 일부러 보지 않는 척 딴청을 부렸다. 물가의 얕은 여울에 작은 물고기 떼가 한가로이 파문을 그리고 있었다.

'올까? 안 올까?'

오스기는 헤엄치고 있는 물고기보다 빠른 눈빛으로 오츠의 동정을 곁눈으로 주시하고 있었다. 오츠는 더욱 의심스러워 쉽사리 가까이 가려 하지 않았지만 조타로가 자꾸만 조르는 바람에 할 수 없이 겁을 먹은 채 오스기 쪽으로 걸어왔다. 오스기는 마음속으로 이미 독 안에 든 쥐라고 생각했는지 긴 앞니를 드러내며 히죽 웃었다.

"오츠야."

"어머님."

오츠는 강가에 무릎을 꿇고 오스기의 발치에 손을 짚었다.

"용서해 주세요. 용서해 주세요. 지금 와서 뭐라고 드릴 말씀이 없습니다."

"무슨 그런 소리를 하느냐."

오스기의 목소리가 예전처럼 부드럽게 들렸다.

"본시 마타하치 놈이 나빴다. 언제까지 너의 변한 마음을 원망할 수 있겠느냐. 나도 한때는 너를 나쁜 며느리라고 생각했으나 이제 그런 마음은 모두 잊었다."

"그럼, 저를 용서해 주시겠는지요? 제 잘못을."

"그렇다만……."

오스기는 말끝을 흐리며 그녀와 같이 강가에 쪼그리고 앉았다. 오츠는 모래를 손가락으로 파고 있었다. 차가운 모래의 표면을 긁어서 움켜쥐자 구멍에서 미지근한 물이 솟아났다.

"그 일은 어미인 내가 대답해도 되겠지만, 어쨌든 마타하치와 혼약했던 네가 한 번은 마타하치와 만나야 하지 않겠느냐? 본래 자식 놈이 좋아서 했던 일이 아니더냐? 이제 와서 다시 예전처럼 되돌리자고 할 수도 없고, 또 그렇게 말한들 내가 그것을 승낙할 수도 없는 일이니……."

"예, 예."

"오츠야 어떠냐? 만나 주겠느냐? 너와 마타하치를 나란히 앉혀 놓고 내가 분명히 마타하치에게 일러 주겠다. 그렇게 하면 의견의 일치도 볼 수 있고 나도 어미로서의 책임도 다할 수 있고 체면도 설 것이다."

"네……."

고운 모래 속에서 어린 게가 기어 나오더니 봄 햇살이 눈부신지 돌 밑으로 숨어 버렸다. 조타로는 게를 잡아서 오스기의 뒤로 돌아가더니 그녀의 틀어 올린 머리 위에 떨어뜨렸다.

"하지만 어머니, 오히려 지금은 마타하치 님을 만나지 않는 편이……."

"내가 같이 만나마. 만나서 확실히 해 두는 편이 네 앞날을 위해서도 좋지 않겠느냐?"

"그렇지만……."

"그렇게 하거라. 나는 네 앞날을 위해서 그러는 것이다."

"그렇다 해도 지금 마타하치 님이 어디 있는지 모르시지 않는지요? 어머님은 마타하치 님의 거처를 알고 계시는지요?"

"곧 알 수 있다. 알 수 있을 게다. 실은 얼마 전에 오사카大坂에서 만났었다. 또 역마살이 도져서 나를 버리고 스미요시를 떠났다만, 그 애도 나중에는 후회하고 반드시 여기 교토로 나를 찾아올 것이다."

오츠는 그 말을 듣자 갑자기 마음이 복잡해졌다. 오스기의 말이 도리에 맞는 것처럼 여겨지면서 한편으로는 자식 복이 없는 늙은 어미에게 갑자기 측은지심이 생겼다.

"그럼 저도 함께 마타하치 님을 찾아 드리겠습니다."

오스기는 모래를 만지고 있는 그녀의 차가운 손을 잡았다.

"정말이냐?"

"네, 네……."

"그럼, 우선 내 숙소까지 함께 가도록 하자꾸나."

오스기는 그렇게 말하고 일어서면서 목덜미로 손을 가져가서 게를 움켜잡았다.

"아이고, 뭔가 했더니 징그러워라."

조타로는 오스기가 몸을 부르르 떨면서 손끝에 매달린 작은 게를 털어 내는 모양이 우스웠는지 오츠의 뒤에서 입을 막으면서 '킥' 하고 웃었다. 그것을 눈치챈 오스기가 조타로를 흘겨보았다.

"네놈이구나, 장난을 한 게."

"난 아니에요. 내가 그런 게 아니에요."

조타로는 제방 위로 도망치더니 오츠를 불렀다.

"오츠 님."

"왜요?"

"오츠 님은 할머니 숙소로 같이 갈 거예요?"

오츠가 대답을 하기도 전에 오스기가 말했다.

"그럼. 내가 묵고 있는 곳은 바로 저기 산넨三年 고개 아래다. 교토京都에 오면 항상 거기에 묵고 있지. 네게는 볼일이 없으니 돌아가고 싶으면 네 마음대로 하거라."

"그럼, 나는 가라스마루 님 댁으로 먼저 가 있을게요. 오츠 님도 일 끝나면 빨리 와요."

조타로가 먼저 달려가자 오츠는 갑자기 불안해졌는지 둑 위로 그를 쫓아갔다.

"조타로, 잠깐만!"

오스기는 혹시 오츠가 도망치려는 생각이 아닌가 하고 당황해서 곧바로 뒤쫓아 올라갔다. 그 얼마 안 되는 사이에 두 사람은 서로 이야기를 했다.

"조타로, 이렇게 되었으니 나는 어머니의 숙소로 가지만 시간이 날 때마다 자주 가라스마루 님 댁으로 갈 테니 그 댁 사람들에게 그렇게 말해요. 그리고 조타로는 당분간 그 댁에서 신세를 지면서 내 일이 마무리될 때까지 기다려 줘요."

"응. 언제까지 기다릴게요."

"그리고 그사이에 나도 알아보겠지만, 무사시 님이 계신 곳을 찾아봐 줘요. 부탁해요."

"싫어요. 찾으면 또 소달구지 뒤에 숨어서 나오지도 않을 텐데 뭘. 그러니까 아까 내가 뭐라고 했어요?"

"내가 바보 같았어요."

오스기가 곧 뒤따라와서는 두 사람 사이에 끼어들었다. 오츠는 노파의 말을 믿고 있었지만 그녀가 듣는 데서 무사시에 대한 얘기는 하지 않는 것이 좋을 듯해서 곧 입을 다물어 버렸다.

어깨를 나란히 하고 다정하게 걸으면서도 오스기의 바늘같이 가는 눈은 끊임없이 오츠를 주시하였다. 이제는 시어머니가 아니라고 해도 오츠는 왠지 거북한 느낌이 들어 몸을 움츠렸다. 그러나 그녀는 더없이 교활한 노파의 계략과 자기 앞에 놓인 위험한 운명을 알아차리지 못하는 듯했다.

조타로가 고조 다리 근처까지 돌아오자 설빔 차림을 한 사람들이 오가고 있었고 버드나무와 매화 위로 해가 높이 솟아 있었다.

"무사시가 누굴까?"

"무사시라는 병법자도 있었던가?"

"들어 본 적도 없는데."

"그러나 요시오카를 상대로 이렇게 떠들썩하게 시합을 할 정도라면

미야모토 무사시 4_바람風의 장

상당한 병법자임에 틀림없어."

팻말의 앞에는 새벽녘보다 훨씬 많은 사람들이 무리를 지어 있었다.
조타로도 팻말을 바라보고 있었다. 사람들이 빙 둘러서서 무사시에
대한 이야기를 하다가 다시 흩어지기를 반복하고 있었다.

연대사
들판

단바^{丹波2} 가도의 나가사카구치^{長坂口}가 손에 잡힐 듯 저편으로 펼쳐져 있었다. 가로수 너머로 보이는 단바의 경계를 이루는 표고^{標高}와 교토의 서북쪽 교외를 겹겹이 둘러싼 산들 위에는 은빛 번개와 같은 잔설로 눈이 부셨다.

"불을 지펴라."

누군가 말했다. 이른 봄, 정월 초아흐레였다. 어린 새의 깃털 사이로 스며드는 산바람은 아직도 차가웠다. 그래서인지 들판에서 들려오는 가냘픈 울음소리는 더욱 춥게 느껴졌고, 허리에 찬 칼에서 전해져 오는 차가운 기운에 사람들은 한층 한기를 느끼는 듯했다.

"잘 타는군요."

"불씨가 날리니, 주의하지 않으면 들불이 날 것이다."

---

2 지금의 교토 부^府 중부와 효고^{兵庫} 현의 중동부 지역에 해당한다.

"걱정하지 마십시오. 여기서 불이 난다고 해도 교토로는 옮겨 붙지 않을 겁니다."

메마른 들판의 한쪽 끝에서 붙인 불은 소리를 내며 마흔 명이 넘는 사람들의 얼굴을 붉게 물들였다. 불길은 꿈틀대며 아침 태양에 닿을 듯 넘실댔다.

"뜨겁군, 뜨거워."

누군가가 중얼거렸다.

"이제 그만."

우에다 료헤이가 연기 때문에 얼굴을 잔뜩 찌푸리며 불 속에 섶을 던지는 자를 꾸짖었다. 그러는 동안 한 시간 정도가 흘렀다.

"곧 묘시卯時가 넘지 않나?"

누군가 물었다.

"글쎄요……."

그들은 모두 약속이나 한 듯이 해를 바라보았다.

"곧 묘시, 벌써 약속 시간인데."

"스승님은 어떻게 된 거지?"

"곧 오시겠지."

"그래, 오실 때가 됐어."

모두의 얼굴에 긴장감이 흐르더니 이내 말이 없어졌다. 모두의 시선이 마을 변두리를 지나는 길로 향했다. 그들은 마른침을 삼키며 누군가를 초조히 기다리는 듯했다.

"무슨 일이라도 생긴 걸까?"

어디선가 소 울음소리가 한가로이 들려 왔다. 이곳은 본래 궁궐의 목장으로 유우원乳牛院의 터라고 불리고 있었다. 지금도 방목하는 소가 있는지 해가 높이 떠오르면 마른 풀과 쇠똥 냄새가 물큰하게 풍겨 왔다.

"무사시는 이미 연대사蓮台寺 들판에 와 있지 않을까?"

"그럴지도 모르지."

"누가 살짝 보고 오는 게 어때? 이곳에서 연대사 들판까지는 오 정밖에 안 되니 말이야."

"무사시를?"

"그래!"

"……."

누구 한 명 가겠다고 나서는 자가 없었다. 모두 연기 속에서 매운 얼굴을 찌푸리고 침묵하고 있었다.

"스승님이 연대사 들판으로 가시기 전에 여기에 들러 준비하고 가겠다고 하셨으니 좀 더 기다려 보는 게 어때?"

"틀림없이 그렇게 말씀하셨나?"

"어젯밤 우에다 님이 스승님께 분명히 들었다니 틀림없을 거야."

료헤이가 동문들의 말을 뒷받침하듯 말을 이었다.

"그 말이 맞다. 무사시는 이미 약속한 장소에 먼저 와 있는지 모르지만 세이주로 님은 적을 초조하게 하려고 일부러 조금 지체하시는 것일지도 몰라. 우리들이 섣불리 움직여 도와줬다고 소문이라도 나면

미야모토 무사시 4_바람風의 장

요시오카 가문의 명성에 큰 누를 끼칠 것이야. 상대는 기껏 낭인에 불과한 무사시 혼자이니 조용히 기다리자. 우리는 스승님이 오실 때까지 나무처럼 조용히 지켜보는 게 좋아."

그날 아침, 이곳 유우원의 들에 마지못해 모인 사람들은 요시오카 문하의 극히 일부에 지나지 않았지만, 그들 중에는 우에다 료헤이를 비롯해서 교류십검京流十劍이라고 자칭하는 수제자의 절반이 모였다. 이는 시조 도장의 중견들이 다 나섰다고 해도 무리가 없을 정도였다.

어젯밤, 세이주로는 모두에게 도와줄 생각은 절대 하지 말라고 일러 놓았다. 또 문하생들은 오늘 스승의 상대인 무사시를 경시하지는 않았지만, 그렇다고 해서 스승인 세이주로가 그에게 패하리라는 생각은 애초부터 하지 않았다. 그들은 승리를 기정사실화하면서도 만일의 경우에 대비하고 있었던 것이다.

게다가 고조 다리에 팻말을 세워서 오늘의 시합을 공개한 이상, 요시오카 일문의 위용을 과시하고 아울러 이번 기회에 세이주로의 이름을 세상에 크게 떨치고 싶은 것은 문하생으로서 당연한 마음이었다. 그래서 그들은 스승의 전의를 돋우고자 하는 마음으로 시합 장소인 연대사 들판에서 그리 멀지 않은 이곳에 모여 세이주로를 애타게 기다리고 있었다.

그런데 어찌 된 일인지 세이주로는 좀처럼 모습을 드러내지 않았다. 해의 위치로 가늠해 봐도 묘시가 가까웠다.

"이상한데?"

마흔 명 정도 되는 문하생들이 그렇게 중얼거리자 료헤이가 조용히 지켜보자며 다잡았던 분위기가 조금씩 동요하기 시작했다. 유우원들에 모인 요시오카 도장 제자들의 모습을 본 구경꾼들도 웅성거리기 시작했다. 그들은 시합 장소가 이곳인 줄 착각하고 있었다.

"시합은 대체 언제 하는 거지?"

"요시오카 세이주로는 어디 있는 거야?"

"아직 보이지 않는데."

"무사시는?"

"그도 아직 오지 않은 모양이야."

"저 무사들은 뭐지?"

"어느 한쪽을 돕기 위해서 나왔겠지."

"대체 무슨 일이람. 도우려는 사람만 와 있고 장본인인 무사시나 세이주로가 오지 않다니!"

구경꾼들의 수는 점점 늘어났고 계속해서 몰려들었다.

"아직 시작 안 했나?"

"아직도?"

"누가 무사시고 누가 세이주로지?"

웅성거리는 소리가 여기저기서 들렸다. 구경꾼들은 요시오카 문하생들이 모여 있는 근처로는 다가가지 않고 유우원 들판의 곳곳에 무리를 지어 있었다. 억새나 나뭇가지 사이로 사람들이 새까맣게 모여 있었다. 그 속에 조타로의 모습도 보였다. 그는 자기 몸보다 큰 목검

을 차고 발보다 더 큰 짚신을 신고서 푸석푸석 먼지를 일으키며 마른
땅을 걸어 다니고 있었다.

"없군. 여기도 없어……."

조타로는 사람들의 얼굴을 기웃거리면서 넓은 들판의 주위를 따라
걸어갔다.

"오츠 님은 어떻게 된 걸까? 오늘 일을 모를 리 없을 텐데…… 그 이
후로 가라스마루 님 댁에도 한 번도 찾아오지 않고."

조타로가 찾고 있는 사람은 무사시가 아니었다. 무사시의 승패가 걱
정되어 여기로 와 있어야 할 오츠였다.

교토 내의 이목은 온통 오늘의 시합에 쏠려 있었다. 시합을 보러 몰
려드는 사람들 속에 여자들의 모습도 꽤 보였는데 서로 손을 잡고 오
는 여자들도 있었다. 여자들은 손가락 끝에 작은 상처만 나도 얼굴이
새파래지면서도 의외로 피가 튀는 잔인한 일에 남자와는 다른 흥미
를 느끼는 모양이었다. 그렇지만 그 여자들 속에서 아무리 찾아봐도
오츠의 모습은 눈에 띄지 않았다.

"이상한데?"

조타로는 들판 주위를 지치도록 헤매 다녔다.

'혹시 고조 다리에서 헤어진 후에 병이라도 든 게 아닐까?'

그렇게 생각하다가 불쑥 다른 생각이 떠올랐다.

'할멈이 그렇게 말을 꾸며 대고는 오츠 님을 끌고 가서 어떻게 한 건

지도 모른다.'

조타로는 그런 생각이 들자 불안하여 견딜 수가 없었다. 그 불안함은 오늘의 시합 결과에 비할 바가 아니었다. 들판을 에워싼 채 시합을 기다리고 있는 수천 명의 구경꾼들 모두가 요시오카 세이주로의 승리를 믿어 의심치 않았지만 조타로는 전혀 걱정을 하지 않았다. 그는 스승님이 이길 것을 믿어 의심치 않았다. 그는 야마토大和의 한냐般若 들판에서 보장원의 수많은 창을 상대로 싸우던 무사시의 늠름한 모습을 떠올렸다.

'모두 덤벼도 질 리가 없어!'

조타로는 유우원 들에 모여 있는 요시오카 문하생들까지 달려든다 해도 무사시가 이길 것이라고 굳게 믿고 있었다. 그래서 시합은 전혀 걱정하지 않았지만 오츠가 오지 않은 것에 낙담했다. 나아가 오츠의 신상에 무슨 변고라도 생긴 것처럼 가슴이 조마조마해졌다. 오츠는 고조 다리에서 오스기를 따라가며 헤어질 때 분명히 말했다.

"틈을 봐서 나도 가라스마루 님 댁으로 갈 테니, 조타로는 당분간 그곳에 부탁해서 거기서 머물도록 해요."

그런데 그날부터 오늘 아침까지 아흐레째였다. 그사이 정월 초사흘 동안에도, 나나쿠사七草3 날에도 오츠는 오지 않았다.

'어떻게 된 일일까?'

---

3 대표적인 일곱 가지 봄나물인 미나리, 냉이, 떡쑥, 별꽃, 광대나물, 순무, 무를 일컫는다. 음력 1월 7일을 '나나쿠사히七草日'라고 하는데, 이날은 만병을 예방하기 위해 일곱 가지 봄나물을 죽으로 쑤어 먹는다.

미야모토 무사시 4 바람風의 장

조타로는 이미 이삼 일 전부터 불안했었다. 그래도 오늘 아침에 이곳에 오기 전까지는 일말의 희망을 품고 있었다.

"……."

조타로는 멍하니 들판의 한가운데를 바라보고 있었다. 모닥불 연기를 둘러싸고 있는 요시오카 문하생들은 멀리서 바라보는 수천 명의 구경꾼의 시선을 받으며 엄숙한 표정으로 모여 있었다. 아직 세이주로가 나타나지 않아서인지 기세가 한풀 꺾인 듯했다.

"이상한데? 팻말에는 연대사 들판이라고 되어 있었는데, 시합 장소가 여긴가?"

문득 조타로는 의구심이 들었다. 그 순간 그의 양옆을 지나가는 인파 속에서 누군가가 그를 불렀다.

"야, 꼬마야. 거기 꼬마야!"

돌아보니 본 적이 있는 얼굴이었다. 그는 여드래 전 설날 아침, 고조다리 기슭에서 아케미와 이야기하고 있던 무사시를 무시하는 것처럼 박장대소하며 지나갔던 사사키 고지로였다.

"왜요, 아저씨?"

조타로는 비록 한 번이지만 얼굴을 본 적이 있어서 친근하게 대답했다. 고지로가 그의 곁으로 다가왔다. 무슨 말을 하기 전에 발끝에서 머리끝까지 힐끗 훑어보는 게 그의 버릇이었다.

"얼마 전 고조에서 만난 적이 있지?"

"아저씨도 기억하고 있군요."

"넌 어떤 여자와 함께 있었지?"

"아, 오츠 님과요."

"그 여자 이름이 오츠인가 보군. 무사시와 연고가 있는 사람이냐?"

"그럼요."

"사촌지간이냐?"

"아뇨."

"누이동생?"

"아뇨."

"그럼 뭐야?"

"좋아하는 사람이죠."

"누가?"

"오츠 님이 우리 스승님을요."

"연인이구나?"

"그럴걸요."

"그럼 무사시는 너의 스승이란 말이지?"

"예!"

조타로는 이번에는 자랑스러운 듯 분명하게 대답했다.

"오라, 그래서 오늘도 여기 온 게로군. 그런데 세이주로와 무사시도 아직 나타나지 않아서 구경꾼들이 조바심을 내고 있는데, 너는 알고 있겠구나. 무사시는 벌써 숙소에서 출발했겠지?"

"몰라요, 나도 지금 찾고 있는 중이에요."

그때, 뒤쪽에서 두세 명이 달려오는 발소리가 들렸다. 고지로가 매를 닮은 눈초리로 뒤를 돌아보았다.

"거기 계신 분은 사사키 님이 아닙니까?"

"오, 우에다 료헤이!"

"어찌 된 일입니까?"

료헤이는 고지로의 곁으로 와서 그의 손을 잡았다.

"세밑부터 갑자기 도장에 오시지 않자 스승님께서 어찌 된 일이냐고 입버릇처럼 말씀하셨습니다."

"오늘 이곳에 왔으니 그걸로 되지 않았는가."

"자, 어쨌든 저쪽으로 가시지요."

료헤이와 문하생들은 고지로를 둘러싸고 자신들이 진을 치고 있는 들 한가운데로 데리고 갔다. 대검을 등에 둘러멘 고지로의 화려한 차림을 멀리서 발견한 구경꾼들이 웅성거리기 시작했다.

"무사시다, 무사시."

"무사시가 왔다."

"호오! 저 사람인가?"

"저 사람이다. 미야모토 무사시."

"흐음, 대단한 멋쟁이군. 또 약하게 보이지도 않는데."

홀로 남겨진 조타로는 주위 사람들이 고지로를 무사시로 잘못 말하자 화가 나서 진지한 얼굴로 말했다.

"아니에요. 무사시 님은 저런 사람이 아니에요. 저런 가부키에 나오는 광대 꼴을 한 사람이 아니라구요!"

조타로의 말이 들리지 않는 곳에 있던 사람들도 이윽고 고지로의 모습을 보다가 아무래도 무사시가 아닌 것처럼 생각됐는지 고개를 갸웃거리기 시작했다.

"이상한데?"

들판 한가운데로 간 고지로는 마흔 명 정도 되는 요시오카 문하생들 앞에서 예의 오만한 태도로 내려다보며 무슨 연설을 하고 있었다.

"……."

우에다 료헤이를 비롯한 미이케 주로자에몬御池十郎左衛門, 오타구로 효스케太田黑兵助, 난포 요이치베南保余一兵衛, 고바시 구란도小橋歲人 등 '십검'이라고 불리는 자들은 고지로의 연설이 마음에 들지 않는 표정으로 입을 꾹 다문 채 그의 입을 무서운 눈초리로 노려보고 있었다. 그것도 모른 채, 고지로는 그들에게 한바탕 연설을 늘어놓았다.

"아직 여기에 무사시와 세이주로 님이 오지 않았다는 것은 요시오카 가문에게 천우신조天佑神助네. 그대들은 세이주로 님이 여기에 도착하기 전에 어서 빨리 도장으로 모시고 돌아가시오."

그 말만으로도 요시오카 제자들을 격앙시키기에 충분했는데, 고지로는 한술 더 떴다.

"내 말은 세이주로 님에게 더없이 도움이 될 것이오. 그 말 외에 더 큰 도움이 되는 것은 없을 것이오. 나는 요시오카 가문을 위해 하늘이 내려 준 예언자요. 분명히 말해 두지만 시합을 한다면 세이주로 님은 유감스럽게도 반드시 패할 것이오. 무사시에게 반드시 목숨을 잃을 것이오."

요시오카 일문의 사람이라면 그 말을 결코 좋게 받아들일 리가 없었다. 우에다 료헤이와 같은 이는 얼굴이 흙빛이 되어 고지로를 노려보고 있었다. 십검＋劍 중 한 사람인 미이케 주로자에몬은 더 이상 참을 수 없었는지 또 무슨 말을 하려는 고지로를 향해 가슴팍을 바싹 들이대며 말했다.

"그대는 대체 무슨 소리를 하는 것인가?"

그가 오른쪽 팔꿈치를 고지로의 얼굴 위로 들어 올린 것은 시아이居合[4] 자세로, 여차하면 베겠다는 의지의 표현이었다. 고지로는 싱긋 미소를 지으며 그를 바라보았다. 키가 큰 고지로의 얼굴에 생긴 보조개마저 마치 거만하게 사람을 내려다보며 무시하는 것처럼 보였다.

"내 말이 거슬리는가?"

"당연하다!"

"그렇다면 실례했네."

고지로는 가볍게 받아넘기며 말을 이었다.

"그럼 돕지 않도록 하겠소. 마음대로 하랄 수밖에 없군."

"당신에게 도움을 부탁할 일은 없소."

"그렇지 않을 게요. 그대들은 물론이고 세이주로 님도 게마毛馬 제방에서 나를 시조 도장으로 맞아들이고 이제껏 내 기분을 맞춰 주지 않

---

4 앉은 자세에서 재빨리 칼을 빼서 상대를 베는 검술.

왔나."

"그것은 그저 손님에 대한 예를 갖춘 것뿐이오. 기고만장한 자로군."

"하하하, 여기서 그대들과 말다툼을 해도 소용없는 일이니 그만둡시다. 하지만 내 말을 무시하고 후에 눈물을 흘리며 후회하지 마시오. 내가 보건데 세이주로 님에게는 일 할[割], 아니 단 일 리[厘]의 승산도 없소. 이번 정월 초하루 아침에 고조 다리의 난간에서 무사시란 사내를 본 순간 난 그것을 깨달았소. 다릿목에 그대들의 손으로 세운 팻말이 내게는 요시오카가의 몰락을 스스로 예언하는 위패처럼 보였소. 하기야 인간의 성쇠를 당사자는 알 수 없을지도 모르지만 말이오."

"다, 닥쳐라! 너는 오늘 시합에 요시오카 일문을 저주하러 온 것이구나!"

"사람의 호의조차 순순히 받아들이지 못하는 것이 무릇 쇠락하는 자가 범하기 쉬운 근성일 터. 마음대로 생각하시게. 내일이랄 것도 없이 당장 일각[刻] 후에는 깨닫게 될 터이니."

"말 다했느냐!"

험악하기 그지없는 고함이 침과 함께 고지로에게 쏟아졌다. 극도로 분노한 사십여 명의 요시오카 제자들이 한 발씩 움직인 순간, 살기가 온 들판을 새카맣게 뒤덮을 듯 팽팽하게 흘렀다.

그러나 고지로는 이미 예상하던 바였다. 그는 재빨리 뒤로 물러서며 싸움을 걸어온다면 피하지 않겠다는 의지를 숨기지 않았다. 이런 상황이라면 기껏 호의를 가지고 한 말이 의심을 받아도 할 말이 없는 듯했다.

나쁘게 해석하면, 무사시와 세이주로의 시합을 보러 온 사람들의 관심을 그가 가로채기 위해 일부러 그렇게 행동하는 게 아닌가 할 정도로 고지로의 눈은 호전적으로 변했다. 멀리서 그 모습을 바라보던 사람들이 술렁거리기 시작할 무렵이었다. 혼잡한 인파 사이를 헤집고 한 마리 새끼 원숭이가 흡사 공이 굴러가듯 들판 쪽으로 뛰어갔다. 그 새끼 원숭이 앞에는 젊은 여자가 똑같이 굴러가듯 재빨리 달려가는 모습이 보였다. 아케미였다. 요시오카 문하생들과 고지로 사이에 하마터면 피라도 볼 듯 험악하던 분위기가 갑자기 뒤에서 나타난 아케미의 외침으로 인해 깨어졌다.

"고지로 님, 고지로 님! 무사시 님이 있는 곳은 어디예요? 무사시 님은 안 계세요?"

"어?"

고지로가 뒤를 돌아보았다. 료헤이를 비롯한 다른 문하생들도 돌아보았다.

"아니, 아케미 아니냐?"

한순간 의아한 듯 모든 사람의 눈이 아케미와 새끼 원숭이에게로 쏠렸다. 고지로는 나무라듯 소리쳤다.

"아케미, 여기에 왜 왔느냐? 와서는 안 된다고 분명히 말했잖느냐!"

"내 몸 가지고 내가 오는데, 안 되나요?"

"안 돼!"

고지로는 아케미의 어깨를 툭 치며 말했다.

"돌아가!"

그러나 아케미는 고지로를 향해 가쁜 숨을 내쉬며 고개를 세차게 저었다.

"싫어요! 나는 당신에게 신세를 지긴 했지만 당신의 여자가 아니에요. 그런데……."

아케미는 갑자기 말문이 막힌 듯 흐느끼기 시작했다. 그녀의 처량한 흐느낌에 사내들의 격해졌던 감정은 물을 끼얹은 듯 수그러졌다. 하지만 아케미의 입에서는 남자들이 상상도 하지 못할 만큼 분노에 찬 말이 쏟아져 나왔다.

"그런데 어떻게 당신은 나를 즈즈야數珠屋의 이 층에 묶어 놓을 수가 있죠? 내가 무사시 님을 걱정하자 당신은 내가 증오스럽다는 듯 괴롭혔어요. 게다가…… 게다가…… '오늘 시합에서 무사시는 반드시 죽을 것이다. 나는 요시오카 세이주로와의 의리 때문에 만약 세이주로가 당해 내지 못하면 그를 도와 무사시를 해치워야 한다' 그렇게 말했지요. 그러고는 어젯밤부터 눈물로 밤을 지새운 나를 즈즈야의 이 층에 묶어 둔 채 오늘 아침에 사라져 버리지 않았나요?"

"아케미, 제정신이냐! 사람들 앞에서, 벌건 대낮에 대체 무슨 말을 하는 게냐!"

"말하겠어요. 분명히 말하겠어요. 무사시 님은 내 마음속의 사람이에요. 그런 사람이 죽는다고 하는데 어떻게 가만히 있을 수 있겠어요.

즈즈야 이 층에서 큰 소리를 질러 대자 근처 사람들이 와서 나를 풀어줘서 이렇게 달려온 거예요. 난 무사시 님을 꼭 만나야 해요. 무사시 님께 보내 주세요. 무사시 님은 어디 있죠?"

"……."

고지로는 혀를 차더니 그녀의 신랄한 비난 앞에 입을 다물어 버리고 말았다. 감정이 복받쳐 오른 것은 분명했지만 아케미의 말에 거짓은 없는 듯했다. 그것이 사실이라면 고지로란 사내는 아케미를 따뜻하게 돌보아 주면서도 반대로 그녀의 몸과 마음을 학대하며 즐기고 있는 것이 아닌가 하는 의심이 들었다. 그것을 사람들 앞에서, 더구나 이런 장소에서 여자가 자신의 입으로 거리낌 없이 폭로하자, 고지로는 거북살스러운 것은 물론이고 울컥 화가 치밀어 그녀의 얼굴을 가만히 노려보고 있었다.

바로 그때, 늘 세이주로를 따라다니며 시중을 드는 젊은 종자從者인 다미하치民八란 사내가 큰길의 가로수 사이에서 이쪽을 향해 사슴처럼 달려오면서 팔을 저으며 소리쳤다.

"크, 큰일 났습니다! 여러분! 빨리 오세요. 스승님이 무사시에게 당했어요. 당하고 말았습니다!"

다미하치의 절규를 들은 모두의 얼굴에서 핏기가 사라졌다. 발밑이 꺼지는 것처럼 놀라서 이구동성으로 외쳤다.

"뭐, 뭐라고? 스승님이 무사시에게?"

"어, 어디서?"

"언제?"

"다미하치, 그게 정말이냐?"

놀라움을 금치 못하는 상기된 목소리가 여기저기서 튀어나왔다. 그러나 이곳에 들러 준비를 하고 가겠다고 한 세이주로가 이곳에 들르지 않고 벌써 무사시와 대결을 했다는 다미하치의 말을 도무지 믿을 수가 없었다.

"빨리! 빨리!"

다미하치는 그곳에 서서 말도 제대로 못 하면서 그렇게 외치더니 숨도 돌리지 않고 왔던 길을 고꾸라질 듯 다시 달려갔다. 그들은 반신반의했지만 거짓말이라고는 생각되지 않았다. 료헤이를 비롯한 문하생들은 마치 들불 사이를 내달리는 들짐승처럼 다미하치의 뒤를 쫓아 큰길의 가로수 쪽으로 내달렸다. 그 단바 가도의 북쪽을 향해 오 정쯤 달려가자 가로수 오른편으로 초봄의 햇살 아래 펼쳐진 드넓고 메마른 들판이 나왔다.

아무 일도 없었다는 듯 지저귀고 있던 개똥지빠귀와 때까치가 푸드득 하늘로 날아올랐다. 다미하치는 미친 듯이 풀숲으로 달려 들어갔다. 그리고 옛 무덤의 터와 같은 흙이 타원형으로 봉긋하게 솟은 부근까지 쉬지 않고 달려갔다.

"스승님, 스승님!"

다미하치는 온몸의 힘을 쥐어짜며 그렇게 외치더니 땅바닥에 무릎을 꿇었다.

"아니?"

"아!"

"스승님이다!"

눈앞에 펼쳐진 광경에 뒤따라 달려오던 사람들이 모두 못이 박힌 듯 제자리에 서서 꼼짝도 하지 못했다. 눈앞에는 푸른 소매를 가죽 끈으로 양어깨에 묶고 이마에서 머리 뒤쪽으로 하얀 천을 동여맨 무사가 얼굴을 풀숲에 묻은 채 쓰러져 있었다.

"스승님!"

"세이주로 님!"

"저희들입니다."

"문하생들입니다."

세이주로를 안아 일으키자 목뼈가 부러졌는지 그의 머리가 옆으로 축 늘어졌다. 흰 머리띠에는 피가 한 방울도 묻어 있지 않았다. 소맷자락에도, 겉옷에도, 풀밭 주위에도 핏자국은 전혀 보이지 않았다. 하지만 눈은 고통스럽게 질끈 감겨 있었고 그의 입술은 포돗빛으로 변해 있었다.

"숨은, 숨은 쉬고 있느냐?"

"희미하게."

"오! 누, 누가 빨리 스승님의 몸을."

"업을까?"

"그래!"

한 명이 등을 돌리고 세이주로의 오른팔을 어깨에 걸치고 일어서려 했다.

"아, 아악!"

세이주로가 고통스러운 듯 비명을 질렀다.

"들것, 아님 문짝이라도……."

서너 명의 문하생이 그렇게 외치며 가로수 쪽으로 달려가더니 잠시 후, 부근의 민가에서 덧문 하나를 뜯어서 들고 왔다. 그들은 세이주로의 몸을 문짝 위에 눕혔다. 세이주로는 숨이 돌아오자 고통을 참지 못하고 발버둥을 쳤다. 문하생들은 어쩔 수 없이 허리끈을 풀어서 그의 몸을 덧문에 붙들어 맨 후에 네 귀퉁이를 들고 마치 장례를 치르는 것처럼 암담하게 발걸음을 옮기기 시작했다.

세이주로는 문짝이 부서질 정도로 발버둥을 치면서 소리를 질렀다.

"무사시는…… 무사시는 사라졌느냐? 으윽, 오른쪽 어깨뼈가 으스러진 듯하다. 우욱, 견딜 수가 없다. 누가 오른팔을 잘라다오. 잘라라, 어서! 누가 내 팔을 잘라!"

세이주로는 허공을 바라보며 끊임없이 울부짖었다. 문짝의 네 귀퉁이를 들고 걷던 문하생들은 자신들의 스승인 세이주로가 너무도 고통스러워하자 차마 쳐다보지 못하고 눈길을 돌렸다.

"미이케 님, 우에다 님!"

그들은 걸음을 주저하다가 뒤를 돌아보며 고참들에게 말했다.

"저토록 괴로워하시며 팔을 잘라 달라고 하시는데 차라리 자르는 편이 고통이 덜하지 않을는지요?"

"바보 같은 소리!"

료헤이도 주로자에몬도 일언지하에 부정했다.

"아무리 고통스러워도 아프기만 하면 생명엔 별 지장이 없지만, 팔을 잘라 출혈이 멎지 않는다면 어떻게 될지 모른다. 우선 빨리 도장으로 모셔 가서 무사시의 목검에 얼마나 타격을 입었는지 스승님의 오른쪽 어깨뼈를 살펴봐야 한다. 혹, 팔을 잘라야 한다고 해도 지혈이나 처방 준비를 하지 않으면 자를 수 없다. 그렇지, 누가 먼저 가서 도장에 의원을 불러 두어라."

말이 끝나기 무섭게 두세 명의 문하생이 준비를 위해 도장으로 먼저 달려갔다.

큰길 쪽에서는 소나무 가로수 사이마다 유우원의 들판에서 몰려온 사람들이 개미떼처럼 늘어서서 이쪽을 보고 있었다. 료헤이는 침통한 얼굴로 묵묵히 문짝 뒤를 따라오는 문하생들에게 말했다.

"너희들은 먼저 가서 사람들을 쫓아 버려라. 스승님의 이런 모습을 구경거리로 만들 수는 없다."

"네엣!"

문하생들이 울분을 풀 데를 발견한 것처럼 성난 얼굴로 달려오자 사람들은 메뚜기 떼가 흩어지듯 먼지를 일으키며 도망치기 시작했다.

"다미하치!"

료헤이는 주인의 곁에 붙어 울면서 걸어가는 다미하치에게 소리쳤다.

"잠깐, 이리 오너라."

그는 다미하치를 힐책하듯 전말을 따져 물었다.

"왜, 왜 그러십니까?"

다미하치는 료헤이의 무서운 눈초리를 보고는 입을 덜덜 떨었다.

"너는 시조의 도장을 나설 때부터 스승님을 모셨느냐?"

"그, 그렇습니다."

"스승님은 어디서 준비를 하셨느냐?"

"이 연대사 들판에 오셔서 하셨습니다."

"우리들이 유우원 들에서 기다리고 있는 것을 스승님께선 분명 아셨을 텐데, 어찌 이리 곧바로 오셨느냐?"

"그 이유는 저도 전혀 모르겠습니다."

"무사시는 먼저 와 있었느냐, 아니면 스승님보다 후에 왔느냐?"

"먼저 와서 그 무덤 앞에 서 있었습니다."

"그는 혼자였겠지?"

"예, 혼자였습니다."

"시합은 어떠하였느냐? 너는 구경만 하였느냐?"

"네. 스승님께서 제게 '만일 무사시에게 패하거든 내 뼈는 네가 거두어 가거라. 유우원 들에는 새벽부터 문하생들이 나와 기다리고 있을 테지만 무사시와의 시합이 끝날 때까지는 그들에게 알려선 안 된다. 병법자에게 승패란 병가지상사兵家之常事이니, 비겁한 짓을 해서 이기고 싶진 않다. 그러니 절대로 끼어들어서는 안 된다'라고 말씀하시고 무사시 앞으로 나가셨습니다."

"흐음, 그리고?"

"얼핏 무사시의 웃는 얼굴이 스승님의 등 너머로 보였습니다. 두 사람이 무언가 조용히 인사를 나누고 있구나 생각하는 순간, 날카로운 고함 소리가 들판에 울리더니 스승님의 목검이 공중으로 솟구치는 것이 보였습니다. 그런데 그때는 이미 넓은 들 위에 감색 머리띠 아래로 귀밑머리를 휘날리고 있는 무사시의 모습밖에 보이지 않았습니다."

가로수 길에는 태풍이 지나간 듯 사람들의 그림자조차 보이지 않았다. 신음하는 세이주로를 실은 문짝 행렬은 패퇴해서 고향 산천으로 쫓겨 가는 부대처럼 부상병의 고통에 유의하면서 맥없이 발걸음을 옮기고 있었다.

"으응?"

문짝을 들고 가던 앞 사람이 문득 발길을 멈추더니 목덜미로 손을 가져갔다. 뒷사람은 하늘을 쳐다보았다. 문짝 위로도 마른 솔잎이 우수수 떨어져 내렸다. 바라보니 가로수 우듬지에 새끼 원숭이 한 마리가 멍한 눈으로 아래를 내려다보며 일부러 희롱하듯 고약한 몸짓을 하고 있었다.

"아야!"

위를 쳐다보고 있던 사람의 얼굴로 솔방울이 날아왔다.

"저 빌어먹을!"

사내가 단검을 던졌다. 단검은 가느다란 솔잎 사이를 관통했다. 그

때, 어디선가 휘파람 소리가 울렸다. 원숭이가 한 바퀴 공중제비를 돌고는 가로수 뒤편으로 뛰어내리더니 그곳에 서 있던 고지로의 가슴에서 어깨 위로 뛰어올랐다.

"오!"

문짝을 에워싸고 있던 요시오카 문하생들은 그제야 고지로와 아케미를 발견한 것처럼 흠칫했다.

"……."

들것 위에 누워 있는 부상자를 물끄러미 바라보는 고지로의 표정에는 조소하는 듯한 기색은 전혀 없었다. 오히려 경건한 태도로 패자의 고통스런 신음 소리에 눈살을 찌푸리고 있었다. 하지만 요시오카 문하생들은 앞서 그가 했던 말을 떠올리고는 빈정거리러 왔다고 생각한 듯했다.

료헤이가 문짝을 든 자들을 재촉했다.

"사람이 아닌 원숭이 짓이니, 상대하지 말고 어서 가자."

"잠시만."

고지로가 갑자기 세이주로에게 말을 걸었다.

"세이주로 님, 어떻게 된 겁니까? 무사시 놈에게 당했군요. 맞은 곳은 어디? 흐음, 오른쪽 어깨군요. 이런, 뼈가 완전히 으스러졌네. 한데 이렇게 누운 채 흔들리면 좋지 않을 뿐 아니라 몸 안에 고인 피가 장기에 들어가고 머리로 거꾸로 흐를지도 모릅니다."

고지로는 주위에 있는 사람들을 향해 예의 고자세로 명령했다.

"문짝을 내려놓으시오. 무엇을 망설이는가, 어서 내리게. 괜찮으니 내려놓게."

그러고는 빈사 상태의 세이주로에게 다시 말했다.

"세이주로 님, 일어날 수 있겠소? 아니, 어서 일어나시오. 가벼운 부상이고 기껏 오른팔 하나가 아니오. 왼팔을 흔들며 걸으면 분명 걸을 수 있습니다. 겐포 선생님의 장자인 세이주로가 교토의 큰길을 문짝에 실린 채 돌아왔다는 말을 듣는다면 돌아가신 아버님의 이름에 먹칠을 하는 겁니다. 그보다 더 큰 불효가 또 어디 있겠습니까?"

세이주로는 그렇게 말하는 고지로의 얼굴을 눈도 깜빡이지 않고 물끄러미 바라보고 있었다. 그러고는 갑자기 벌떡 일어났다. 오른팔은 왼팔에 비해 한 자나 길어진 듯, 그의 어깨 밑으로 축 늘어져 흡사 남의 팔처럼 덜렁거렸다.

"미이케, 미이케!"

"예."

"잘라라."

"무, 무엇을 말입니까?"

"이 바보! 아까부터 말하지 않았는가. 내 오른팔 말이다."

"하지만……."

"에잇, 한심한…… 우에다, 네가 하거라. 어서 빨리!"

"예? 예……."

그러자 고지로가 말했다.

"저라도 괜찮으시면……."

"오, 부탁하오."

고지로는 세이주로의 곁으로 다가가 축 늘어진 오른팔의 손끝을 잡고 들어 올리더니 단검을 뽑아 들었다. 기괴한 비명 소리가 사람들의 귀에 들려온 순간, 핏줄기가 솟구치며 어깻죽지에서 잘려 나간 팔이 땅 위로 떨어졌다. 몸의 중심을 잃은 것처럼 세이주로는 다소간 비틀거렸고 제자들이 황급히 그를 부축하며 상처를 손으로 눌렀다.

"걷는다! 나는 걸어서 돌아간다."

세이주로는 죽어 가는 사람이 마지막 절규를 하듯 그렇게 외쳤다. 제자들에게 둘러싸인 채 그는 열 걸음 정도 걸었다. 그의 걸음 뒤로 남겨진 검붉은 피가 땅속으로 스며들었다.

"스승님."

"세이주로 님."

문하생들은 병풍처럼 세이주로를 에워싸며 걱정했다.

"들것에 실려 서둘러 갔으면 훨씬 나았을 텐데, 고지로가 주제 넘는 짓거리를……."

모두 그의 무책임한 행동을 못마땅해 하며 분개했다.

"걸어간다!"

세이주로는 잠시 호흡을 가다듬고 다시 스무 걸음 정도 걸었다. 다리로 걷는 게 아니라 의지로 걷고 있었다. 그러나 그 의지도 오래가지 않았다. 반 정쯤 걸었을까, 그는 문하생들의 팔에 쓰러지고 말았다.

"이런, 빨리 의원을!"

당황한 사람들이 이젠 거부할 힘도 없는 세이주로를 죽은 사람 마냥 들쳐 업고 황급히 내달렸다. 고지로는 그 모습을 전송하듯 바라보다가 가로수 아래 우두커니 서 있는 아케미를 돌아보며 말했다.

"보고 있었구나, 아케미. 너로서는 통쾌했을 테지?"

아케미는 그렇게 말하며 태연하게 웃고 있는 고지로의 얼굴을 증오 어린 눈으로 응시했다.

"네가 자나 깨나 입버릇처럼 저주하던 세이주로다. 분명 가슴이 후련했을 거야. 아케미, 네 빼앗긴 순결은 저걸로 멋지게 보복한 것이 아니냐?"

"……."

아케미는 고지로란 인간이 세이주로 이상으로 저주스럽고 두렵고 혐오스럽게 여겨졌다.

'세이주로는 나를 이렇게 만들었지만 악인은 아니다. 악인이라고 할 만큼 속이 시커먼 인간은 아니다. 거기에 비하면 고지로는 악인이다. 세상 사람들이 흔히 말하는 악인의 모습은 아니지만 다른 사람의 행복을 기뻐하지 않고 다른 사람의 재난과 고통을 방관하면서 그것을 자신의 쾌락으로 삼는 변태적인 인간이다. 저런 자는 도적질이나 돈을 빼돌리는 사람보다 훨씬 더 질이 나쁘고 안심할 수 없는 악인이 아닐까.'

"돌아가자."

고지로는 새끼 원숭이를 어깨에 태우고 말했다. 아케미는 이 사내에게서 도망치고 싶었다. 그러나 어쩐지 그의 손아귀에서 벗어날 수 없을 것 같은 느낌이 들어 도망칠 용기가 생기지 않았다.

"무사시를 찾아봤자 이미 소용없어. 여태껏 이 근처에 있을 리가 없을 테니."

고지로는 혼자 중얼거리며 앞장서서 걸어갔다.

'왜 이 악당에게서 떨어지지 못하는 걸까? 왜 이 틈에 도망치지 않는 걸까?'

아케미는 자신의 어리석음을 자책하면서도 그의 뒤를 따라가지 않을 수가 없었다. 고지로의 어깨 위에 있는 새끼 원숭이가 뒤로 돌아앉더니 흰 이빨을 드러낸 채 아케미를 보며 킥킥 웃었다.

"……."

아케미는 자신이 저 새끼 원숭이와 같은 운명이란 생각이 들었다. 그리고 문득 마음속으로 그처럼 무참한 모습이 된 세이주로가 애처롭게 여겨졌다. 아케미는 무사시는 다르지만, 세이주로나 고지로에게 서로 다른 애증을 가지고 남자라는 존재에 대해 생각하기 시작했다.

'이겼다.'

무사시는 마음속으로 개가凱歌를 올려 보았다.

'요시오카 세이주로에게 나는 이겼다. 무로마치 이래 교류京流의 종가宗家, 그 명문가의 후예를 쓰러뜨렸다.'

그런데 마음이 조금도 기쁘지 않았다. 그는 고개를 숙인 채 들판을 걸었다. 새의 그림자가 땅을 스치듯 하얀 배를 드러내며 낮게 날아갔다. 무사시는 부드러운 마른 풀과 잎사귀를 밟으며 한 발 한 발 걸음을 옮겼다.

승리한 뒤에 찾아오는 공허함이란 영리한 자들에게만 찾아오는 세속적인 감상이지 수행 중인 병법자에게는 어불성설이었다. 하지만 무사시는 견딜 수 없는 공허함에 사로잡혀 끝없는 벌판을 혼자서 걷고 있었다.

"……."

무사시는 뒤를 돌아다보았다. 세이주로와 만났던 연대사 들판의 언덕 위 소나무가 덩그러니 저편으로 보였다.

'일격이었다. 생명에는 지장이 없을 듯하지만…….'

문득 쓰러져 있는 적의 용태가 염려되었다. 손에 들고 있는 목검의 날을 새삼 살펴보았지만 피는 묻어 있지 않았다. 결전 당일 아침, 무사시는 목검을 차고 시합 장소로 오기 전까지 적에겐 필시 많은 일행이 따를 것이고, 형세가 불리해질 것을 대비해 비겁한 계책도 세웠을 것이라고 생각했다. 그래서 죽음을 각오한 것은 물론이고 죽은 뒤의 얼굴이 보기 흉하지 않도록 소금으로 이도 하얗게 닦고 머리까지 감은 후에 나섰다.

그런데 막상 세이주로를 보자 무사시는 자신이 상상하던 인물과는 전혀 달라서 의외였다.

'이자가 겐포의 아들이란 말인가?'

무사시의 눈에 비친 세이주로는 교류 제일의 병법자처럼 보이지 않았다. 소위 선이 가는 도회적인 공자였다. 한 사람의 시종을 데리고 왔을 뿐, 일행은 아무도 없는 듯했다. 서로 이름을 대고 입회한 순간, 무사시는 내심 후회했다.

'이 시합은 하지 말았어야 했다!'

무사시가 원하는 것은 항상 자신보다 위에 있는 자들이었다. 그런데 지금 눈앞에 있는 상대가 일 년이나 수련을 해서 상대할 만한 적이 아니란 사실을 한눈에 깨달았다. 게다가 세이주로의 눈에는 자신감이라고 전혀 찾아볼 수 없었다. 아무리 미숙한 상대라고 해도 막상 싸우게 되면 맹렬한 자존심을 갖기 마련인데 세이주로에게서는 눈뿐 아니라 전신에서 생기라곤 전혀 느낄 수 없었다.

'무엇 때문에 오늘 여기에 나온 것인가? 그런 자신이 없는 마음가짐으로…… 차라리 약속을 파기하는 편이 좋았을 텐데.'

그렇게 생각하자 무사시는 적인 세이주로가 측은하게 여겨졌다. 그는 한번 한 약속을 깨뜨릴 수 없는 명문가의 후예였다. 부친으로부터 물려받은 천 명이 넘는 제자들이 스승으로 떠받들고 있지만 그것은 선대의 유산이지 그의 실력이 아니었다.

무사시는 어떤 구실을 만들어 목검을 거두는 편이 서로를 위해 좋다고 생각했지만 그럴 기회가 없었다.

"몹쓸 짓을 했구나."

무사시는 다시 한 번 키가 훌쩍 큰 소나무가 솟아 있는 무덤을 돌아보며 자신의 목검에 맞은 세이주로의 부상이 빨리 쾌유되기를 마음속으로 기원했다. 하지만 어찌 됐든 세이주로와의 시합은 끝이 났다. 승리했든 패배했든 언제까지 그것에 연연하는 것은 병법자답지 못한 일이다. 단지 미련일 뿐이었다. 무사시가 그렇게 마음을 다지고 발걸음을 재촉했을 때였다. 메마른 들판에서 무엇을 찾고 있는지 풀숲에 쪼그리고 앉아서 흙을 파헤치고 있던 노파가 발소리에 깜짝 놀라 얼굴을 들더니 눈이 휘둥그레졌다. 노파는 마른 풀잎과 같은 옅은 색에 무늬가 없는 옷을 입고 있었는데, 솜이 도톰하게 들어간 겨울옷에 허리끈만 보랏빛이었다. 일흔은 되어 보였고 속복俗服 차림이었지만 동그란 머리에 두건을 썼는데, 어딘지 품위가 느껴지는 아담한 체구였다.

"······?"

무사시도 내심 크게 놀란 듯했다. 길도 없는 풀숲이었고 게다가 주변의 색과 분간을 할 수 없는 옷을 입고 있는 연로한 노파를 자칫하면 밟을 수도 있었기 때문이었다.

"할머니, 무엇을 캐고 계시는지요?"

사람이 그리웠던 무사시는 부드러운 어조로 말을 걸었다.

"······."

노파는 앞에 허리를 굽히고 앉은 무사시의 얼굴을 보더니 몸을 떨었다. 남천죽南天竹 열매를 꿰어 놓은 듯한 산호 염주가 소매 안에서 얼핏 보였다. 그녀의 손에는 풀뿌리를 파서 캐낸 어린 쑥부쟁이와 머위 줄기와 같은 여러 가지 채근採根이 작은 소쿠리 안에 담겨 있었다.

그런데 노파의 손끝과 붉은 염주가 미세하게 떨리고 있는 것을 본 무사시는 그녀가 무엇을 그렇게 두려워하는 것인지 의아했다. 무사시는 혹시 노파가 자신을 도적으로 오해하고 있는 것이 아닐까 생각하고 일부러 더욱 친근하게 말했다.

"봄이라 그런지 벌써 파랗게 나물이 나왔네요. 미나리도 캐셨군요. 냉이랑 떡쑥도. 아, 할머닌 나물을 캐고 계셨군요?"

무사시가 곁으로 다가가 소쿠리 안의 나물을 들여다보자 노파가 아연실색하더니 소쿠리를 내던지고 저편으로 달아나며 누군가를 불렀다.

"고에쓰光悦야!"

"……."

무사시는 영문을 몰라 하며 그녀의 조그만 몸이 달아나는 쪽을 바라보고 있었다. 무심히 보면 평평한 들판 같았지만 그 속에도 완만한 기복이 있었다. 그녀의 모습이 들판의 굴곡 속으로 사라졌다. 사람의 이름을 불렀던 것으로 보아 거기에는 일행이 있음이 분명했다. 그러고 보니 그 부근에서 희미한 연기가 피어오르고 있었다.

'할머니가 애써 공들여 캔 것일 텐데…….'

무사시는 발밑에 흩어진 파란 나물들을 소쿠리에 주워 담았다. 그리고 선의를 표할 생각으로 소쿠리를 들고 그녀가 달려간 쪽으로 걸어갔다.

노파는 곧 볼 수 있었다. 그녀는 혼자가 아니라 두 명의 일행과 함께 있었다. 세 사람은 가족처럼 보였다. 북풍을 피하기 위해 완만한 경사 아래의 양지 바른 곳을 골라 짐승의 털로 짠 양탄자를 깔고 다기茶器와 물주전자, 그리고 솥을 걸어 놓고 푸른 하늘과 대지를 다실茶室로 삼아 자연의 풍경을 정원으로 해서 풍류를 즐기고 있었다.

달인

　　　　　　　　세 명 중에 한 명은 하인이고 다른 한 사람
은 비구니 행색을 한 노파의 아들인 듯했다. 아들이라고는 하지만 이미
마흔일곱이나 여덟은 되어 보였는데 교토의 귀족을 본떠 구운 인형 같
은 흰 피부에 볼과 배에는 후덕하게 살집이 있고 때깔 좋은 체격의 사
내였다. 조금 전에 노파가 부른 것으로 보아 그 사내가 고에쓰임에 틀
림없었다.

　고에쓰라고 하면 교토의 혼아미本阿彌 네거리에서 천하에 이름을 떨
치고 있는 같은 이름을 가진 사람이 있었다. 가가加賀의 다이나곤大納言[5]
인 도시이에利家로부터 이백 석 가량의 원조를 받고 있어서 사람들의
부러움을 사고 있었다. 교토의 상가 저잣거리에 살면서 이백 석의 원
조를 받으면 그것만으로도 호화로운 생활을 할 수 있을 것이다. 게다

---

5 태정관太政官의 관직명으로 대신大臣 다음가는 신분으로 율령국가의 정무를 운영했다.

가 도쿠가와 이에야스에게 특별한 대우를 받는 것은 물론이고 귀족의 집과 궁궐에도 출입을 했으니, 제후들도 이 교토의 초닌町人[6]의 집 앞을 지날 때는 말 위에서 가게를 내려다보며 지나가기 어려울 정도였다.

혼아미 네거리에 살고 있어서 사람들에게 혼아미 고에쓰本阿彌光悅라고 불리지만, 본명은 지로사부로次郎三郎이며 본업은 칼의 감정과 연마, 다듬기였다. 그의 가문은 이 세 가지를 업으로 삼아 아시카가足利 시절 초기부터 무로마치 시대까지 번창하였고, 다시 이마가와今川가, 오다織田가, 도요토미豊臣가에 이르기까지 대대로 총애를 받아온 유서 깊은 가문이기도 했다.

게다가 고에쓰는 그림도 뛰어났고 도자기뿐 아니라 공예에도 능했다. 특히 서예는 그가 가장 자신 있어 하는 분야이기도 했다. 무엇보다 당대의 명필을 꼽아 보자면, 오토고야마하치만男山八幡에 살고 있는 쇼카도 쇼조松花堂昭乘, 가라스마루 미쓰히로烏丸光広, 고노에 노부타다近衛信尹를 아울러 삼묘원三藐院 풍이라고 불리는데, 이들 서체의 창시자가 바로 고에쓰였다.

하지만 고에쓰는 그 정도로는 자신을 온전히 평하는 것이라 생각하지 않았는데, 항간에는 이런 이야기도 전해지고 있었다. 어느 날 고에쓰가 평소 친한 고노에의 집을 방문했다. 고노에는 우지노초자사키노

---

6 도쿠가와 시대에 도시에 거주한 상공업자 계층을 말한다. 이들은 도쿠가와 시대 초기에 등장하여 부를 쌓아 사회적으로 영향력을 행사하게 되었는데, 상인이 주를 이뤘지만 공예가나 장인도 있었다.

氏長者前 관백關白 가문의 귀공자이고 현직現職은 위엄 있는 좌대신左大臣 고관이었지만 성품은 조야粗野하지 않았다. 그는 조선 출정의 해(임진왜란)에 '이것은 히데요시 일개의 업業이라고는 할 수 없다. 국가의 흥망이 걸려 있는 일이니만큼 나도 나라를 위해 좌시하고 있을 수 없다'고 하며 당시의 천황에게 주상하여 원정遠征에 종군하겠다고 고집했다. 그런데 히데요시가 그 말을 듣고는 '천하에 크게 무익한 자가 바로 그와 같은 자'라고 갈파했지만, 그렇게 비웃은 히데요시의 조선 정략朝鮮政略 그 자체가 후일 천하 최대의 무익한 일이었다고 세인들에게 비난받은 것은 아이러니였다.

한편 고에쓰가 고노에를 방문했을 때, 두 사람은 늘 그렇듯 서도書道로 이야기꽃을 피우고 있었다.

"고에쓰, 자넨 지금 서도에 있어서 천하의 명필로 세 명을 꼽는다면 누구를 꼽겠나?"

고노에의 질문에 고에쓰는 기다렸다는 듯 바로 대답했다.

"우선, 그다음에는 먼저 그대를 꼽겠고, 또 그다음은 하치만의 다키모토 보滝本坊인 저 쇼조昭乗가 아니겠소?"

고노에는 다소 납득이 가지 않는 표정으로 다시 물었다.

"자네가 나더러 그다음이라고 말했는데, 그 앞의 사람은 누구인가?"

그러자 고에쓰는 진지한 표정으로 고노에의 눈을 바라보며 말했다.

"바로 저입니다."

이것이 혼아미 고에쓰였다. 하지만 지금 무사시 앞에 하인을 데리고 있는 모자가 그 혼아미 네거리의 고에쓰인지 아닌지는 알 수가 없었다. 하인 한 명에 의복이나 벌여 놓은 다기※器 등속도 너무나 검소한 느낌을 지울 수가 없었다.

고에쓰는 손에 붓을 들고 있었다. 무릎 위에는 한 장의 흰 종이가 얹어 있었는데 거기에는 그가 아까부터 정성스레 그리고 있던, 메마른 들판을 흐르는 강물이 미완인 채로 담겨 있었다. 곁에 흩어져 있는 종이에도 습작이라도 하는지 모두 강물의 선만 그려져 있었다.

고에쓰는 문득 돌아보며 무슨 일인지를 묻는 것처럼 하인 뒤에서 겁에 질려 떨고 있는 모친과 우뚝 선 무사시의 모습을 조용한 시선으로 번갈아 보았다. 무사시는 그의 온화한 눈길에 자신의 마음도 온화해지는 느낌이 들었다. 그러나 그것은 친근함이라고 하기에는 너무나 거리가 멀었다. 자신들의 주변에서는 찾아볼 수 없는 부류의 인간이라도 본 것처럼, 그로 인해 무사시에게 너무나 아련한 그리움을 느끼게 하는 눈길이었다. 후덕한 뱃살처럼 고에쓰의 눈은 속 깊은 눈빛을 담고 있었다. 그는 무사시를 향해 흡사 오랜 친구라도 만난 듯 생긋 웃음을 지어 보였다.

"무사님, 제 모친께서 무슨 잘못이라도 하셨는지요? 자식인 제 나이가 벌써 마흔여덟이니 모친의 연세를 참작해 주시길 바랍니다. 몸은 건강하십니다만 근래 들어 눈이 침침하다고 하십니다. 모친의 실수는 제가 거듭 사죄하겠습니다. 용서해 주십시오."

그는 무릎 위의 종이와 손에 든 붓을 양탄자 위에 내려놓고 공손히 손을 땅에 짚고 사죄하려고 했다. 때문에 무사시는 자신이 그런 이유로 노모를 뒤쫓아 온 것이 아님을 밝혀야 할 처지가 되고 말았다.

"이런……."

무사시도 황급히 무릎을 꿇고 고에쓰를 만류했다.

"자제분 되십니까?"

"예."

"사죄는 오히려 제가 해야 합니다. 무슨 일로 놀라셨는지 저도 잘 모르겠습니다만, 저를 보시더니 이 소쿠리를 버리고 달아나셨습니다. 그 자리에는 연로하신 분이 공들여 캔 봄나물들이 쏟아져 있었습니다. 모친께서 놀라신 이유는 모르겠습니다만, 이 메마른 들에서 이 만큼의 봄나물을 캐신 모친의 정성을 생각하니 죄송한 마음이 들어 나물을 소쿠리에 주워 담아 여기까지 가져온 것입니다. 그만 손을 거두십시오."

"아, 그렇습니까?"

고에쓰는 그제야 모든 것을 깨달은 듯 구김살 없이 웃으며 모친을 돌아보며 말했다.

"들으셨는지요? 어머님께서 아무래도 오해를 하신 모양입니다."

그제야 모친은 마음이 놓인 듯 숨어 있던 하인의 등 뒤에서 한 발 나서며 말했다.

"고에쓰야, 그럼 저 무사님은 우리에게 위해를 가하려는 분이 아니란 말이구나?"

"위해는커녕 어머님께서 소쿠리에 캔 봄나물을 버리고 오셔서 이분이 여기까지 가져오셨습니다. 이 메마른 들에서 나물을 찾아서 캔 어머님의 정성을 헤아려 일부러 여기까지 가져다주실 만큼, 젊은 무인치고는 마음이 어진 분입니다."

"저런 나는 그런 줄도 모르고, 미안하게도……."

노모는 공손히 앉아 있는 무사시에게 손목에 찬 염주에 얼굴이 닿을 정도로 허리를 숙이며 사과했다. 그리고 긴장이 풀렸는지 웃음을 지으며 아들인 고에쓰에게 이렇게 말했다.

"지금 생각하면 참으로 미안한 일이지만, 이 무사님을 처음 본 순간에 어쩐 일인지 피비린내가 나는 듯하더구나. 그래서 그만 온몸이 오싹해지면서 무서워진 게란다. 지금 이렇게 보니 전혀 그렇지 않은 분인데 말이다."

노모가 무심코 한 말에 무사시는 가슴 한쪽이 덜컥 내려앉았다. 그는 다른 사람들에게 자신의 모습이 어떻게 비춰지는지 깨달은 것만 같았다.

'피비린내 나는 사람.'

꾸밈이 없는 고에쓰의 노모는 자신을 가리켜 그렇게 말했다. 자신의 몸에 배어 있는 냄새를 아는 사람은 아무도 없을 테지만, 무사시는 그 말을 듣고 갑자기 자신의 몸에 들러붙어 있는 요기妖氣와 피비린내를 깨달았다. 그리고 노모의 순결한 감각에 일찍이 느끼지 못했던 부끄러움을 느꼈다.

"무사시 님."

고에쓰도 그것을 간파했다. 형형하게 빛나는 범상한 눈빛이나 기름기 없는 살벌한 머리칼까지, 온몸이 날카롭게 날이 서 있는 듯한 청년에게 그는 왠지 사랑스러운 일면을 느끼고 있는 듯했다.

"바쁘시지 않으면 잠시 쉬었다 가시지 않겠습니까? 참으로 조용한 곳입니다. 가만히 앉아만 있어도 기분이 맑아지고 마음도 저 푸른 하늘 속으로 빨려 들어가는 듯합니다."

노모도 함께 권했다.

"나물을 조금 더 캐서 나물죽을 끓여 대접할 터이니, 괜찮으시면 차나 한잔하시면서……."

이 모자 사이에 섞여 있으니 무사시는 자신의 몸에서 자란 살기에 찬 가시가 사라지는 듯 마음이 온화해졌다. 타인이라는 생각이 들지 않을 만큼 따스함이 묻어났다. 무사시는 자신도 모르는 사이에 짚신을 벗고 양탄자 위에 앉아 있었다.

허물없이 그들의 이야기를 듣고 있으니, 노모의 이름은 묘슈^{妙秀}이며 교토에서도 널리 알려진 현명한 부인이었고, 아들은 혼아미 네거리에 사는 그 유명한 예림藝林의 명장名匠인 혼아미 고에쓰라는 것을 알게 되었다.

칼을 찬 사람 중에 혼아미가의 이름을 모르는 사람은 없었다. 그러나 무사시는 고에쓰나 그의 모친인 묘슈가 바로 그 사람들이라고는 도무지 생각되지 않았다. 이 모자가 그런 유서 깊은 가문의 사람들이라는 말을 들어도, 단지 이 넓은 메마른 들에서 우연히 만난 평범한 사람들처럼 생각되었다. 또한 그런 연유로 자신이 품고 있는 그리움이나 친근함을 한순간에 버리고 싶지는 않았다.

묘슈는 차를 끓이는 솥의 물이 끓기를 기다리면서 아들에게 말했다.

"저 아이는 몇 살이나 되었을까?"

"글쎄요, 스물대여섯쯤 되어 보입니다만."

고에쓰가 무사시를 보며 대답하자 무사시가 고개를 저으며 말했다.

"아닙니다. 스물둘입니다."

그러자 묘슈는 적잖이 놀란 듯 정색을 하며 말했다.

"아직 그렇게 젊은가? 스물둘이라면 내 손자라 해도 좋겠군."

묘슈는 무사시에게 고향은 어디인지, 부모님은 계신지, 검은 누구에게 배웠는지를 계속해서 물었다. 온화한 노인에게 손자 취급을 받자 무사시는 어린 마음이 동했는지 어느 순간 말투까지 저절로 어린아이처럼 변했다. 항상 혹독하고 엄격한 수련 생활 속에서 살아오며 자신을 강철처럼 굳게 단련시키는 일 외에는 아무것도 몰랐던 그였다. 그런데 지금 묘슈와 이렇게 얘기하고 있자니 그 자리에서 뒹굴며 응석이라도 부리고 싶은 마음이, 오랫동안 비바람을 맞으며 잊어버렸던 그 마음이 되살아나는 듯했다.

묘슈와 고에쓰를 비롯해서 이 한 장의 양탄자 위에 놓여 있는 존재들, 찻잔 하나까지도 모두 하늘의 푸르름에 녹아들어 자연과 한 몸이 된 듯했다. 들판을 날아가는 새처럼 그들은 조용히 자연을 즐기고 있었지만 무사시만이 외톨이처럼 덩그러니 떨어져 나와 있었다. 그의 모습은 자연 속에 동화되지 못하는 존재로밖에 보이지 않았다.

이야기를 나누고 있을 때는 무사시도 양탄자 위의 사람들과 서로 융화되어 위안을 받았다. 하지만 묘슈가 차를 끓이느라 말을 하지 않고 고에쓰도 붓을 들고 등을 돌리자 무사시는 이야기를 나눌 사람도 없이, 또 무엇을 해야 할지 몰라서 그저 따분함과 고독만이 밀려왔다.

'이 모자는 무엇이 그리 재미있을까? 그리고 아직 봄도 이른데 왜 이런 메마른 들에 온 것일까?'

무사시에게는 이 모자의 생활이 불가사의하게만 여겨졌다. 나물을 캐는 것이 목적이라면 날이 좀 더 따뜻해져서 사람들로 분빌 무렵에 나와야 봄나물도 더 많이 자랐을 테고 꽃도 피어 있을 것이었다. 또 차를 즐기는 것이 목적이라면 일부러 솥과 찻잔 등속을 가지고 오는 불편함을 겪지 않아도 될 것이었다. 분명 그들의 집에는 멋진 다실도 있을 것이었다.

'그림을 그리기 위해서인가?'

무사시는 그렇게 생각하면서 고에쓰의 넓은 등을 바라보았다. 몸을 약간 옆으로 틀어서 고에쓰의 붓을 엿보니, 조금 전과 마찬가지로 이번에도 종이에 그리고 있는 것은 강물뿐이었다. 이곳에서 조금 떨어진 마른 풀밭에는 가느다란 시냇물이 구불구불 흐르고 있었다. 고에쓰는 그 냇물의 모습을 선으로 표현하고자 여념이 없었다. 그는 무언가 떠오르는 바를 종이 위에 옮겨 그리다가 여전히 부족한 듯, 물의 형태를 온전히 담아내기 위해 질리지도 않고 수십 번이나 똑같은 선을 그리고 있었다.

'아, 그림도 그렇게 쉬운 것이 아니로구나!'

무사시는 무료함도 잊은 채 넋을 놓고 바라보고 있었다. '적을 검의 끝에 두고 무아無我의 상태가 되었을 때, 자신과 천지가 혼연일체가 된 듯한 기분, 아니 그런 마음조차 완전히 망각했을 때는 이미 검이 적을 벤 이후다. 고에쓰 님은 아직 저 물을 적으로 바라보고 있기 때문에 그리지 못하는 것이다. 자신이 저 물이 되면 되는 것을.'

무사시는 무슨 일이든 검을 떠나서는 생각할 수 없었다. 검으로 그림을 생각해도 막연히 그 정도는 이해할 수 있다. 하지만 여전히 알 수 없는 것은 묘슈나 고에쓰가 얼마나 즐거워하고 있는가 하는 점이었다. 두 사람은 서로 등을 지고 있지만 지금 이 순간을 즐기고 있었고 싫증을 내는 기색이 전혀 없었다. 무사시는 그것이 참으로 신기할 따름이었다.

'한가한 사람들이라 그럴 테지.'

무사시는 단순히 그렇게 생각했다.

'이 험난한 시절에도 그림을 그리고 차를 끓이는 사람들이 있구나. 나와는 무관한 세계의 사람들이다. 선대의 재산을 소중히 지키며 세상 밖에서 노니는 사람들.'

무료함은 곧 나른함을 유혹했다. 나태함을 금기로 삼고 있는 무사시는 불쑥 그것을 깨닫자 잠시라도 이런 곳에 있을 수 없다는 생각이 들었다.

"폐를 끼쳤습니다."

무사시는 벗어 놓았던 짚신에 발을 넣었다. 뜻하지 않게 시간을 허비했다는 듯, 갑자기 그의 행동이 어색하게 보였다.

"아니, 어딜 가시려고?"

묘슈는 의외라는 표정으로 그렇게 말했다. 고에쓰도 조용히 돌아보며 말했다.

"변변치 않지만 모친께서 모처럼 차를 대접하시려고 정성스레 찻물을 준비하고 계시니, 조금만 더 기다리시지요. 조금 전에 모친과 나누시던 대화를 들으니 무사님은 오늘 아침 연대사 들판에서 요시오카와 시합을 하신 분이 아닌지요? 싸움 뒤에 차 한잔만큼 좋은 것은 없다고 가가의 다이나곤님도, 그리고 이에야스 공도 자주 말씀하셨지요. 차는 양심養心이며 차만큼 마음을 수양시켜 주는 것은 없습니다. 저는 동動은 정靜에서 일어난다고 생각합니다. 자, 이리 앉으시지요. 저도 함께하겠습니다."

거리는 꽤 떨어져 있지만 역시 이 들과 이어진 연대사 들판에서 오늘 아침에 자신과 요시오카 세이주로의 시합이 있었다는 사실을 고에쓰도 알고 있던 듯했다. 그 사실을 알면서도 그런 일은 전혀 다른 세계의 소란으로 여기며 이렇듯 조용히 있었던 것이다.

무사시는 고에쓰 모자의 모습을 다시 쳐다보더니 자리에 앉았다.

"그럼 성의라 생각하고 잠시 머물다 가겠습니다."

고에쓰는 기뻐하며 말했다.

"변변치는 않습니다."

그는 벼루상자의 뚜껑을 덮고서 종이가 날리지 않도록 그 위에 얹어놓았다. 고에쓰가 벼루상자로 종이 위에 얹을 때, 묵직한 황금과 백금, 나전螺鈿이 입혀진 상자 뚜껑이 비단벌레처럼 찬연히 빛을 발하자 무사시는 자신도 모르게 몸을 빼서 들여다보았다. 바닥에 놓여 있는 벼루상자의 공예는 눈이 부실 만큼 현란한 것은 아니었다. 호화로운 모모야마 성桃山城을 축소시켜 놓은 듯 아름답지만 그 위에는 천 년도 지난 듯한 거무스름한 세월의 두께와 정취가 서려 있었다.

무사시는 질릴 만큼 넋을 잃고 들여다보고 있었다. 가뭇없이 펼쳐진 푸른 하늘보다도, 사방에 펼쳐진 들판의 자연보다도 이 자그마한 공예품이 가장 미려하게 보였다. 바라보기만 해도 마음이 위안을 얻는 듯했다.

"제가 소일거리로 만든 것인데 마음에 드십니까?"

"오, 공예도 하십니까?"

고에쓰는 가만히 미소만 지었다. 수공예의 아름다움을 자연의 아름다움보다 고귀하게 바라보는 무사시를 그는 다소 비웃는 듯한 기색으로 바라보았다.

'이 젊은이는 시골 출신인가 보군.'

고메쓰가 자신을 낮추어 보고 있는 줄도 모르고 무사시는 여전히 눈길을 떼지 못했다.

"참으로 멋집니다."

"방금 제가 소일거리로 만들었다고 했지만, 그 속에 새겨져 있는 와카和歌 문자는 고노에 삼묘원 님의 작품이고, 또 글을 쓴 것도 그분입니다. 그러니까 실은 두 사람의 합작이라 해야겠지요."

"고노에 삼묘원이라면 저 관백關白가의?"

"그렇습니다. 류잔龍山 공의 아드님인 노부타다信尹 공입니다."

"제 숙부가 고노에近衛가에서 오랫동안 일을 하고 있습니다만."

"성함이 어떻게 되지요?"

"마쓰오 가나메라고 합니다."

"오, 가나메 님이라면 잘 알고 있습니다. 고노에가에 갈 때마다 늘 그분께 신세를 지기도 하고 또 가나메 님도 종종 저희 집을 방문하시기도 합니다."

"아, 그렇습니까?"

"어머님."

고에쓰는 그것을 자신의 모친에게 다시 이야기하고는 덧붙였다.

"인연이란 참으로 묘한 듯합니다."

"그렇구나. 그럼 이 젊은이는 가나메 님의 조카님이로구나?"

묘슈는 그렇게 말하며 화롯가에서 일어서 무사시와 아들 앞으로 오더니 단아하게 다도의 예를 취했다.

이미 일흔에 가까운 노모였지만 다도의 예법이 몸에 깊이 배어 있었다. 자연스런 몸가짐이나 섬세하게 움직이는 손끝까지 모든 동작이 참으로 여성스럽고 부드러우면서도 아름다웠다. 야인인 무사시는 고에쓰의 몸놀림을 그대로 따라하며 정좌를 하고 있었다. 그의 옹색한 무릎 앞에 과자를 담은 나무 접시가 놓였다. 과자는 보잘것없는 만두였지만 그 아래에는 이 메마른 들에서는 찾아볼 수 없는 푸른 나뭇잎이 깔려 있었다. 검에 형形과 법法이 있듯 차에도 나름의 법식이 있다고 알고 있는 무사시는 묘슈의 몸가짐을 지그시 바라보았다.

'훌륭하다. 빈틈이 없어!'

이번에도 역시 검을 기준으로 해석했다. 달인이 검을 잡고 서 있는 모습을 보면 마치 이 세상 사람이 아닌 듯 생각되었다. 그 장엄한 모습을 무사시는 지금 차를 다루고 있는 일흔 노모의 모습에서 보고 있었다.

'도道와 예藝의 진수, 무슨 일이건 통달하면 똑같이 보인다.'

무사시는 골몰히 생각에 잠겨 있었다. 그러나 곧 정신을 차리고 바라보니, 작은 비단보에 얹어 무릎 앞에 놓은 찻잔을 들고 어떻게 마셔야 하는지 몰라 다소 당황스러웠다. 다도의 자리에 앉아 본 적이 없었던 것이다.

아이들이 길바닥의 흙으로 아무렇게나 빚은 것처럼 투박하게 보이는 찻잔이었다. 그러나 찻잔 속 짙은 녹색의 거품은 하늘보다도 고요하고 깊은 빛깔이었다.

"……."

고에쓰는 벌써 과자를 먹고 있었다. 추운 밤에 따뜻한 물건이라도 품듯 두 손으로 찻잔을 들더니 두세 모금으로 나누어 마셨다.

"고에쓰 님."

무사시가 마침내 물었다.

"저는 무골武骨이라 차 같은 걸 대접받은 적이 없어서 마시는 법도, 작법作法도 전혀 모릅니다."

그러자 묘슈가 손자를 타이르듯 온화하게 바라보며 말했다.

"차에 그런 건 없다네. 무골이라면 무골처럼 마시면 되네."

"그렇습니까?"

"다도는 작법이 아니네. 작법이란 마음가짐일 뿐, 자네가 하는 검도 그렇지 않은가?"

"네, 그렇습니다."

"마음가짐에 지나치게 얽매이면 차 맛을 제대로 음미할 수 없네. 검으로 비유하자면 몸이 경직되어 마음과 칼의 합일을 이루지 못하는 것이라 할 수 있을 듯싶네."

"예."

무사시는 저도 모르게 머리를 숙이고 귀를 기울이고 다음 말을 기다리고 있었다.

"호호호."

묘슈는 웃으면서 말했다.

"내가 검에 대해 무엇을 안다고 그만, 아무것도 모르면서 말이네."

"그럼, 잘 마시겠습니다."

무사시는 무릎이 아파서 꿇고 있던 다리를 책상다리로 고쳐 앉았다.
그러고는 밥공기의 숭늉을 마시듯 꿀꺽 마시고 찻잔을 내려놓았다.

'쓰다.'

쓰다는 감촉뿐, 겉치레나마 맛있다는 말도 할 수 없을 듯했다.

"한 잔 더 마시겠나?"

"아니, 괜찮습니다."

무사시는 내심 도대체 무슨 맛으로, 왜 이런 것을 심각한 듯 작법을 따지며 마시는 것인지 도저히 이해가 되지 않았다. 그러나 그는 처음부터 이 모자에게 가졌던 의문과 마찬가지로 그것을 하찮게 여기며 이곳을 떠나고 싶지는 않았다.

자신이 다도에 대해 느낀 것이 그것뿐이라면, 유구한 '히가시야마 문화東山文化'[7] 속에서 그처럼 발달해 왔을 리가 없었다. 또한 히데요시나 이에야스와 같은 인물이 다도의 융성을 지원했을 까닭도 없었을 것이었다.

야규 세키슈사이도 노후에는 다도에 매진하였고 돌아보면 다쿠안도 자주 차에 대해 이야기를 했었다. 무사시는 비단보 위에 놓인 찻잔을 다시 한 번 내려다보았다.

세키슈사이를 생각하면서 앞에 놓인 찻잔을 바라보고 있던 무사시

---

7 무로마치 시대 중기의 문화를 가리키는 말로, 8대 장군인 아시카가 요시마사(足利義政, 1436~1490)가 지은 교토의 히가시야마 산장을 중심으로 무가武家, 공가公家, 선승禪僧의 문화가 융합해서 탄생한 소박함과 우아함을 특징으로 하는 문화를 말한다. 특히 자조사慈照寺의 은각銀閣은 히가시야마 문화를 대표하는 건축물로 손꼽힌다.

는 문득 그가 보낸 작약의 가지가 떠올랐다. 백작약 꽃이 아닌 가지의 절단면을 보고 그때 받은 강한 전율이 떠오른 것이었다.

'아니?'

무사시는 찻잔에서 전해져 오는 어떤 울림에 가슴이 세차게 떨렸다. 그는 손을 뻗어 찻잔을 감싸듯 집은 후에 무릎 위에 놓고 보았다.

"……?"

지금까지와는 전혀 다른 사람처럼 세심한 눈빛으로 찻잔의 바닥과 빗살을 세밀하게 살폈다.

'세키슈사이가 자른 작약 가지의 단면과 흙을 빚어 이 찻잔을 만들 때 생긴 빗살 자국의 예리함. 흐음, 모두 다 비범한 자의 솜씨다.'

늑골이 팽팽하게 부풀어 오르는 것처럼 숨이 막혀 왔다. 무엇 때문인지는 자신도 설명할 수 없었다. 다만 비범한 실력을 지닌 명장의 역량이 거기에 담겨 있다고밖에 할 수 없었다. 말로는 표현할 수 없는 무언의 언어가 가슴속으로 절절하게 파고들었다. 그것을 받아들이는 데에 있어서 무사시는 남달리 섬세한 감수성을 지니고 있었다.

'이것을 만든 사람은 누구일까?'

손에 들자 놓고 싶은 마음조차 사라지는 촉감이었다. 무사시는 참을 수가 없어서 물어보았다.

"고에쓰 님, 조금 전에 말씀드렸다시피 저는 도기에는 문외한입니다만, 이 찻잔은 상당히 뛰어난 장인이 만든 듯합니다."

"어째서 말입니까?"

고에쓰의 음성은 그의 얼굴처럼 부드러웠다. 입술은 두툼했지만 여자처럼 애교가 넘칠 때가 있었다. 눈초리는 약간 처졌지만 물고기처럼 가늘고 길게 째져서 위엄이 있으면서도 이따금 야유라도 하는 듯한 주름이 잡히곤 했다.

"이유를 물으시면 답하기 곤란합니다만 문득 그렇게 느꼈습니다."

"어느 부분에서 무엇을 느끼셨는지 그것을 말해 보시지요."

고에쓰는 심술궂게 말했다.

"글쎄요……."

무사시는 잠시 생각하더니 입을 열었다.

"말로는 다 표현할 수 없지만 말씀드리지요. 여기 주걱으로 단숨에 빚어낸 흙의 자국입니다."

"흐음!"

고에쓰도 예술가의 천성을 지니고 있었다. 그는 무사시가 예술을 이해하는 수준이 낮은 자라고 단정하고 얕잡아 보고 있었던 것이다. 그런데 뜻밖에 무사시가 가볍게 흘려들을 수 없는 말을 할 듯하자 여자처럼 부드럽고 두툼한 그의 입술이 갑자기 경직되었다.

"무사시 님은 주걱의 자국을 어떻게 생각하십니까?"

"날카롭습니다!"

"그뿐입니까?"

"아니, 훨씬 더 복잡합니다. 이것을 만든 사람은 대단히 배포가 큰 듯합니다."

"그리고?"

"칼로 말하면 소슈모노相州物[8]처럼 무엇이든 벨 수 있을 것입니다. 하지만 마음이 따스해지는 향으로 감싸는 것을 잊지 않았습니다. 그리고 찻잔의 전체적인 형태에서 보자면 대단히 소박하게 보이지만 기품이라 할까, 어딘지 왕후와 같은 존대尊大한 품격을 지니고 있어 사람을 사람이라고 생각하지 않는 면모도 있습니다."

"흐음, 과연!"

"그래서 이것을 빚어낸 사람은 인간으로서 그 속을 가늠하기 어려운 인물이라는 생각이 듭니다. 어쨌든 이름 있는 명장임에는 틀림없습니다. 실례인 줄 알지만 여쭙겠습니다. 대체 이 찻잔을 구운 사람은 어떤 도공입니까?"

그러자 고에쓰는 투박한 술잔의 귀퉁이 같은 입술에서 침을 튀기도록 웃으면서 말했다.

"하하하, 접니다. 제가 장난삼아 구운 그릇입니다."

고에쓰도 꽤나 짓궂었다. 무사시에게 한껏 말을 시켜 놓고 정작 그 찻잔을 만든 사람은 실은 본인이라고 털어놓은 것이다. 상대가 놀림을 받은 것 같은 불쾌감이 들지 않게 하는 것이 더 교활하다고 할 수도 있지만, 마흔여덟 살인 고에쓰와 스물두 살의 무사시의 나이 차이라는 것은 역시 싸움이 될 수가 없었다.

---

8 소슈相州의 도공인 오카자키 고로 마사무네岡崎五郎正宗 일파가 만든 도검류의 총칭으로, 마사무네正宗는 일본 도검 사상 가장 저명한 도공 중의 한 명으로 꼽힌다. '마사무네'라는 이름은 일본도의 대명사로 여겨지고 있는데, 그 작풍은 후대의 도공들에게 심대한 영향을 끼쳤다.

무사시는 자신이 시험을 당하고 있다는 생각은 조금도 하지 않고 진심으로 감탄했다.

'이 사람은 이런 도기까지 직접 빚는구나. 이 찻잔을 만든 이가 이 사람일 줄은 꿈에도 생각하지 못했는데.'

무사시는 고에쓰의 다재다능함에, 아니 그 재능보다 소박한 찻잔 같은 모습 속에 감춰져 있는 인간적인 깊이가 무섭게 느껴졌다. 그가 자부하고 있는 검의 이론으로 고에쓰의 깊이를 가늠해 보려 해도 자신의 척도로는 도저히 가늠할 수 없을 듯해서 존경심마저 느껴졌다.

하지만 그런 생각이 든 순간, 이미 무사시는 약해졌다. 그 사람에게 머리를 숙이지 않고는 배기지 못하는 성품이었다. 이번에도 자신의 미숙함을 발견하고는 대인 앞에서 부끄러움을 품게 되는 미성년에 지나지 않았다.

"무사시 님도 도기를 좋아하는 모양이군요. 안목이 상당합니다."

"아닙니다. 저는 도기에 대해선 전혀 모릅니다. 지레짐작일 뿐입니다. 실례를 범한 것을 용서해 주십시오."

"그도 그럴 터지요. 좋은 찻잔을 하나 굽는 데도 일생이 소요되는 법이니 말입니다. 하지만 당신에게는 예술을 이해하는 감수성이 있습니다. 상당히 날카로운, 역시 검을 다루니 자연히 길러진 안목인 듯합니다."

고에쓰도 내심 무사시를 인정하고 있었다. 그러나 대인이란 감탄을 해도 입으로 칭찬하는 법이 없었다.

무사시는 그만 시간이 흐르는 것도 잊고 있었다. 그러는 동안, 하인이 나물을 캐 오자 묘슈는 죽을 끓이고 채근을 삶아서 고에쓰가 만든 듯한 작은 접시에 담고, 향료가 든 병을 열고는 들녘에서의 간소한 식사를 마련하였다.

음식도 무사시에게는 너무 담백하여 구미에 맞지 않았다. 그의 육체는 보다 농후한 맛과 기름기를 요구하고 있었다. 그러나 그는 순순히 나물과 무의 담백한 맛을 음미하려 했다. 고에쓰와 묘슈에게 배워야 할 좋은 점이 많음을 알았기 때문이었다.

하지만 요시오카 쪽 사람들이 스승의 보복을 위해 언제 이곳으로 달려올지 몰랐다. 무사시는 불안한 마음에 휩싸여 때때로 들판을 힐끗힐끗 둘러보았다.

"잘 먹었습니다. 길을 서두르는 것은 아니지만 혹 시합을 한 상대편 문하생들이 오면 폐를 끼칠지도 모르겠습니다. 언제 또 인연이 있으면 다시 뵙겠습니다."

묘슈는 일어서서 걸음을 옮기는 무사시를 배웅했다.

"혼아미 네거리를 지날 일이 있으면 들러 주시오."

뒤에 있던 고에쓰도 말했다.

"무사시 님, 다음에 꼭 집으로 오셔서 천천히 이야기를 나눕시다."

"예, 찾아뵙겠습니다."

언제 올까 하던 요시오카 쪽 사람들은 들판 어디에도 보이지 않았다. 무사시는 다시 뒤를 돌아보며 고에쓰 모자가 노니고 있는 양탄자

위의 세계를 바라보았다. 자신이 걸어가는 길은 오직 한 줄기 좁고 험
난한 길이라는 생각이 들었다. 고에쓰가 노니고 있는 밝고 드넓은 세
상에는 도저히 미칠 것 같지 않았다.

　　"……."

　무사시는 이전과 다름없이 묵묵히 고개를 숙인 채 들녘의 끝을 향해
걸음을 옮겼다.

인롱

"요시오카의 이대라는 자의 꼴을 보니 속이 다 후련하고 술맛도 좋구면."

소를 치는 변두리 마을의 선술집이었다. 토방 안에는 장작불 연기와 음식을 삶는 김으로 어둑어둑했지만, 불이라도 난 듯 하늘은 저녁놀로 붉게 물들어 있었다. 때문에 주렴珠廉이 흔들릴 때마다 동사東寺의 탑 위에 앉아 있는 저녁 까마귀들이 꺼져 가는 불씨처럼 저 멀리 보였다.

"자, 마시게."

술판을 사이에 두고 장사치 서너 명이 마주 앉아 있었다. 혼자 묵묵히 밥을 먹고 있는 수도승에 술을 걸고 팽이를 돌리고 있는 노동자 무리까지 토방은 사람들로 가득했다.

"너무 캄캄한데. 주인장! 술이 코로 들어가도 모르겠소!"

"네네, 지금 불을 켭니다."

한쪽 구석의 벽에서 장작불이 활활 피어올랐다. 바깥이 어두울수록 술집 안은 붉게 밝아졌다.

"생각만 해도 분통이 터지는군. 재작년부터 숯에다 생선에다 밀린 돈이 얼만데! 그 도장이 또 얼마나 크나. 섣달그믐에는 돈을 주겠지 하고 찾아갔더니, 제자 놈들이 저들 사정만 장황하게 늘어놓고는 결국 우릴 문밖으로 내쫓기까지 했지!"

"그만 화 풀게. 우리들의 울분은 연대사 들판의 시합으로 돌려준 거라 생각하세."

"지금은 화가 풀렸지만, 정말이지 너무 고소하고 통쾌하네."

"한데 소문을 듣자니 요시오카 세이주로가 너무 맥없이 패했다더군."

"세이주로가 약한 게 아니라 무사시란 자가 엄청나게 강했던 거지."

"아무튼 단 일격에 세이주로는 왼팔인가 오른팔인가, 어느 한쪽을 잃었다더군. 게다가 그게 목검이었다니 대단하지 않은가?"

"임자는 직접 보았는가?"

"나는 보지 못했지만 직접 가서 본 사람들 얘기를 들으니 뭐 그렇다는 게지. 세이주로는 문짝에 실려 돌아왔는데 간신히 목숨만은 건진 모양이지만 평생 외팔이 신세가 됐지."

"앞으로 어떻게 될까?"

"제자들은 무슨 수를 써서라도 무사시를 잡아 죽이지 않으면 도장에 요시오카류의 이름을 걸어 둘 수 없다며 떠들어 대고 있는 모양이야. 하지만 세이주로조차 당해 내지 못한 상대가 아닌가. 그와 겨룰

만한 자라곤 동생 덴시치로傳七郎밖에 없어서 지금 그를 찾아다닌다고 하더군."

"덴시치로는 세이주로의 동생인가?"

"그자는 형보다 실력이 훨씬 좋은 듯하지만, 천방지축이어서 돈이 있는 동안에는 도장에 모습도 보이지 않고 부친인 겐포의 명성과 연고를 미끼 삼아 여기저기 무위도식하며 놀러만 다니는 망나니라네."

"그 형에 그 동생이군. 겐포 선생님 같은 큰 인물의 핏줄에서 어째 하나같이 그런 인간들만 나왔을까?"

"그게 어디 핏줄만 가지고 될 일인가?"

화로의 장작불이 다시 어두워지려고 했다. 그 옆에 앉아서 아까부터 벽에 기대 졸고 있는 사내가 있었다. 술도 어지간히 마셔서 선술집 주인은 그냥 내버려 두었는데, 화로에 장작을 넣을 때마다 사내의 머리와 무릎에 불똥이 날리자 마침내 그에게 말했다.

"손님, 옷에 불이 붙을지 모르니 의자를 조금 뒤로 물리시지요."

사내는 술과 불기운으로 충혈된 눈을 둔하게 뜨더니 중얼거렸다.

"음, 으음. 알고 있어. 알고 있으니 내버려 둬."

사내는 팔짱을 풀지도, 일어나지도 않았다. 술을 많이 마셔 머리가 아프고 구역질이 나는지 몹시 울적해 보였다. 술버릇이 나쁠 것 같은 힘줄 솟은 얼굴을 살펴보니 바로 혼이덴 마타하치였다.

지난번 연대사 들판에서 벌어진 시합은 이곳뿐 아니라 도처에서 화제를 불러일으켰다. 무사시의 이름이 유명해질수록 마타하치는 자신이 비참하게 느껴져 견딜 수가 없었다. 자신이 무언가 이룩하기 전까지는 무사시의 이야기를 듣고 싶지 않았지만 아무리 귀를 막아도 저렇게 사람이 몇 명이라도 모인 곳에서는 온통 그 이야기뿐이었다. 때문에 울적한 마음을 술로도 달랠 수 없는 듯했다.

"주인장, 한잔 더 주게. 찬술이라도 좋으니 거기 큰되에다가……."

"손님, 괜찮겠습니까? 안색이 좀……."

"시끄러. 나는 본래 얼굴이 파래지는 체질이야."

벌써 그 큰되로 몇 번이나 마셨는지, 마신 사람보다 주인이 헷갈릴 지경이었다. 마타하치는 술을 단숨에 들이켜고는 다시 잠자코 벽에 기대서 팔짱을 끼고 있었다. 술을 그만큼이나 마시고도, 발밑에서는 장작불이 타고 있는데도 얼굴빛은 여전히 변함이 없었다.

'흥, 나도 머지않아 보여 줄 테다. 사람이 검으로만 성공하란 법은 없지. 부자가 되든지 출세를 하든지 건달이 되든지, 한 분야에서 최고가 되면 되잖아. 나나 무사시나 이제 겨우 스물둘이다. 세상에 일찍 이름을 떨친 자치고 대성한 인간은 별로 없어. 천재다 뭐다 해서 으스대봤자 서른만 되면 벌써 비실비실해져서 애늙은이가 되기 마련이야.'

무사시를 칭찬하는 말이 듣기 싫은 마타하치는 속으로 그렇게 반감을 곱씹고 있었다. 이번 소문을 오사카에서 듣고 즉시 교토로 온 것도 별다른 목적이 있어서가 아니었다. 그저 무사시가 신경이 쓰여서 그 후의 상황을 보러 온 것뿐이었다.

'지금은 녀석이 우쭐대고 있겠지만 머잖아 사나운 꼴을 당할 게다.

요시오카 쪽에도 인물은 있으니 말이야. 십검이라 불리는 제자들도 있고, 동생 덴시치로도 있다.'

마타하치는 무사시의 명성이 일패도지一敗塗地하는 날을 마음속으로 기다리면서 자신은 요행을 찾고 있었다.

"목이 마르군."

그는 불 옆에서 벽을 짚고 힘겹게 일어섰다. 다른 사람들이 모두 고개를 돌려 그를 쳐다보았다. 마타하치는 구석에 있는 커다란 물통에 머리를 처박듯 국자로 물을 떠 마시고는 국자를 내던지고 그대로 입구의 주렴을 헤치고 비틀거리며 밖으로 나갔다.

어이없는 얼굴로 멍하니 보고만 있던 선술집 주인은 마타하치의 모습이 주렴 밖으로 사라지자 정신이 돌아온 듯 쫓아 나갔다.

"어이, 손님! 아직 계산을 안 했습니다."

다른 손님들도 주렴 사이로 얼굴을 내밀었다. 마타하치는 비틀거리다 그 자리에 멈춰 섰다.

"뭐요?"

"손님, 그만 깜박 잊으신 모양이지요?"

"잊은 물건은 없는데?"

"술값을, 헤헤헤. 아직 술값을 내지 않았습니다."

"아, 계산 말인가?"

"네, 죄송하지만."

"돈이 없는데."

"예?"

"곤란하게 됐군. 돈이 없네. 조금 전까진 있었는데."

"그럼 넌 처음부터 한 푼도 없이 술을 처마신 게로구나."

"다, 닥쳐라."

마타하치는 품속이며 허리춤을 이리저리 뒤져 인롱印籠을 꺼내더니 그것을 주인의 얼굴을 향해 내던지며 말했다.

"나도 칼을 찬 무사다. 아직 술 마시고 달아날 만큼 타락하지는 않았다. 술값으론 과분한 것이지만 받게나. 거스름돈은 필요 없으니."

던진 것이 인롱인 줄은 아무도 몰랐다. 얼굴을 맞은 선술집 주인이 비명을 지르며 양손으로 얼굴을 감싸자 주렴 안에서 내다보던 사람들이 마타하치의 행동에 분노했다.

"돈도 없이 술을 마시다니!"

"잡아라!"

그들은 욕설을 뱉으며 일제히 밖으로 몰려나왔다. 모두들 술기운이 돌고 있었다.

"이놈, 돈 내고 가거라!"

그들은 마타하치를 둘러싸고 소리쳤다.

"네놈은 그런 식으로 일 년 내내 공짜로 술을 마시는 게로구나. 돈이 없으면 우리에게 머리통이나 한 대씩 맞고 가거라."

사람들이 씩씩거리며 몰매를 주겠다고 윽박지르자 마타하치는 칼자루를 잡고 우뚝 서서 말했다.

"뭐라? 나를 패겠다고? 재미있겠군. 어디 때려 보아라. 네놈들은 내가 누군 줄 아느냐?"

"거지보다도 자존심이 없고, 도둑보다 못한 쓰레기 낭인이지 누구긴 누구냐?"

"네 이놈들!"

마타하치는 미간을 찌푸리며 주위를 노려보면서 말했다.

"내 이름을 듣고 놀라지 말거라."

"웃기는 소리."

"사사키 고지로가 바로 이 몸이다. 이토 잇토사이의 제자이자 가네마키류의 달인, 고지로를 모르느냐?"

"웃기는 놈이군! 어디서 주워들은 풍월은 있을지 몰라도, 어서 돈을 내놓거라. 술값 말이다!"

한 사람이 손을 내밀며 다그치자 마타하치는 대답 대신 칼을 움켜잡았다.

"인롱으로 부족하면 이것도 주마."

마타하치는 칼을 뽑아서 그 사내의 손목을 잘라 버렸다. 으악, 하는 요란한 비명 소리가 울리자 설마 하고 얕잡아 보던 선술집 주객들은 마치 자신의 피가 튀긴 듯한 착각에 빠져 머리와 엉덩이를 부딪치면서 앞 다퉈 도망치기 시작했다.

"칼을 뽑았다!"

마타하치는 눈을 번득이며 칼을 휘두르면서 외쳤다.

"방금 뭐라 지껄였느냐? 이 버러지 같은 놈들, 이리 오너라. 사사키 고지로의 솜씨를 보여 주마! 기다려라, 네놈들 머리를 놓고 가거라!"

초저녁의 어스름 속에서 마타하치는 혼자서 칼을 휘두르고 있었다. 자신이 사사키 고지로라며 허세를 부리고 있었지만 이미 한 사람도 보이지 않았고 어둑어둑해지는 밤하늘에는 까마귀도 울지 않았다.

마타하치는 갑자기 허공을 향해 흰 이를 드러내며 웃어 젖혔다. 그러나 그의 얼굴은 당장이라도 울음이 터질 것같이 허무했다. 그는 위태로운 손짓으로 칼을 다시 칼집에 꽂고는 비틀비틀 걸음을 옮겼다. 그가 선술집 주인의 얼굴에 던진 인롱은 길바닥에 떨어진 채 별빛 아래에서 반짝이고 있었다. 흑단黑檀에 파란 조개 상감象嵌을 한 것이어서 그다지 비싸 보이지 않는 인롱이었지만, 밤길에 버려져 있으니 그 파란 조개 문양의 빛이 흡사 반딧불 무리가 내려앉은 듯 기이한 빛을 발하고 있었다.

"으응?"

조금 뒤늦게 술집을 나온 행각승이 그것을 주워들었다. 그는 발길을 재촉하는 길이었지만 일부러 선술집 처마 밑으로 돌아가 새어 나오는 불빛에 비춰보면서 인롱의 모양과 주머니를 졸라매는 끈을 자세히 살펴보았다.

"앗! 이것은 나리의 인롱이다. 후시미 성의 공사장에서 무참한 죽음을 당하신 구사나기 덴기草薙天鬼 님이 가지고 있던 물건. 여기 덴기라고 인롱 바닥에 조그맣게 새겨져 있다."

행각승은 놓치면 안 된다는 듯 급히 마타하치의 뒤를 쫓아갔다.

"사사키 님, 사사키 님."

누군가 뒤에서 부른다는 것은 알았지만 자신의 이름이 아니었다. 취한 마타하치의 귀에는 그 이름이 들어오지 않았다. 그는 규조九条에서 호리가와堀川 방향으로 걸어가고 있었는데 자신의 몸도 지탱하기 힘든 듯했다. 행각승은 발길을 재촉해서 뒤에서 마타하치의 칼끝을 붙잡고 말했다.

"고지로 님, 잠시 기다리십시오."

마타하치는 딸꾹질이라도 하듯 놀라 돌아봤다.

"나 말인가?"

"당신은 사사키 고지로 님이 아닙니까?"

행각승의 눈동자에 험악한 빛이 감돌았다. 마타하치는 취기가 가신 표정으로 말했다.

"나는 고지로인데, 고지로가 맞으면 어찌하겠는가?"

"여쭙고 싶은 것이 있습니다."

"무, 무엇을?"

"이 인롱을 어떻게 손에 넣으셨는지요?"

"인롱?"

마타하치는 취기가 싹 가셨다. 후시미 성의 공사장에서 죽임을 당한 무사 수행자의 얼굴이 문득 눈앞에 아른거렸다.

"어디에서 손에 넣었는지, 바로 그것을 여쭙고 싶습니다. 고지로 님,

이 인롱을 어떻게 지니게 되셨습니까?"

행각승은 단호한 어조로 캐물었다. 스물여섯이나 일곱쯤 됨직한 사내인데 나이를 보더라도 그저 절간을 떠돌며 후생(後生)이나 기원하는 어줍은 인물은 아닌 듯 보였다.

"대체 당신은 누구요?"

마타하치는 진지한 얼굴로 상대를 가늠하며 물었다.

"그것은 중요하지 않소. 그보다 인롱의 출처나 말하시오."

"원래부터 내 것이다. 출처 따윈 없다."

"거짓말 마시오!"

행각승의 분위기가 갑자기 바뀌었다.

"사실대로 말하시오. 자칫하면 돌이킬 수 없는 실수를 범할 수도 있소이다."

"정말이다."

"사실대로 실토하지 않는군."

"실토라니, 무슨 소리냐!"

마타하치도 강하게 나섰다.

"이 가짜 고지로!"

행각승이 짚고 있던 넉 자 두세 치의 둥근 떡갈나무 지팡이가 바람을 획 하고 갈랐다. 마타하치는 본능적으로 몸을 뒤로 뺐지만 몸에 아직 술기운이 남아 있었다.

"윽!"

마타하치는 두세 걸음이 비틀거리다가 엉덩방아를 찧었지만 다시 재빨리 일어나서 뒤도 돌아보지 않고 도망치기 시작했다. 그 재빠른 몸놀림에 행각승은 당황했다. 술에 취한 상대가 기민하게 움직이지 못할 것이라 여겨 방심했다.

"이놈!"

행각승은 황망히 쫓아가며 떡갈나무 지팡이를 마타하치를 향해 던졌다. 마타하치가 목을 움츠리자 지팡이가 바람 소리를 내며 귓가를 스쳐 지나갔다. 그는 위험을 느끼고 더 빨리 도망쳤다. 행각승은 빗나간 지팡이를 주워 들고 더 빨리 마타하치를 쫓았다. 그러고는 거리를 가늠하더니 다시 지팡이를 어둠 속으로 던졌다. 마타하치는 이번에도 간신히 지팡이를 피했다. 위험한 순간이었다. 취기는 이제 완전히 사라지고 없었다.

마타하치는 타는 것처럼 목이 말랐다. 어디까지 달아나도 그 행각승의 발소리가 뒤에서 들려오는 것 같았다. 어느새 로쿠조인지 고조인지 분간이 안 되는 근처까지 왔다. 마타하치는 가슴을 두드리며 중얼거렸다.

"휴우, 큰일 날 뻔했군. 이젠 안전하겠지."

그러고는 좁은 골목을 기웃거리는 모양새가 달아날 길을 살피는 게 아니라 우물을 찾고 있는 듯했다. 마하타치는 마침내 우물을 발견했는지 골목 안으로 들어갔다. 빈민가에 있는 공동 우물이었다. 두레박으로 물을 퍼서 끌어 올린 그는 단숨에 들이켠 후에 두레박을 내려놓고 얼굴의 땀을 씻었다.

'뭐 하는 자일까?'

정신을 조금 차리자 께름칙한 마음이 되살아났다. 돈이 들어 있는 자줏빛 가죽 염낭과 주조류中條流의 목록, 그리고 인롱. 이 세 가지는 작년 여름 후시미 성의 공사장에서 사람들에게 죽임을 당한 턱이 없는 무사 수행자의 주검에서 빼낸 것이었다. 그중에 돈은 전부 써 버렸고 수중에 남은 것은 주조류의 인가 목록과 그 인롱뿐이었다.

'그 중놈이 인롱이 자기 주인의 물건이라고 했는데, 그럼 그자는 죽은 무사의 시종인가?'

마타하치는 새삼 세상이 좁다고 생각했다. 떳떳하지 못한 몸으로 음지를 헤매다 보니 귀신처럼 오만 가지 우연이 따라다녔다.

'지팡이인지 봉인지 모르겠지만 아무튼 그걸로 후려치다니. 그 봉에 머리라도 맞았더라면 그걸로 끝장날 뻔했다. 아무튼 방심을 하면 안 되겠다.'

그는 죽은 사람의 돈을 써 버린 일이 계속 마음에 걸렸다. 나쁜 짓을 했다는 생각이 들 때마다 그 염천 아래에서 죽임을 당한 턱이 없는 무사의 얼굴이 어른거려서 견딜 수 없었다.

'일해서 돈을 벌면 꼭 돌려줘야지. 출세하면 비석이라도 하나 세워 공양供養도 해야지.'

그는 죽은 사람에게 마음속으로 끊임없이 사죄했다.

'그래, 이런 걸 품속에 지니고 있다간 어떤 의심을 받을지 모르니 차

라리 버리는 게 낫지 않을까?'

마타하치는 옷 위로 주조류의 인가 목록을 만지며 생각했다. 두루마리는 늘 허리에 찬 복대 속에서 불룩하게 솟아 있었다. 지니고 걷기에도 꽤나 거추장스러운 물건이었다. 그러나 마타하치는 곧 아깝다는 생각이 들었다. 이미 돈은 한 푼도 없고 몸에 지닌 재산이라고는 그 두루마리 하나뿐이었다. 그것 때문에 아카가베 야소마에게 감쪽같이 사기도 당했다. 그럼에도 그는 그것을 발판 삼아 출세까지는 못 하더라도 밥벌이는 할 수 있지 않을까 하는 요행을 바라는 마음을 여전히 버리지 못했다.

목록에 있는 사사키 고지로라는 이름을 사칭한 후로 득을 보는 때가 꽤 있었다. 이름도 없는 작은 도장이나 검술을 좋아하는 상인들에게 보이면 크게 존경을 받을 뿐 아니라 잠자코 있어도 하룻밤 유숙과 한 끼 식사를 대접받았다. 이번 정월 보름 동안은 거의 그 두루마리 때문에 먹고살았다고 해도 과언이 아니었다.

'버릴 것까지는 없다. 점점 배짱이 작아지는 모양이군. 그런 소심함이 출세하는 데 방해가 될 수도 있다. 무사시처럼 담대해지자. 천하를 휘어잡은 놈을 봐.'

마타하치는 그렇게 마음을 먹었지만 당장 오늘 밤에 묵을 곳도 없었다. 진흙과 풀로 지어 금방이라도 무너질 듯한 빈민가의 집이라도 그곳에 사는 사람들에게는 따뜻한 방이 있다고 생각하니 그들이 부럽기만 했다.

두 명의
고지로

        마타하치는 처량한 눈으로 부근의 집들을 엿보았다. 어느 집이나 찢어지게 가난했지만 냄비 하나를 마주하고 앉은 부부가 있었고, 노모를 둘러싸고 부업으로 밤일을 하고 있는 오누이도 있었다. 그들은 물질적으로는 한없이 부족한 대신 히데요시나 이에야스의 가정에서는 찾아볼 수 없는 것을 서로 나누고 있었다. 그것은 가난할수록 한층 깊어지는 골육의 정이었다. 그런 서로에 대한 정 덕분에 이 빈민굴은 아귀의 소굴로 변하지 않고 인간의 훈훈한 정을 지니고 있었다.

'내게도 어머니가 계신데, 어머닌 어떻게 지내실까?'

마타하치는 문득 어머니를 떠올렸다. 지난 연말, 우연히 만나 이레 정도 함께 있었을 뿐, 모자간의 하찮은 고집 때문에 그는 노모를 홀로 버려두고 떠났었다.

'불쌍한 어머니한테 내가 심했어. 아무리 좋아하는 여자와 지내도 어머니만큼 진심으로 나를 사랑해 주는 여자는 없었어.'

청수사의 관음당은 여기서 그리 멀지 않았다. 마타하치는 그곳으로 가려고 마음먹었다. 그곳에 있는 행랑 밑이라면 잠을 잘 수도 있었다. 그리고 어쩌면 어머니를 만날 수 있을지도 모른다는 막연한 생각이 들었다.

어머니 오스기는 신심이 두터운 사람이었다. 신불을 가리지 않고 그 효험을 절대적으로 믿고 있었다. 아니 믿는 정도를 넘어 전적으로 의지하고 있었다. 지난번 오사카에서 일주일 남짓 마타하치와 함께 다닐 때에 둘 사이에 불화가 생겼던 것도 그 때문이었다. 오스기가 신사나 불당만 찾아다니며 시간을 보내는 것이 마타하치를 지겹게 만든 원인 중 하나였다. 당시 그는 노모인 오스기로부터 이런 말을 자주 들었다.

"누가 뭐라 해도 청수사의 관세음보살만큼 세상에서 영험한 부처님은 없다. 그 보살님께 지성을 올렸더니 서른일곱 날이 될 무렵, 바로 무사시란 놈을 만나게 해 주셨다. 그것도 불당 앞에서 말이다. 너도 청수사의 관세음보살만은 믿어야 한다."

오스기는 봄이 되면 첫 참배를 가서 앞으로도 계속 혼이덴가를 위해 지성을 올려야 한다고 몇 번이나 마타하치에게 말했다. 마타하치는 그 때문에라도 혹시 그곳에 어머니가 있을지도 모른다고 생각했다. 그러고 보면 그녀가 그곳에 있을 거라는 그의 생각이 반드시 헛된 생각이 아닐지도 몰랐다.

로쿠조 방문^{坊門} 거리에서 고조 쪽으로 걸어가자 마을인데도 지나가는 개에 걸려 넘어질 정도로 어두컴컴했다. 실제로 이곳에는 들개들이 아주 많았다. 그는 아까부터 그 들개들의 소리에 둘러싸여 있었다. 돌을 던져서 잠잠해질 무리가 아닌 듯싶었다. 그러나 마타하치도 이제는 들개들이 으르렁대는 일에는 익숙해졌기 때문인지 아무리 송곳니를 드러내며 따라와도 아무렇지 않게 태평하게 걸을 수 있었다.

그런데 마타하치가 고조에서 가까운 솔밭 부근까지 이르자 갑자기 개의 무리가 짖는 방향을 바꾸더니 그의 앞뒤에서 계속 따라오던 놈들까지 다른 무리들과 합세하여 한 그루 소나무를 에워싸고는 요란스럽게 허공을 향하여 울어 대기 시작했다.

어둠 속에서 우글거리는 개들의 그림자는 늑대에 가까웠고, 어느새 헤아릴 수 없을 만큼 불어나 있었다. 그중에는 발톱을 세우고 소나무 위를 향해 뛰어오르며 송곳니를 드러내고 으르렁거리는 무서운 녀석도 있었다.

"으응?"

나무 위를 처다보던 마타하치가 깜짝 놀랐다. 우듬지 위로 얼핏 사람의 그림자가 보였다. 별빛에 의지해 자세히 살피니 여자인 듯, 화려한 소맷자락과 하얀 얼굴이 가느다란 솔잎 사이에서 떨고 있었다. 개들에게 쫓겨 나무 위로 도망쳤는지 아니면 나무 위에 숨어 있다가 들킨 것인지는 분명치 않았다. 어쨌든 우듬지 위에서 떨고 있는 것은 젊은 여자임에 틀림없었다.

"쉬잇, 이놈들. 훠이!"

마타하치는 개의 무리를 향해 주먹을 휘둘러 보였다.

"이놈들!"

두세 번 돌도 던졌다.

네발짐승 흉내를 내며 으르렁대면 어떤 개도 다 달아난다는 말을 전부터 들은 마타하치는 짐승처럼 네발로 기며 으르렁거렸다. 그러나 이곳의 개들에게는 전혀 효과가 없었다. 그도 그럴 것이 개는 서너 마리가 아니었다. 마치 깊은 물속에서 떼 지어 다니는 물고기처럼 엄청난 수의 개들이 꼬리를 흔들고 이빨을 번득이며 나무껍질이 다 벗겨질 정도로 떨고 있는 여자를 향해 맹렬하게 짖어 대고 있었다. 마타하치가 아무리 멀리서 네발짐승 흉내를 내 봤자 이 들개 무리에게는 아무런 위협도 되지 못했다.

"이놈의 개새끼들!"

마타하치가 벌떡 일어섰다. 칼을 찬 남자가 나무 위의 젊은 여자가 보는 앞에서 짐승 흉내를 낸 것이 수치임을 불현듯 깨달았기 때문이다.

"캥!"

한 마리가 비명을 지르자 모든 개들이 마타하치 쪽으로 눈길을 돌렸다. 개들이 마타하치의 손에 들린 칼과 그 아래에 쓰러져 있는 동료의 시체를 보자 한곳으로 모여들더니 비쩍 마른 등골을 곤두세웠다.

"이래도!"

마타하치가 칼을 휘두르며 개의 무리 속으로 뛰어들자 개들은 그의 얼굴에 모래를 튀기며 사방의 어둠 속으로 흩어졌다.

"처자! 빨리 내려오시오. 빨리!"

위를 향해 소리치자 소나무 우듬지 사이에서 딸랑딸랑 아름다운 방울 소리가 들렸다.

"아니, 아케미 아닌가? 아케미!"

소맷자락의 방울 소리가 귀에 익었다. 방울을 허리끈이나 소매에 단 여자가 아케미만은 아니었지만 어렴풋이 하얗게 보이는 얼굴 윤곽도 어딘가 닮은 느낌이 들었다.

"누구, 누구세요?"

역시 아케미의 목소리였다. 그녀는 너무 놀란 듯했다.

"마타하치다. 모르겠니?"

"네? 마타하치 님이라고요?"

"그런 곳에서 대체 뭘 하는 거냐? 개 따위를 무서워할 네가 아니잖아."

"개가 무서워서 숨은 게 아니에요."

"아무튼 내려오너라."

"하지만……."

아케미는 나무 위에서 고요한 밤의 어둠 속을 이리저리 둘러보았다.

"마타하치 님, 어서 자리를 떠나세요. 그 사람이 찾으러 온 것 같아요."

"그 사람이라니? 누구를 말하는 거냐?"

"지금 그런 걸 설명할 시간이 없어요. 아주 무서운 사람이에요. 전 작년 말부터, 처음엔 그 남자가 친절한 사람이라고 생각해서 몸을 의

탁했지만 점점 저에게 가혹한 짓을 하기 시작했어요. 그래서 오늘 밤에 빈틈을 타서 로쿠조의 즈즈야 이 층에서 도망쳐 나왔지만 곧 알아채고 뒤쫓아 온 것 같아요."

"오코를 말하는 것이냐?"

"어머니 얘기가 아니에요."

"그럼 기엔 도지도 아니냐?"

"그런 사람이 뭐가 무섭겠어요? 앗, 온 것 같아요! 마타하치 님, 거기에 서 있으면 나도 발각되고 마타하치 님도 봉변을 당할지 몰라요. 어서 숨으세요!"

"뭐, 그놈이 왔다고?"

마타하치는 우물쭈물하며 결단을 내리지 못하고 있었다.

여자의 눈은 남자를 움직인다. 여자의 눈을 의식하게 되면 남자란 자기 분수에도 맞지 않게 돈을 쓰거나 마치 영웅처럼 행동하기 마련이었다. 조금 전, 누군가 보고 있다는 생각은 하지 않고 네발로 기며 짐승 흉내를 낸 수치심이 아직 마타하치의 마음속에 자리 잡고 있었다. 그래서 아케미가 나무 위에서 봉변을 당할지도 모른다며 빨리 숨으라고 아무리 말해도 남자인 자신이 큰일이라도 난 듯 허겁지겁 어둠 속으로 꽁무니를 빼고 숨는 추태를, 비록 애인이 아닐지라도 아케미에게 보일 수는 없었다.

"앗! 누구냐?"

그렇게 외친 것은 벌써 그곳까지 재빨리 달려온 사내이기도 하지만, 또 그것을 보고 깜짝 놀라 뒤로 물러선 마타하치의 외침이기도 했다. 아케미가 걱정하며 무섭다던 그 사내가 마침내 이곳에 나타난 것이었다. 마타하치가 쥐고 있던 칼에는 개의 피가 묻어 있었다. 그것을 본 사내는 마타하치 앞에 선 순간부터 그를 예사로운 자가 아니라 여긴 듯했다. 그는 마타하치를 노려보며 다시 한 번 소리쳤다.

"너는 누구냐?"

"……."

아케미가 너무 무서워했기 때문에 마타하치도 처음에는 움찔했지만 상대의 모습을 자세히 살피기 시작했다. 키가 크고 늠름한 체격이었지만 나이는 자신과 그리 큰 차이가 나지 않아 보였다. 또 머리는 앞으로 묶었고 옷은 젊은 아이들이나 입을 법하게 화려했다.

'뭐야, 이런 애송이 따위에게.'

첫눈에도 매우 유약해 보이는 차림새였다. 마타하치는 콧방귀를 뀌며 마음을 놓았다. 이런 상대라면 얼마든지 상대할 수 있다고 생각했다. 저녁에 만났던 행각승 같은 인물이면 께름칙했지만, 앞머리를 늘어뜨리고 화려한 옷차림을 한 스무 살 정도의 유약한 자에게 설마 질리가 있겠나 싶었다.

'이놈이 아케미를 괴롭히고 있구나. 애송이 놈이 건방지게. 무슨 이유인지는 아직 듣지 못했지만 어쨌든 아케미를 쫓아다니며 못살게 구는 것은 틀림없군. 좋아, 따끔한 맛을 보여 주마.'

마타하치가 내심 이렇게 생각하며 여유 있는 태도로 잠자코 있자,

사내가 세 번째로 입을 열었다.

"너는 누구냐?"

겉모습과는 달리 사나운 목소리였다. 특히 세 번째 일갈一喝은 주위의 어둠을 떨쳐 낼 정도로 우렁찼다. 하지만 이미 겉모습만으로 상대를 얕잡아 보고 있던 마타하치가 비웃듯 말했다.

"나 말인가? 나는 사람이다."

마타하치는 일부러 히죽 웃어 보이기까지 했다. 아니나 다를까, 사내는 얼굴이 벌겋게 달아오르며 발끈했다.

"이름도 없느냐? 이름도 없는 인간이란 말이냐!"

사내가 격분해서 소리쳤지만 마타하치는 여유를 부리며 대꾸했다.

"너같이 태생도 모르는 놈에게 알려 줄 이름은 없다."

"닥쳐라!"

사내는 칼날만 해도 석 자나 될 것 같은 장검을 등에 비스듬히 메고 있었다. 어깨 너머로 보이는 칼의 손잡이와 함께 사내의 몸이 앞으로 약간 기울어졌다.

"그대와의 싸움은 나중에 결착을 내지. 나는 지금 나무 위에 숨어 있는 여자를 내려서 이 앞의 즈즈야 여인숙에 데려다 놓고 올 테니 그때까지 기다리게."

"무슨 소리, 그렇게는 할 수 없다."

"뭐라고?"

"이 아이는 전에 내 아내였던 여자의 딸이다. 지금은 헤어졌다고는 해도 곤경에 처한 것을 모른 체할 수는 없다. 나를 무시하고 손가락 하나라도 대면 즉시 베어 버릴 것이다."

마타하치는 방금 전 개들과는 다르겠지만 자신이 위협하면 꼬리를 내리고 달아나리라고 생각했다.

"재미있군."

하지만 앞머리 사내는 마타하치의 예상과는 달리 매우 호전적인 태도를 보였다.

"보아하니 너도 무사 나부랭이쯤은 되는 모양이군. 한동안 그런 기골 있는 인간을 만나지 못해서 내 등의 모노호시자오가 밤만 되면 울고 있던 참이다. 이 전가傳家의 보도寶刀도 내 손에 넘어온 뒤로 아직 피를 실컷 맛본 적이 없어서 조금 녹도 슬었는데 어디, 네놈의 뼈로 날이나 갈아야겠다. 그러니 도망갈 생각은 말거라."

이제 물러설 수도 없도록 상대는 주도면밀하게 말로 먼저 다짐을 두었다. 그러나 사람을 가늠하는 선견지명이 없는 마타하치는 여전히 여유로웠다.

"허세는 집어치우지. 다시 생각할 기회는 지금뿐이다. 목숨만은 살려 줄 테니 늦기 전에 빨리 사라지는 게 좋을 게다."

"오히려 내가 하고 싶은 말이다. 그런데 조금 전에 너는 나에게 들려줄 이름은 없다고 거드름을 피웠지만, 승부를 겨루기 전에 먼저 그대의 존명을 물어보는 것이 예의이니 들려주지 않겠는가?"

"흠, 들려주도록 하지. 허나 놀라지는 마라."

"놀라지 않을 테니 어디 물어보겠다. 먼저, 검의 유파는?"

그런 말을 하는 인간치고 강했던 놈은 없었다. 마타하치는 점점 얕잡아 보며 우쭐해서 대답했다.

"도다 누도세이겐富田人道勢源의 분파로서, 주조류의 인가를 받았다."

"뭐, 주조류?"

고지로는 조금 놀라기 시작했다. 여기에서 위압적으로 나가지 않으면 거짓임이 탄로 날지 모른다고 생각한 마타하치가 되물었다.

"그러면 이번엔 그쪽의 유파를 들어 볼 차례이군. 그것이 승부의 예의라고 하니."

상대방의 말을 그대로 흉내 내서 되받아칠 심산이었다. 그러자 고지로가 말했다.

"내 유파와 이름은 후에 말하겠네. 그런데 그쪽의 주조류는 대체 누구를 스승으로 모시고 배웠는가?"

묻는 것이 바보라는 듯 마타하치는 일언지하에 답했다.

"가네마키 지사이 스승님이다."

"응?"

고지로는 더욱 놀랐다.

"그렇다면 이토 잇토사이를 아는가?"

"물론, 알고 있고말고."

마타하치는 아주 흡족해했다. 벌써 효과가 나타난 증거라고 생각했다. 필시 상대는 칼을 빼 들고 싸우기 전에 어떻게든지 타협의 실마리를 찾으려 할 것이 분명하다고 생각했다. 그렇게 생각한 마타하치는 자진해서 말했다.

"무엇을 더 감추겠나. 그 이토 야고로 잇토사이는 내 사형이 되시는 분이다. 즉, 지사이 스승님 문하의 동문 사이인데, 그것이 어쨌다는 것이냐?"

"그럼, 거듭 묻겠지만 그대의 이름은?"

"사사키 고지로."

"뭐?"

"내 이름은 사사키 고지로다."

마타하치는 친절하게도 두 번이나 말했다. 이쯤 되니 고지로조차 놀라움을 넘어 아연실색할 수밖에 없었다.

"흐음!"

고지로는 그렇게 신음소리를 내면서 보조개가 패도록 빙긋 웃었다. 거리낌 없이 자신을 말똥말똥하게 보고 있는 상대의 눈을 마타하치는 되쏘아 보았다.

"왜 그리 내 얼굴을 쳐다보는 게냐? 내 이름을 듣고 놀랐느냐?"

"정말 놀랐소이다."

"돌아가거라!"

마타하치가 턱짓을 하며 칼자루를 앞으로 누이고 소리쳤다.

"하하하, 으하하하……."

그러자 고지로가 배를 잡고 웃기 시작했다. 그 웃음은 영원히 멎지 않을 듯했다.

"세상을 돌아다니다 보면 별의별 사람을 다 만나게 되지만, 일찍이 이렇게 놀란 적은 없구나. 헌데 사사키 고지로 님, 당신께 한 가지 더 물어보겠소이다. 그렇다면 나는 누구란 말이오?"

"뭐라?"

"나는 대체 누구냐고 당신에게 물어보는 것이오."

"내가 알게 뭐냐?"

"아니, 그렇지 않소. 잘 알 것이오. 너무 집요한 듯하지만 확실히 하기 위해 다시 한 번 듣고 싶소이다. 당신의 존명이 무엇이라고 하셨는지요?"

"귀가 먹었느냐? 나는 사사키 고지로란 사람이다."

"그럼, 나는?"

"인간이겠지."

"분명 그럴 것이오. 그러나 나라는 인간의 이름은?"

"이 자식이, 나를 놀리는 게냐?"

"천만에, 난 진지하오. 더 이상 진지할 수가 없소. 고지로 선생, 나는 누구요?"

"시끄럽다. 네 자신에게 물어보아라."

"그렇다면, 조금 쑥스럽지만 나에게 물어보고 내 이름도 알려 드리겠소."

"좋다, 말하거라."

"하지만, 놀라지 마시오."

"허튼소리!"

"나는 간류 사사키 고지로요."

"엉?"

"선조 이래로 이와쿠니岩國에서 살았고, 사사키라는 성과 고지로라는 이름을 부친으로부터 받았소. 또한 검명이 간류라고도 하는 사람이 지금 말하고 있는 바로 나요. 헌데 어느 사이에 그 사사키 고지로가 세상에 둘이나 생겼단 말인가?"

"아니, 그, 그럼?"

"세상을 돌아다니는 동안 별의별 사람을 다 만났지만 일찍이 사사키 고지로라고 하는 사람을 만난 적은 이 사사키 고지로, 태어나서 처음이오."

"……."

"실로 불가사의한 인연이오. 처음 뵙게 되었는데 허면, 귀하가 사사키 고지로 님이오?"

"……."

"어찌 그러시오? 갑자기 떨고 계시는 듯하오."

"……."

"서로 친해져 봅시다."

고지로가 다가갔다. 그리고 발이 땅에 박힌 듯 멍하니 서서 새파랗게 질린 마타하치의 어깨를 툭 치자 마타하치는 몸을 부르르 떨다가 비명을 질렀다.

"악!"

고지로의 입에서 나온 다음 말은 마타하치의 온몸을 파고드는 듯했다.

"달아나면 베겠다!"

한달음에 두 간(間)쯤 거리가 벌어진 듯했다. 달아나는 마타하치의 그림자를 향해 고지로의 어깨 너머에 있던 모노호시자오가 번쩍하고 어둠 속에서 흰 빛을 그렸다. 그리고 고지로는 더 이상 칼을 쓰지 않았다.

마타하치는 바람에 날리는 낙엽 위의 벌레처럼 땅 위를 데굴데굴 세 바퀴 정도 뒹굴다가 그대로 뻗어 버렸다. 석 자나 되는 흰 칼날이 등 뒤의 칼집으로 차가운 울림과 함께 스르르 빨려 들어갔다. 고지로는 이미 숨도 쉬지 않는 마타하치에겐 눈길도 주지 않았다.

"아케미!"

그는 나무 아래로 다가가서 아케미를 부르며 우듬지 위를 올려다보았다.

"아케미, 이제 그런 짓은 하지 않을 테니 내려와. 네 양어머니의 남편이었다는 사내를 그만 베고 말았어. 내려와서 돌봐 줘."

나무 위에서는 아무런 소리도 들리지 않았다. 울창한 솔잎 너머는 짙은 어둠에 잠겨 있었다. 마침내 고지로가 나무 위로 기어 올라갔다.

"……?"

아케미가 없었다. 어느 틈엔가 나무를 내려오자마자 달아나 버린 것 같았다.

"……."

고지로는 우듬지에 걸터앉은 채 한동안 가만히 있었다. 매서운 솔바람 속에서 달아난 작은 새의 행방을 더듬고 있는 모양이었다.

'그녀는 나를 왜 그렇게 무서워하는 것일까?'

고지로는 그것을 이해할 수 없었다. 자신이 줄 수 있는 사랑을 그녀에게 다 주었다고 생각했기 때문이었다. 사랑을 표현하는 방법이 좀 지나쳤다는 사실은 자신도 인정하고 있었다. 그러나 사랑하는 방식이 보통 사람들과는 다르다는 것은 깨닫지 못했다.

여자를 사랑하는 고지로의 방식이 보통 사람들과 어떻게 다른가 하는 점은 그가 검을 쓰는 방식을 보고 있으면 어느 정도 알 수 있었다. 본래 고지로는 어릴 적 가네마키 지사이 아래에서 가르침을 받을 무렵부터 귀재鬼才라거나 기린아라는 말을 들어 온 만큼 보통 사람과 검을 쓰는 기질이 전혀 달랐다. 그것을 한마디로 표현한다면 '집요함'이었다. 그의 검은 선천적으로 집요함을 지니고 있었다. 자신보다 뛰어난 실력자일수록 그 '집요함'은 진가를 발휘했다. 물론 이 시대의 검은 병법으로서 수단을 가리지 않았기 때문에 어떤 방법을 쓰면서 집요하게 물고 늘어져도 비겁하다거나 추잡하다고 말하는 사람은 아무도 없었다.

"저자에게 걸리면 도저히 당해 낼 수 없다."

그렇게 말하며 두려워하는 사람은 있어도 그의 검을 비겁하다고 말하는 사람은 없었다.

　한번은 그가 소년이었을 무렵, 평소에 그를 미워하던 사형들에게 목검으로 세차게 얻어맞고 기절한 일이 있었다. 좀 지나쳤다고 후회한 사형이 물을 뿜어 가며 그를 돌보고 있었는데 정신을 차린 고지로가 갑자기 벌떡 일어나더니 그를 목검으로 때려 죽인 일도 있었다.

　또 고지로는 한 번 진 상대를 절대로 잊지 않았다. 어두운 밤이든, 변소에 앉아 있을 때든, 잠들어 있는 때든 가리지 않고 빈틈을 노렸다. 이 역시 당시의 병법에 있어서 시합은 시합일 뿐이라고 생각하지 않았기 때문에 비난을 받지 않았다. 그래서 동문들은 고지로를 한 대라도 때리려면 그와 원수가 될 것을 각오해야 한다고 하면서도 그의 그런 집요함을 좋게 생각했다.

　어느 순간부터 고지로는 '나는 천재다' 하고 스스로 말하곤 했다. 그러나 그것은 그의 불손한 오만이 아니었다. 스승인 지사이와 사형인 잇토사이도 그의 천재성을 인정하고 있었다. 고향인 이와쿠니로 돌아온 이후로는 긴다이錦帶 다리 기슭에서 매일 제비를 베는 수련을 쌓으며 독자적으로 검을 연구했다. 그러자 사람들은 그를 '이와쿠니의 기린아'라고 더욱더 칭송했고 스스로도 그렇게 자부하고 있었다.

　그러나 검에 있어 그 이상하리만치 끈기 있는 집요함이 여자를 사랑할 때에 어떤 형태로 나타날지는 아무도 알 수가 없었다. 고지로 자신도 검과 사랑은 전혀 별개로 생각했기 때문에 아케미가 자신이 싫어서 도망친 사실을 도저히 이해를 할 수 없다는 표정이었다.

그때, 나무 아래에서 사람의 그림자가 움직이고 있었다. 그는 고지로가 나무 위에 있는 것을 모르는 듯했다.

"응? 사람이 쓰러져 있다."

그는 마타하치 곁으로 다가가 허리를 굽혀 얼굴을 살피더니 갑자기 소리를 질렀다.

"그놈이다."

나무 위까지 들릴 만큼 큰 소리로 말하는 폼이 매우 놀란 모양이었다. 그는 손에 나무지팡이를 든 행각승이었다. 그는 무슨 생각을 했는지 황급히 등에 멘 봇짐을 내리면서 중얼거렸다.

"그거 참, 칼에 베이지도 않은 듯하고 몸은 아직도 따뜻한데 어째서 이놈이 정신을 잃고 있는 거지?"

행각승은 마타하치의 몸을 더듬어 보더니 이윽고 허리에 감고 있던 가는 삼노끈을 풀어서는 마타하치의 양손을 뒤로 돌려 친친 동여맸다. 마타하치는 기절하고 있어서 저항할 수가 없었다. 행각승은 마타하치의 등을 무릎으로 누르면서 명치 부근을 기합을 넣으며 눌렀다. 마타하치가 신음 소리를 내자 행각승은 그를 마치 쌀가마니처럼 나무 아래로 질질 끌고 갔다.

"일어나라. 어서 일어나,"

그는 소리치며 마타하치를 발로 걷어찼다. 지옥의 문턱까지 갔다 온 마타하치는 아직 정신이 완전히 돌아오지 않았는지 비몽사몽간에 몸을 벌떡 일으켰다.

"그렇지, 그렇게 하고 있거라."

행각승은 만족해하며 마타하치의 몸과 다리를 소나무에 붙들어 맸다.

"어?"

마타하치는 그제야 놀란 듯 외마디 신음을 냈다. 자신을 묶은 자가 고지로가 아니라 행각승이라는 사실이 의외인 듯했다.

"이, 가짜 고지로 놈! 잽싸게 잘도 달아나 사람을 애먹이더니…… 하지만 이젠 끝이다!"

행각승은 그렇게 말하고는 천천히 마타하치를 고문하기 시작했다. 먼저 벌로 그의 뺨을 손바닥으로 찰싹 후려쳤다. 그러고는 손으로 다시 이마를 확 밀치자 마타하치의 뒷머리가 나무줄기에 부딪쳐 쿵 하는 둔탁한 소리가 났다.

"그 인롱을 어디서 손에 넣었는지 어서 바른대로 대거라. 어서 대지 못하겠느냐!"

"……."

"대지 못하겠느냐?"

행각승은 마타하치의 코를 강하게 비틀어 쥐고 머리를 좌우로 세차게 흔들어 대자 그가 비명을 질렀다.

"하아, 하아……."

말하겠다는 뜻인 것 같아 행각승은 코에서 손을 뗐다.

"말하겠느냐?"

이번 대답은 명료했다.

"하겠습니다."

눈물이 고인 눈으로 마타하치가 말했다. 이런 고문을 당하지 않더라도 그는 더 이상 그 일을 숨길 용기가 없었다.

"실은, 작년 여름의 일이었는데……."

마타하치는 후시미 성의 공사장에서 일할 때 만난 턱 없는 무사 수행자의 죽음에 대해 상세히 이야기했다.

"그만 우발적으로 죽은 그 사람에게서 돈주머니와 주조류의 인가, 그리고 아까 그 인롱을 가지고 도망쳤습니다. 돈은 다 써 버렸지만 인가는 아직 품속에 가지고 있습니다. 목숨만 살려 주신다면, 지금은 가진 돈이 없지만 벌어서 꼭 갚겠습니다. 증서를 써서 드릴 수도 있습니다."

그렇게 남김없이 모두 말한 마타하치는 작년부터 계속해서 속으로 앓아 오던 고름이 단번에 터져 나온 것처럼 마음이 편해지고 두려움도 사라져 버렸다. 마타하치의 말을 다 들은 행각승이 말했다.

"네 얘기에 거짓은 없겠지?"

마타하치는 천천히 머리를 숙이며 대답했다.

"없습니다."

행각은 잠시 입을 다물고 있다가 허리춤에서 작은 칼을 빼더니 마타하치의 얼굴 앞으로 쑥 내밀었다. 놀란 마타하치가 비스듬히 얼굴을 들며 외쳤다.

"날 찌를 셈이오?"

"그렇다."

"내가 솔직하게 모든 걸 말하지 않았는가. 인롱은 이미 주었고 인가 목록도 지금 돌려주겠다. 그리고 돈은 지금은 없지만 후일에 꼭 갚겠다고 했는데, 무엇 때문에 날 죽이려는 것이냐?"

"너의 솔직함은 잘 알겠다. 허나 나는 조슈^{上州}의 사모니다^{下仁田} 사람으로 후시미 성의 공사장에서 사람들에게 죽음을 당한 구사나기 덴기 님의 시종이다. 즉, 무사 수행을 나선 그분의 종자인 이치노미야 겐바치^{一之宮源八}라 한다."

그런 말이 마타하치의 귀에 들릴 리 없었다. 그는 꼼짝 못하게 결박당한 자신의 처지를 통탄하며 어떻게 해서든 죽음만은 모면하고 싶은 생각뿐이었다.

"잘못했소. 내가 잘못했소이다. 나는 나쁜 마음으로 그분의 주검에서 물건을 훔친 것이 아니오. 그분이 죽기 직전에 부탁한다고 말했기 때문에 처음에는 그 유언대로 친척에게 전해 줄 작정이었소. 그런데 그만 돈이 궁해져서 맡았던 돈에 손을 댄 것이 나빴을 뿐이오. 이렇게 사죄할 테니 용서해 주시오."

"아니, 사과하면 도리어 곤란하다."

행각승은 억지로 마음을 다잡는 듯 고개를 저었다.

"당시의 자세한 사정은 후시미에서 이미 조사해 봐서 네가 정직한 것은 알고 있다. 하지만 나는 고향에 있는 덴기 님의 유족에게 무언가 위로가 될 만한 것을 가지고 가지 않으면 돌아갈 수 없는 사정이 있다. 거기에는 여러 이유가 있지만 주된 이유는 덴기 님을 죽인 범인이 없다는 점이다. 그 때문에 나도 곤란해지고 말았다.”

“내가…… 내가 죽인 것이 아니다! 이봐, 착각하지 말게!”

“알고 있다. 그 사실은 잘 알지만, 멀리 조슈에 있는 구사나기 가의 유족들은 덴기 님이 성의 공사장에서 토공과 석공 들에게 죽임을 당하신 사실은 모르고 계신다. 또 그런 사실이 자칫 소문이라도 나서 친척이나 세상에 알려지면 곤란하다. 하여 너에게는 안 된 일이지만, 네가 덴기 님을 죽인 범인이 되고 내가 그 원수를 갚고자 한다. 내 부탁을 들어주겠는가?”

그야말로 터무니없는 부탁이었다. 그 말을 들은 마타하치는 더욱 몸부림쳤다.

“마, 말도 안 된다. 싫다, 싫어! 나는 아직 죽고 싶지 않다!”

“지당한 말지만, 너는 아까 규조의 선술집에서 술값도 치르지 못할 만큼 제 몸 하나 간수하며 살아가는 것도 벅차 보였다. 굶주리며 이 각박한 세상을 방황하다가 치욕을 당하느니 차라리 깨끗하게 생을 마감하는 게 좋지 않겠는가? 그리하면 나에게 있는 돈으로 너의 제를 올리겠다. 또한 마음에 걸리는 늙은 부모라도 있으면 너의 죽음을 전해 드릴 것이며 조상을 모신 절에 묻히기를 원한다면 꼭 그렇게 해 주겠다.”

“당치도 않은 소리! 난 돈 따위는 필요 없다. 목숨이 아깝다. 싫다! 살려다오!”

"안됐지만 이렇게 허심탄회하게 사정을 들려주고 부탁한 이상, 너는 필히 내 주인의 원수가 될 수밖에는 다른 방법이 없다. 그대의 머리를 가지고 조슈로 돌아가서 덴기 님의 유족과 세상에 그렇게 이야기를 꾸밀 수 작정이다. 마타하치, 이것이 전생에 정해진 인과라 생각하고 단념하거라."

겐바치는 그렇게 말하며 칼을 고쳐 잡았다.

"잠깐, 기다려! 겐바치."

그때, 누군가가 소리쳤다. 자신이 억지를 부리고 있다는 사실을 잘 알고 있는 겐바치는 그 말이 마타하치의 입에서 나온 소리였다면 목적을 위해서 이를 악물고서라도 못 들은 척 무시했을 것이다.

"응?"

겐바치는 눈을 들어 어두운 허공을 바라보았다. 잘못 들은 건 아닌가 의심이 들어 나뭇가지가 살랑이는 바람 소리에 귀를 기울였다. 그러자 허공에서 다시 목소리가 들렸다.

"쓸데없는 살생은 하지 말게, 겐바치."

"앗, 누구냐?"

"고지로다."

"뭐라고?"

또다시 고지로라 자칭하는 인간이 이번에는 하늘에서 내려왔다. 하늘에서 들리는 소리치고는 너무나 인간적이었다.

'도대체 가짜 고지로가 몇 명이나 있단 말인가?'

겐바치는 이젠 그런 수는 먹히지 않는다는 듯 나무 아래에서 훌쩍 물러서며 칼끝을 하늘로 향하며 말했다.

"단지 고지로라고 말만 해서는 알 수가 없다. 어디의 무슨 고지로냐?"

"간류 사사키 고지로다."

"어리석은 놈."

그는 비웃으며 말했다.

"가짜 행세를 해도 이젠 먹히지 않는다. 지금 여기 가짜 고지로가 곤욕을 치르고 있는 것이 보이지 않느냐? 하하하, 그렇군. 알겠다. 너도 여기 있는 마타하치와 한패냐?"

"나는 진짜다. 겐바치, 내가 지금 그곳으로 뛰어내리려고 한다. 너는 내가 내려가면 나를 두 쪽으로 베려고 하겠지?"

"가짜 고지로, 몇 명이라도 내려오너라. 베어 줄 테니."

"베인다면 가짜 고지로일 터. 하지만 진짜 고지로라면 어림도 없는 소리. 자, 내려가겠다."

"……."

"준비됐느냐? 네 머리 위로 뛰어내릴 테니 어디 한번 베어 보아라. 하지만 나를 공중에서 베지 못하면 내 등에 있는 모노호시자오가 네 몸통을 대나무처럼 쪼개 버릴지도 모른다."

"앗, 잠깐. 고지로 님, 잠시 기다려 주십시오. 그 목소리, 기억이 납니다. 또 모노호시자오를 가지신 이상, 사사키 고지로 님임에 틀림없습니다."

"이제 믿겠느냐?"

"그런데 어찌 그런 곳에 계십니까?"

"차차 얘기하도록 하자."

겐바치는 황급히 목을 움츠렸다. 흩날리는 솔잎과 함께 고지로의 옷이 펄럭이며 바람을 일으키더니 위를 쳐다보고 있던 그의 얼굴을 넘어서 뒤편으로 그림자가 내려앉았다. 진짜 사사키 고지로를 눈앞에서 대하자 겐바치는 오히려 미심쩍은 기분이 들었다. 고지로와 자신의 주인인 구사나기 덴기는 동문 사이이다. 그래서 고지로가 조슈의 가네마키 지사이 밑에 있을 무렵에는 몇 번 만난 적도 있었다.

그런데 그 무렵의 고지로는 저렇게 미려한 젊은이가 아니었다. 이목구비에는 어릴 때부터 고집이 센 기질이 그대로 드러나서 늠름했지만, 스승인 지사이가 화려한 것을 싫어하는 사람이었기 때문에 물을 긷는 아이였던 고지로도 본래는 순박하고 피부가 새까만 시골 소년에 지나지 않았었다.

'몰라보겠구나.'

겐바치는 넋을 잃고 바라보고 있자 고지로가 말했다.

"자, 거기에 앉게."

그렇게 두 사람은 서로 이야기를 나누게 되었다. 고지로는 스승의 조카이자 고지로의 동문인 구사나기 덴기가 자신에게 건넬 주조류의 인가 목록을 가지고 수행하고 있었음을, 그리고 후시미 성의 공사장에서 오사카 쪽의 간자로 오인을 받아 비참하게 죽임을 당한 경위를 알게 되었다. 또 그 사건으로 인해 세상에 두 명의 사사키 고지로가 생기게 된 것을 알게 되자 손뼉을 치며 유쾌해했다.

"남의 이름이나 팔고 다니는 저런 나약한 인간을 죽여 봤자 아무 의미도 없네. 벌을 줄 다른 좋은 방법이 있네. 또 구사나기가의 유족이나 고향 사람들에 대한 체면 문제라면 억지로 원수를 만들어 일을 꾸미지 않더라도, 머지않아 내가 조슈로 가서 덴기 님의 체면이 충분히 설 수 있도록 해명하고 공양하겠네. 그러니 모두 내게 맡기도록 하게. 겐바치, 어떤가?"

고지로의 의견에 겐바치도 순순히 따랐다.

"그렇게까지 말씀해 주시는데 제가 무슨 이견이 있겠습니까."

"그럼, 나는 이제 가야겠으니 자네도 고향으로 돌아가게."

"예? 이대로 말입니까?"

"그렇네. 실은 난 지금부터 아케미란 여자를 찾으러 가야 하네. 지금 마음이 조급해서."

"잠깐 기다려 주십시오. 중요한 물건을 깜빡 잊고 있었습니다."

"무엇인가?"

"선사先師 가네마키 지사이 님께서 고지로 님에게 전하라고 하시며 조카인 덴기 님께 주조류의 인가 목록을 맡기셨습니다."

"흠, 그것인가?"

"이 가짜 고지로인 마타하치가 돌아가신 덴기 님의 품속에서 훔쳤는데 지금 몸에 지니고 있다고 했습니다. 그것은 스승님께서 고지로 님에게 내리신 물건입니다. 생각하면 이렇게 뵙게 된 것도 스승님과 덴기 님의 혼백이 인도해 주신 것인지도 모릅니다. 모쪼록 인가 목록을 여기서 받으십시오."

겐바치는 그렇게 말하면서 마타하치의 품속에 손을 집어넣었다. 간신히 목숨만은 건진 듯한 분위기라 마타하치는 겐바치가 복대 속에서 두루마리를 꺼내 가도 조금도 아까운 마음이 들지 않았다. 오히려 몸도 마음도 가벼워진 듯했다.

"이것입니다."

겐바치가 인가 목록을 죽은 사람을 대신하여 고지로의 손에 건네주자 고지로는 공손히 받으며 감격하기는커녕 손도 내밀지 않았다.

"필요 없네."

"예? 어째서?"

"필요 없다."

"어째서입니까?"

"이제 나에겐 그런 것은 필요하지 않다고 생각하기 때문이다."

"당치도 않습니다. 지사이 스승님께서는 많은 제자들 중에서 주조류의 인가를 받을 자는 고지로 님 아니면 이토 잇토사이, 이렇게 두 분 외에는 없다고 하시며 생전에 이미 마음속으로 정하셨습니다. 그리고 스승님께서 임종 시에 이것을 조카인 덴기 님에게 맡기시며 고지로 님에게 전하라고 하신 것은 잇토사이 님은 이미 독자적인 일파를 세워 잇토류一刀流라고 칭하고 계시기 때문에, 비록 사제이긴 하지만 고지로 님에게 인가 목록을 내리신 것이 아니겠습니까. 그런데 어찌 그런 스승님의 은혜를 거절하시는 것입니까?"

"스승님의 고마움은 잘 알지만, 나는 나름의 포부가 있네."

"뭐라고요?"

"겐바치, 오해하지 말게."

"스승님에게 이런 무례가 또 어디 있습니까?"

"그런 게 아니네. 솔직하게 말하자면 나는 스승님보다 훨씬 뛰어난 기품을 타고났다고 생각하고 있네. 그래서 스승님보다 더 위대해질 작정이네. 만년을 그런 시골 촌구석에 파묻혀 삶을 끝내는 무사가 되고 싶지는 않네."

"진심으로 하시는 말씀입니까?"

"물론."

고지로는 자신의 포부를 말하는 데 거릴 것이 어디 있겠는가 하는 태도였다.

"스승님께서 내게 인가를 내리셨지만, 지금 내 실력은 이미 스승님을 능가하고 있다고 믿고 있다. 더욱이 주조류라는 유파의 이름도 촌티가 나서 오히려 내 앞날에 방해가 될 뿐이지. 사형 야고로가 잇토류를 세우셨으니 나도 유파를 세워 후일 간류라 칭할 생각이네. 겐바치, 나의 포부가 그러하니 그것은 내게 필요 없다네. 고향으로 가지고 돌아가서 절의 과거장過去帳[9]과 함께 넣어 두도록 하게."

---

9 절에서 죽은 사람들의 속명이나 법명, 죽은 날짜 등을 기록하여 두는 장부.

그야말로 겸양 따위는 털끝만큼도 없는 참으로 교만한 말투였다. 겐바치는 증오에 찬 눈으로 고지로의 가는 입술을 지그시 노려보고 있었다.

"하지만 겐바치, 구사나기 가문의 유족들에겐 잘 말해 주시게. 언제 아즈마노구니東國에 내려가면 그때 찾아뵙겠다고."

고지로는 정중하게 말을 끝맺으며 싱긋 웃었다. 교만한 자가 의식적으로 공손한 척 말하는 것만큼 가증스럽고 얄미운 것은 없었다. 겐바치는 울화가 치밀어 죽은 스승에 대한 불손을 힐책하려고 생각했지만 어리석은 짓이라 자조하면서 봇짐 곁으로 다가가 인가 목록을 집어넣었다.

"안녕히."

겐바치는 한 마디 말을 던지고 어둠 속으로 사라졌다. 고지로는 그 뒷모습을 바라보다 웃고 말았다.

"하하하, 촌놈이 단단히 화가 났구나."

그러고는 나무줄기에 묶인 채 맥없이 있는 마타하치에게 말했다.

"사기꾼."

"……."

"이 사기꾼 놈아, 대답하지 못하겠느냐?"

"예."

"네 이름은 무엇이냐?"

"혼이덴 마타하치."

"낭인이냐?"

"예에."

"자존심도 없는 놈이구나. 스승님이 주신 인가조차 되돌려 준 나를 본받거라. 그 정도 기개도 없이 일류일파一流一派의 개조開祖는 될 수 없다고 생각했기 때문이다. 그런데 넌 남의 이름을 사칭하고 남의 인가를 훔쳐 세상을 휘젓고 다니다니 비열하기 그지없구나. 호랑이 가죽을 뒤집어써도 고양이는 고양이에 지나지 않는다. 결국은 이런 꼴을 당하기 마련이지. 이젠 깨달았느냐?"

"앞으로 주의하겠습니다."

"목숨만은 살려 주마. 하지만 그 밧줄은 네 힘으로 풀 때까지 그대로 두겠다."

그러고는 무슨 생각을 했는지 고지로가 단검으로 나무의 껍질을 벗기기 시작했다. 마타하치의 머리 위로 소나무 껍질이 떨어져 옷 안에까지 들어갔다.

"아, 먹통을 가져오지 않았구나."

고지로가 중얼거리자 마타하치가 주눅 든 목소리로 말했다.

"먹통이 필요하시면 제 허리춤에 있을 것입니다."

"그래? 그럼 좀 빌리도록 하지."

고지로는 붓을 내려놓고 자신이 적은 것을 읽어 보았다.

"간류巖流."

이것은 조금 전에 문득 떠오른 글자였다. 지금까지는 언덕岸의 버드나무柳 즉, 이와쿠니에 있는 긴다이 다리에서 제비를 베는 수련을 한 기억으로 검호를 간류岸柳라고 했지만 그것을 유파의 이름으로 한다면 간류嚴流라고 하는 편이 훨씬 어울리는 듯했다.

"그래. 이제부터 유파를 간류라고 하자. 잇토사이의 잇토류보다 훨씬 좋다."

밤이 깊은 무렵이었다. 그는 먹통의 붓을 들고 종이 한 장 크기로 껍질을 벗겨 낸 나무의 흰 속살에 이렇게 적었다.

이자는 본인의 이름을 사칭하고 본인의 검명을 훔쳐 각지를 활보하며
다니다 붙잡혀 그 면모를 세상에 알리는 바이다.
본인의 이름, 본인의 검명은 천하에 오직 하나다.

간류 사사키 고지로

"됐다!"

먹물같이 새까만 솔바람이 한바탕 솔숲 사이를 휩쓸고 지나갔다. 고지로의 기민한 감각은 어느새 머릿속으로 새로운 목표를 찾은 듯했다. 여전히 자신이 품은 포부에 취해 있는 듯하던 그는 문득 불어오는 솔바람에 눈빛이 날카롭게 빛났다.

"응?"

고지로는 아케미의 그림자라도 발견했는지 어딘가를 향해 전력으로 뛰어갔다.

차남
덴시치로

가마나 수레 같은 탈것들은 오래전부터 일부 계급에서 사용되어 왔지만, 가고駕籠라고 불리는 가마가 서민의 교통수단으로 상용화되어 거리에 보이기 시작한 지는 얼마 되지 않았다. 대나무 손잡이가 네 개 달려 있는 소쿠리 속에 사람이 타면 앞뒤의 가마꾼들이 마치 짐을 나르듯 '으쌰, 으쌰' 하며 장단을 맞춰서 지고 갔다. 소쿠리가 얕기 때문에 가마꾼들이 빠른 속도로 달리면 타고 있는 사람은 굴러 떨어지지 않도록 앞뒤에 매달린 대나무 손잡이를 양손으로 꼭 잡고는 그들처럼 '으쌰, 으쌰' 하며 시종 구령을 맞추며 몸을 들썩이며 가야 했다.

동사東寺 쪽 방향에서 서너 개의 제등이 달린 가마를 일곱 여덟 명이 한 무리가 되어 솔밭 길 사이를 날아갈 듯 뛰어오고 있었다. 한밤중이 되면 이 길가에는 종종 이런 빠른 가마나 말채찍 소리가 들려왔다. 교토와 오사카 교통의 동맥인 요도淀 강의 배편이 끊기기 때문에 화급한 일이 있으면 이렇게 육로를 밤새도록 달려와야 했다.

"으샤, 잇샤."

"잇샤, 으샤."

"헉헉, 휴……."

"얼마 남지 않았다."

"저기가 로쿠조六條다."

이들도 삼사 리 정도의 가까운 곳에서 달려온 것 같지는 않았다. 가마꾼들이나 옆에서 뛰어오는 자들 모두 물 먹은 솜처럼 녹초가 되어 구역질이 나는 듯 거칠게 숨을 내쉬고 있었다.

"여기가 로쿠조인가?"

"로쿠조의 솔밭이다."

"이젠 거의 다 왔다."

들고 있던 제등에는 오사카의 매춘 거리에서 사용하는 최고급 유녀遊女의 문양이 달려 있었다. 가마에는 소쿠리가 금방이라도 터질 듯한 거구의 사내가 타고 있었고, 가마를 따라 뛰어오다 녹초가 된 자들도 모두 건장한 젊은이들이었다.

"시조四條가 바로 저 앞입니다."

한 사람이 가마를 향해 말했지만, 그 속의 거한은 고개를 꾸벅꾸벅 흔들며 기분 좋게 잠을 자고 있었다.

"앗, 떨어진다."

옆에서 따라가던 자가 밖에서 그의 몸을 잡자 사내가 커다란 눈을 뜨고 말했다.

"목이 마르다. 술을 다오. 대통 술을 가져오너라."

모두들 잠깐이라도 쉬고 싶던 참이었다.

"잠깐 가마를 내려라."

그 말이 떨어지기 무섭게 가마꾼들은 팽개치듯 가마를 땅에 내려놓았다.

"휴우."

가마꾼도 주위의 젊은이들도 일제히 수건을 집어 들고 땀으로 흥건하게 젖은 가슴과 얼굴을 닦았다.

"덴시치로 님, 술이 조금밖에 없습니다."

대통 술을 건네자 덴시치로는 그것을 받아들고 단숨에 들이켰다.

"차가워서 이가 다 시리군."

덴시치로는 그제야 겨우 잠에서 깬 듯 중얼거리다 머리를 불쑥 밖으로 내밀어 하늘의 별을 올려다보았다.

"아직 날이 새지 않았구나. 굉장히 빨리 왔군."

"형님께서는 이제나저제나 하고 일각이 여삼추같이 기다리고 계실 것입니다."

"내가 도착할 때까지 형님이 무사해야 할 텐데……."

"의원은 무사할 것이라 했지만, 극도로 흥분한 상태라 때때로 상처에서 출혈이 있는 것이 좋지 않은 듯합니다."

"음, 충격이 클 것이다."

입을 벌리고 대통을 기울였지만 이미 술은 없었다.

"무사시, 이놈!"

덴시치로는 대통을 땅에 팽개치며 거칠게 내뱉었다.

"서둘러라!"

덴시치로는 술도 세지만 화도 잘 내는 성격이었다. 하지만 더욱 센 것은 그의 완력이었는데, 요시오카가의 둘째 아들이라고 하면 세상 사람들도 인정하고 있는 터였다. 형과는 성격이 정반대로, 부친 겐포가 살아 있을 때부터 역량은 부친을 능가했다. 지금의 문하생들도 모두 인정하는 바였다.

'형님은 틀렸소. 차라리 아버님의 뒤를 잇지 말고 얌전히 녹이나 받아먹는 게 좋을 게요.'

덴시치로는 직접 세이주로에게 대놓고 말하기도 했다. 그래서 둘 사이는 매우 좋지 않았다. 그래도 부친이 살아 있을 때에는 형제가 도장을 돌보는 데 힘을 쏟았지만, 부친이 죽은 후로 덴시치로가 형의 도장에서 칼을 잡는 일은 거의 없었다.

지난해, 친구 두세 명과 이세(伊勢) 쪽으로 유람을 떠나면서 돌아오는 길에 야마토의 야규 세키슈사이를 방문할 것이라고 말했지만, 그 이후로 교토로 돌아오지 않았고 소식도 전혀 없었다. 일 년이 지나도록 돌아오지 않아도 누구 하나 그가 배를 곯고 있을까 걱정하지 않았다. 술만 마시며 기고만장해서 세상을 우습게 여기며 형님의 험담이나 하고 있을 것이고, 자신은 손도 까딱하지 않으면서 때때로 부친의 이름을 내세우면 그것으로도 밥 굶을 일은 없으니 잘 지낼 것이라고 생각했기 때문이다. 근래에 효고兵庫의 미카게御影 부근에 있는 누군가의 별장에 머물고 있다는 풍문에도 아무도 신경 쓰지 않았는데, 때마침 연대사 사건이 일어났던 것이다.

빈사 상태의 세이주로가 동생을 만나고 싶다고 했다. 그렇지 않아도 어떻게 할 것인지 의논하던 제자들은 덴시치로가 아니면 설욕을 할 사람이 없다고 생각했다. 미카게 부근이라는 것 외에는 아무것도 알지 못했지만 그날 즉시 문하생 대여섯 명이 효고로 달려갔고, 간신히 덴시치로를 찾아내서 가마에 태운 것이었다. 평소 사이가 나빴던 형이었지만 요시오카가의 이름을 건 시합에서 중상을 입고 패한 세이주로가 생사의 갈림길을 헤매며 자신을 만나고 싶어 한다는 말을 전해 듣자 덴시치로는 두말없이 가마에 몸을 실었다.

"빨리, 빨리."

어찌나 재촉하였던지 가마꾼들의 어깨가 배겨 내지 못해서 여기까지 오는 동안, 서너 번이나 가마꾼들을 바꿀 정도였다.

덴시치로는 그토록 다급하게 재촉하면서도 역참에 닿을 때마다 술을 사 오게 해서 대통에 채워 넣었다. 평소에도 말술이었지만, 아마도 대단히 흥분했기 때문에 감정을 달래기 위해선지도 몰랐다. 게다가 추운 요도 강변과 논밭의 차가운 바람을 맞으며 가마가 달리고 있었기 때문에 아무리 술을 마셔도 취하지 않는 듯했다.

공교롭게도 대통의 술이 또 바닥을 드러내자 덴시치로는 더욱 초조해진 모양이었다. 격앙된 목소리로 서두르라고 외치며 대통을 팽개쳤는데 가마꾼과 문하생 들은 무엇에 정신이 팔렸는지 어두운 저편에서 불어오는 솔바람 너머를 바라보고만 있었다.

"뭐지?"

"개 짖는 소리가 심상치 않은데?"

덴시치로가 아무리 재촉해도 그들의 눈과 귀가 온통 거기에 빼앗긴 듯 가마로 돌아오지 않았다. 덴시치로가 다시 버럭 성을 내며 빨리 가마를 들라고 소리치자 그제야 뒤를 돌아보며 말했다.

"덴시치로 님, 잠깐만 기다려 보십시오. 저게 무슨 일일까요?"

문하생들이 다른 일에는 전혀 신경을 쓰지 않고 있는 덴시치로에게 그렇게 물었다. 그리 신경을 쓸 정도의 일도 아니었다. 그것은 몇 십 마리인지 몇 백 마리인지 모르지만 어딘가에서 많은 개들이 짖어 대는 소리였다.

하지만 아무리 많다고 해도 역시 개 짖는 소리일 뿐이었다. 한 마리가 짖으면 다른 개들도 따라 짖는 것처럼 별로 신경 쓸 일이 못 되었다. 하물며 근래에는 전쟁이 없어서 인육에 굶주린 들개들이 들판에서 마을 부근으로 옮겨 온 탓에 길가에 무리를 이루어 출몰하는 일이 흔했다.

"가 봐라!"

덴시치로는 그렇게 말하고는 자신이 앞장서서 그곳으로 달려갔다. 그가 직접 가는 걸로 봐서는 개 짖는 소리가 예삿일이 아니었다. 뭔가 이유가 있는 듯했다. 문하생들도 뒤질세라 빠른 걸음으로 쫓아갔다.

"아니?"

"어?"

"엉? 괴상한 놈이다!"

아니나 다를까, 상상하지도 못했던 풍경이 펼쳐지고 있었다. 나무 밑동에 묶여 있는 마타하치와 그를 이중 삼중으로 새까맣게 둘러싸고서 흡사 그의 다리 한쪽이라도 요구하고 있는 듯한 개들로 바글바글했다.

개들에게 이유를 물어볼 수 있다면 아마 복수라고 말했을지도 모른다. 얼마 전에 마타하치가 칼로 들개를 베었고 그의 몸에 그 피 냄새가 배어 있었다. 또는 개의 지능을 인간의 수준으로 간주한다면, 저놈은 무기력하기 짝이 없는 놈이니 좀 데리고 놀면 재미있겠다고 여겼을지도 모른다. 아니면 묘한 꼴을 한 채 나무를 등지고 앉아 있는 품이 도둑인가 앉은뱅이인가 하고 궁금해서 짖어 대고 있는지도 몰랐다.

들개들은 모두 이리와 흡사했다. 배가 홀쭉하고 등뼈가 뾰족하게 솟아 있는데다가 이빨은 줄로 간 듯 예리했다. 개들은 고립무원의 마타하치에게 있어 행각승이나 고지로보다 수십 배나 더 큰 공포를 느끼게 했다. 마타하치는 손과 발을 움직일 수 없었기 때문에 싸울 무기라고는 얼굴과 말밖에 없었다. 그러나 얼굴은 무기가 될 수 없었고 말은 개들에게 통하지 않았다. 그래서 개가 알 수 있는 표정과 개에게도 통하는 말, 두 가지를 가지고 지금까지 악전고투하며 필사적으로 방어

하고 있었다.

"으으응응, 우왕왕! 으와앙…….

맹수가 으르렁거리는 무서운 소리를 내자 개들이 움찔움찔 조금 뒷걸음질을 쳤다. 하지만 너무 으르렁댄 나머지 침을 흘리자 얕잡아 보였는지 금방 효과가 사라졌다. 소리가 소용이 없게 되자 마타하치는 얼굴 표정으로 개들을 위협하려고 했다. 그가 입을 쩍 벌리자 개들도 깜짝 놀란 듯했다. 다시 눈을 부릅뜬 채 눈 깜박임을 꾹 참으며 노려보다가 눈과 코와 입을 한곳으로 모으며 일그러뜨렸다. 그러고는 혀를 길게 빼서 코끝으로 감아올렸다.

마타하치는 그렇게 오만상을 찡그리다가 지쳐 버렸고 개들도 이젠 익숙해졌는지 다시 사나운 기세를 보이기 시작했다. 그러자 마타하치는 숨겨 놓았던 비장의 무기를 꺼내 들었다. 자신도 너희들의 동지이자 같은 동료라는 친선의 의사를 표하기로 마음먹은 것이었다.

"왕왕왕! 컹컹컹!"

마타하치는 눈앞의 개들처럼 짖어 댔다. 그러나 오히려 개들에게 경멸과 반감을 산 모양이었다. 개들은 앞 다퉈 그의 얼굴 바로 앞까지 얼굴을 들이밀고 짖어 대면서 슬금슬금 발끝까지 핥기 시작했다. 마타하치는 여기서 약한 모습을 보여서는 안 되겠다 싶었는지 목청이 터져라 외쳤다.

이러고 있는 사이에 법황法皇은

분치文治 이년 봄 무렵,

겐레이 몬인建禮門院이 기거하는 오하라大原의 한거閑居를

방문하시려 생각하셨지만

음력 이삼월 무렵은

산에 바람이 심하고 늦추위도 아직 남아

봉우리의 흰 눈도 녹지 않았네.

마타하치는 헤이케 비파平家琵琶[10]에 나오는 오하라 고코大原御幸[11] 대목을 눈을 질끈 감고 얼굴을 잔뜩 찌푸린 채 자기 목소리에 귀가 멍멍해질 정도로 혼신을 다해 고래고래 외쳤다. 다행히 덴시치로가 그곳으로 달려왔기 때문에 개들이 흩어지며 사방팔방으로 달아났다. 마타하치는 체면을 생각할 겨를도 없이 외쳤다.

"살려 주시오! 밧줄 좀 풀어 주시오."

요시오카 문하생들 중에 그의 얼굴을 아는 자가 두세 명 있었다.

"앗, 저자는 요모기에서 본 적이 있다."

"오코의 서방이다."

"서방? 서방은 없을 텐데."

"그건 기엔 도지 앞에서 뿐이고, 사실은 저자가 오코의 기둥서방이

---

10 가마쿠라 시대(13세기 초)에 만들어졌다고 하는 다이라平 가문의 번영과 몰락을 기록한 산문체 서사시 〈헤이케모노가타리平家物語〉를 비파로 연주하며 부르는 성악곡을 말한다.

11 다이라平 씨 가문이 멸망한 후, 오하라에 출가해서 은거한 겐레이 몬인建礼門院을 고시라가와 법황後白河法皇이 은밀히 방문했다고 하는 고사를 말한다.

었어."

이러쿵저러쿵 떠들던 문하생들이 불쌍하니 풀어 주라는 덴시치로의 말에 밧줄을 풀었다. 그들이 어찌 된 영문인지 묻자 마타하치는 말하기가 부끄러웠는지 거짓으로 답했다.

마타하치는 그들이 요시오카가의 사람들임을 눈치채고 무사시에 대한 원한을 떠올리며 무사시를 제일 먼저 끌어 들였다. 마타하치는 자신과 무사시는 같은 사쿠슈 출신인데 그가 자신의 약혼녀를 빼앗아 함께 달아나서 고향 사람들을 대할 면목도 없고 가문의 이름에 먹칠을 했으며, 모친은 그 때문에 연로한 몸임에도 불구하고 무사시와 부정한 약혼녀를 처벌하지 않으면 다시는 고향에 돌아오지 않겠다며 고향을 떠나 자신과 함께 무사시를 죽이기 위해 찾아다니고 있다고 말했다.

그리고 방금 누군가 자신이 오코의 서방이라고 했는데 그건 터무니없는 오해로, 한 때 신세를 진 적은 있지만 오코와는 아무런 관계도 아니며, 그 증거로 기엔 도지와 오코가 눈이 맞아 멀리 도망친 것만 봐도 알 수 있다고 했다. 또 자신은 그런 일엔 전혀 관심이 없고 지금 가장 걱정되는 것은 모친과 원수 무사시의 소식밖에 없다고 하면서, 이번에 오사카에서 들은 바에 의하면 요시오카가의 장남이 무사시와 시합을 하다 낭패를 당했다는 소식을 듣고 그대로 있을 수 없어 여기까지 왔는데, 그만 십여 명의 도적들에게 지니고 있던 돈을 몽땅 빼앗기고 말았다고 덧붙였다. 자신은 모친이 계시고 게다가 원수를 갚아야 할 몸이라 그자들이 하는 대로 가만히 눈을 감고 있었다는 것이었다.

"참으로 감사합니다. 무사시는 요시오카 가문이나 저에게 불구대천의 원수일진데, 이렇게 요시오카 일문 분들께 도움을 받게 된 것도 깊은 인연이 아닐까 싶습니다. 보아하니 세이주로 님의 동생분 같으신데 저도 무사시를 베려는 자이고 선생께서도 또한 똑같은 마음이 아닐까 싶습니다. 누가 먼저 무사시를 죽일지는 모르겠지만, 목적을 이룬 후에 다시 찾아뵙겠습니다."

마타하치의 이야기 속에도 얼마간의 사실이 섞여 있었다. 그러나 누가 먼저 무사시를 죽일지 모르겠다고 하는 대목부터는 자신이 생각해도 부끄러웠는지 한마디 덧붙였다.

"모친께서 숙원을 풀기 위해 청수사에서 기원을 드리고 계셔서 지금 바로 가야 하니, 답례는 근일 시조 도장으로 찾아가서 하도록 하겠습니다. 바쁘신 와중에 발길을 붙잡아 황송합니다. 그럼 안녕히 가십시오."

마타하치는 말을 마치자마자 거짓이 들통 나기 전에 총총걸음으로 사라져 버렸다. 그는 난처한 상황을 참으로 능숙하게 벗어났다고 할 수 있었다. 마타하치의 이야기가 거짓인지 사실인지 의심하고 있는 사이에 자리를 떠난 것이었다.

문하생들이 어이없는 얼굴로 멍하니 서 있었고 덴시치로는 쓴웃음을 지었다.

"참으로 어이없는 자로군."

덴시치로는 마타하치가 사라진 쪽을 바라보다가 쓸데없이 시간을 낭비했다며 혀를 끌끌 찼다.

며칠간이 위험한 고비라고 의원이 말한 지 나흘째 되는 날이었다. 이 무렵이 최악의 상태였지만 어제부터는 다소 기분이 나아진 듯했다. 세이주로는 눈을 뜨고 멍하니 생각해 보았다.

'아침일까, 아님 밤일까?'

머리맡의 행등이 꺼지려 하고 있었고 사람은 아무도 없었다. 옆방에서 누군가 코를 고는 소리가 들렸다. 간병에 지친 사람들이 허리끈도 풀지 않고 쓰러져 자고 있었다.

'닭이 울고 있구나.'

자신이 아직 살아 있는지 새삼 생각했다.

'수치!'

세이주로는 이불 끝자락으로 얼굴을 덮었다. 울고 있는 듯 손끝이 경련을 일으켰다.

'앞으로 무슨 면목으로……'

터져 나오는 오열을 꾹 삼켰다. 세상에 알려진 부친 겐포의 명성은 너무나 컸다. 부친의 명성과 유산을 짊어지고 유지하는 것이 그에게는 매우 벅찬 일이었다.

'이제 끝이다, 요시오카 가문도.'

머리맡의 행등이 스르륵 꺼져 버렸다. 방 안으로 빛이 희미하게 비쳤다. 아침 서리가 하얗게 내린 연대사 들판에 섰을 때의 일이 다시 떠올랐다.

'그때 무사시의 눈길!'

지금 생각해도 소름이 끼쳤다. 어차피 자신은 처음부터 그의 적수가 아니었다. 왜 그 앞에 목검을 던지고 가명만이라도 온전히 지킬 생각을 하지 못했던가.

'너무 자만했었다. 부친의 명성이 나의 명성인 것처럼. 생각해 보면 나는 요시오카 겐포의 자식으로 태어났을 뿐 참다운 수련을 쌓지 못했다. 나는 무사시의 검에 패하기 전에 한 가문의 당주로서, 인간으로서 이미 패배의 전조를 지니고 있었다. 무사시와의 시합은 예견된 몰락에 마지막 박차를 가한 것에 불과했다. 요시오카 도장만이 언제까지나 세상의 격류 밖에서 번영을 누리도록 허용될 리가 없었다.'

감은 눈 위로 눈물이 맺혔다. 눈물이 귓가로 흘러내리자 그의 마음도 흔들렸다.

'왜, 나는 연대사 들판에서 죽지 않았던가. 살아 있어 봤자……'

오른팔이 잘린 통증으로 눈썹을 찡그리며 괴로워하던 그는 날이 밝는 것이 두려웠다. 그때, 문을 세차게 두드리는 소리가 멀리서 들려왔다. 누군가가 옆방 사람들을 깨우러 왔다.

"뭐, 덴시치로 님이?"

"지금 도착하셨구나."

황망히 일어서서 마중을 나가는 소리가 들리더니 곧 세이주로의 머리맡으로 누군가 와서 말했다.

"스승님, 기뻐하십시오. 방금 덴시치로 님이 가마를 타고 도착했다고 하십니다. 곧 이리로 오실 겁니다."

덧문을 열고 화로에 숯을 넣고 방석을 내놓을 틈도 없이 덴시치로의 목소리가 장지문 밖에서 들려 왔다.

"형님 방이 여긴가?"

'오래간만이구나!'

세이주로는 그렇게 생각하면서도 동생에게 지금의 모습을 보이는 것이 괴로웠다.

"형님!"

동생을 향해 세이주로는 눈을 들어 웃어 보이려 했지만 그럴 수 없었다. 덴시치로의 몸에서 술 냄새가 확 풍겨 왔다.

"형님, 어찌 된 일입니까?"

덴시치로의 건강한 모습이 오히려 병자에게 중압감을 준 듯했다.

"……."

세이주로는 눈을 감은 채 한동안 아무 말도 하지 않았다.

"형님, 이런 때에는 역시 불초한 동생이라도 의지가 될 것입니다. 자세한 내막을 제자에게 듣고 짐을 챙기지도 못하고 미카게를 출발해서 도중에 오사카의 유곽 거리에서 행장과 술을 준비해 밤을 꼬박 새워 달려왔습니다. 이젠 안심하셔도 좋습니다. 이 덴시치로가 온 이상, 이 요시오카 도장에 그 누가 오든 손가락 하나 까딱하지 못할 겁니다."

그러고는 차를 가지고 온 문하생에게 소리쳤다.

"차는 됐으니 술을 준비해다오."

"예."

문하생이 물러가자 그는 또 소리쳤다.

"누가 와서 장지문을 닫아라. 환자가 춥지 않겠느냐."

그는 책상다리를 하고 화로를 껴안으며 말없이 누워 있는 형의 얼굴을 들여다보며 말했다.

"대체 승부는 어떤 방식으로 한 것입니까? 미야모토 무사시란 자는 근래 들어 얼마간 이름이 알려진 사내가 아닙니까? 그따위 애송이한테 낭패를 보시다니……."

그때 문하생이 장지문 문턱에서 말했다.

"사제님."

"뭐냐?"

"술이 준비되었습니다."

"가져오너라."

"저쪽에 준비해 두었으니 목욕이라도 하신 다음에."

"지금은 목욕을 하고 싶지 않다. 술은 여기서 마실 테니 이리 가져오너라."

"예? 이곳에서요?"

"괜찮다. 형님과 오랜만에 이야기를 나누고 있지 않느냐. 오랫동안 사이가 나빴지만 이런 때에는 역시 형제만 한 것이 없다. 여기서 마시겠다."

결국 술상이 들어왔고 덴시치로는 저 혼자 두세 잔을 마시며 중얼거렸다.

"술맛이 좋군. 건강하면 형님에게도 오랜만에 한 잔 올릴 텐데."

세이주로는 눈을 치뜨며 불렀다.

"동생."

"예?"

"머리맡에서 술은 삼가게."

"왜요?"

"이런저런 싫은 일이 생각나서 좀 불쾌하니 말이다."

"싫은 일이라니요?"

"돌아가신 아버님은 필경 우리 형제가 술이나 마시고 있으면 곱지 않게 생각하실 게다. 너나 나나 술만 마시고 좋은 일은 하나도 하지 않았다."

"그럼, 나쁜 일을 해 왔다는 겁니까?"

"너는 아직 모르겠지만, 나는 지금 가슴에 사무치는 일생의 고배를 맛보고 있다…… 이 병상에서."

"하하하! 별 쓸데없는 말을 다 하시는군요. 본래 형님이란 사람은 선이 가늘고 신경질적이어서 검인劍人다운 담대함이 없습니다. 솔직히 말해서 무사시란 자와 시합을 한 자체부터가 잘못됐습니다. 상대가 누구든 간에 그런 일은 형님 성격에 맞지 않습니다. 이번 일을 교훈

삼아 형님은 칼을 잡지 않는 게 좋습니다. 그저 요시오카가의 이대 당주로서 조용히 계세요. 꼭 시합을 하겠다고 도전하는 자가 있다면 이 덴시치로가 나서서 해결하겠습니다. 도장도 제게 맡기십시오. 반드시 아버님 시절보다 몇 배 번창시켜 보이겠습니다. '도장을 빼앗을 생각이구나' 하고 형님만 의심하지 않으신다면 제가 틀림없이 그렇게 만들어 보이겠습니다."

바닥을 드러낸 술병을 기울이며 덴시치로가 이렇게 말했다.

"······ 동생!"

세이주로는 갑자기 몸을 일으키려 했다. 하지만 한쪽 팔이 없어서 이불도 마음대로 젖힐 수가 없었다.

"덴시치로······."

이불 속에서 빠져나온 손이 동생의 손목을 세차게 잡았다. 병자의 힘은 건강한 사람도 아플 정도로 강했다.

"어어, 형님. 술이 쏟아집니다."

덴시치로는 술잔을 황급히 다른 손으로 고쳐 쥐며 물었다.

"왜 그러십니까, 그리 진지한 얼굴로?"

"동생, 네 희망대로 이 도장을 양도하마. 하지만 도장을 계승하는 일은 동시에 가명을 계승하는 것이다."

"좋습니다. 맡겠습니다."

"그렇게 쉽사리 말하지 말거라. 내 전철을 밟아 또다시 돌아가신 아버님의 이름을 더럽힌다면 차라리 지금 문을 닫는 게 낫다."

"바보 같은 소리 마세요. 저는 형님과는 다릅니다."

"마음을 고쳐먹고 잘 꾸려나갈 수 있겠느냐?"

"잠깐만. 술은 끊을 수 없습니다, 술만은."

"술 정도는 좋다. …… 내가 실수한 것도 술 때문이 아니니까."

"여자지요. 여자를 좋아하는 것이 형님의 결점입니다. 이번에 몸이 회복되시면 정식으로 부인을 맞도록 하세요."

"아니, 이번 일을 계기로 나는 깨끗하게 검을 버렸다. 또 아내를 얻을 마음도 없다. 다만, 도와줘야 할 사람이 있다. 그 사람이 행복해지는 것을 본다면 더 이상 바랄 것이 없다. 들 한 귀퉁이에 초가나 짓고 평생을 보낼 생각이다……."

"예? 도와줘야 한다는 사람이 누굽니까?"

"그건 됐다. 너에겐 후사를 부탁한다. 이렇게 폐인이 된 내게도, 미련이겠지만 얼마간 무사로서의 자존심과 체면이란 것이 남아 있다. 그것을 참고 이렇게 너의 손을 잡고 부탁한다. 알겠느냐? 너는 내 전철을 절대 밟지 마라."

"알았습니다. 형님의 오명을 머잖아 반드시 갚아 드리겠습니다. 헌데 무사시란 놈이 지금 어디에 있는지 거처를 알고 계십니까?"

"무사시?"

세이주로는 눈을 크게 뜨고 의외라는 듯이 동생의 얼굴을 응시했다.

"덴시치로, 너는 내가 그토록 말했건만 무사시와 맞설 생각이냐?"

"무슨 말씀입니까? 말할 필요도 없는 일이 아닙니까. 저를 부른 것은 그 때문이 아닙니까? 또 저나 문하생들도 무사시가 다른 나라로 넘어가기 전에 서둘러야 한다고 생각해서 짐도 챙기지 못하고 달려온 게 아닙니까?"

"너는 크게 잘못 생각하고 있구나!"

세이주로는 고개를 저었다. 그는 앞일을 내다보고 있는 듯한 눈길로 동생에게 명령조로 말했다.

"그만두거라!"

그 말이 덴시치로의 기분을 상하게 했음이 틀림없었다. 덴시치로는 얼굴을 들이대며 물었다.

"왜요?"

동생의 말투에서 피 냄새를 떠올린 세이주로는 얼굴이 붉어졌다.

"이길 수 없기 때문이다!"

감정이 격해진 세이주로가 그렇게 내뱉자 덴시치로는 창백해진 얼굴로 물었다.

"누구에게요?"

"무사시에게!"

"누가요?"

"알고 있지 않느냐. 바로 너다. 네 실력으로는 이길 수가 없다."

"그런 바보 같은 소리를."

덴시치로는 일부러 어깨를 들썩이며 호탕하게 웃고는 형의 손을 뿌리치더니 잔에 술을 따랐다.

"여봐라! 술이 떨어졌다. 술 좀 더 가져와라."

소리를 듣고 제자 중의 한 명이 주방에서 술을 가져왔을 때에는 이미 그곳에 덴시치로는 없었다.

"어?"

제자는 깜짝 놀라 쟁반을 바닥에 두고 이불 속에 엎드려 있는 세이주로 곁으로 달려갔다.

"스승님, 왜 그러십니까?"

"덴시치로를 불러와라. 그에게 할 말이 또 있다. 덴시치로를 이리 데려와라!"

"예? 예, 알겠습니다."

제자는 세이주로가 분명하게 그렇게 말하자 안심을 하고 황급히 덴시치로를 찾으러 나갔다. 덴시치로는 금방 찾을 수 있었다. 그는 도장으로 가서 오랫동안 밟아 보지 못했던 도장 마루에 앉아 있었다. 주위에는 역시 오래간만에 만나는 우에다 료헤이, 난포 요이치베, 미이케 주로자에몬, 오타구로 효스케 등의 고참들이 그를 둘러싸고 앉아 있었다.

"형님은 만나 보셨습니까?"

"음, 방금 만나고 왔다."

"기쁘셨겠습니다."

"그리 기쁘지도 않았네. 방에 들어가기 전까지는 나도 가슴이 설렜지만, 막상 형님 얼굴을 대하니 형님도 무뚝뚝하게 계셨고, 내가 말을 하자 곧 언제나처럼 말다툼이 일어나 버렸네."

"예? 말다툼을? 그건 사제께서 잘못하셨습니다. 형님께선 어저께부터 잠시 호전되어 조금 기력을 회복하셨을 뿐인데, 그런 병자와……."

"그게 아니네. 어디 내 말을 들어보게."

덴시치로와 고참들은 마치 친지간 같았다. 덴시치로는 자신을 나무라는 우에다의 어깨를 잡고 자기의 완력을 과시하듯 그의 몸을 흔들었다.

"형님이 내게 이렇게 말했네. 내가 자신의 패배를 설욕하기 위해 무사시와 맞설 심사겠지만 내가 도저히 무사시를 이기지 못할 것이며, 내가 지면 그땐 이 도장까지 끝장나고 가명마저 끊어진다고 했네. 또 이 수치는 자기 일신의 것으로 하고 이번의 일을 끝으로 평생 검을 잡지 않겠다고 하면서, 자신이 물러날 테니 나더러 이 도장을 맡아 정진해서 한때의 오명을 만회해 달라고 했네."

"과연!"

"무엇이 과연인가!"

"……."

그를 찾으러 왔던 제자가 그 틈을 타서 말했다.

"덴시치로 님, 형님께서 한 번 더 침실로 오시랍니다."

덴시치로는 그의 얼굴을 빤히 바라보며 물었다.

"술은 어찌 되었나?"

"그쪽에 가져다 놓았습니다."

"이리 가져오너라. 모두 마시면서 이야기를 하세."

"스승님께서……."

"시끄럽다. 형님은 지금 두려움에 사로잡혀 있는 것 같다. 술을 이리 가져오너라."

우에다와 미이케 등의 고참들이 만류했다.

"지금 술을 마실 때가 아닙니다. 저희들은 괜찮습니다."

덴시치로는 기분이 상했다.

"뭐야, 너희들까지 기껏 무사시 한 놈에게 겁을 집어먹고 있는 건가?"

요시오카라는 존재가 컸던 만큼 그들이 받은 타격 또한 컸다. 무사시에게 당한 일격은 당주의 육신만 저렇게 만든 것이 아니라 요시오카 일문의 근간을 송두리째 뒤흔들어 놓았다. '설마' 하고 자만에 차 있던 일문의 긍지가 통째로 무너져 내린 탓에 뒷수습을 하는 데에도 이전과 같은 일치단결된 모습은 찾아보기 힘들었다. 한 번 받은 상처의 깊은 고통은 날이 지나도 모두의 얼굴에서 사라지지 않았다. 그리고 무엇을 의논하든 패자가 빠지게 마련인 소극적인 자세와 극단적인 방향으로 내달아 의견의 통일을 볼 수 없었다.

덴시치로를 맞기 전부터 고참들은 두 개의 의견으로 대립했다.

'무사시와 다시 시합을 해서 설욕을 할 것인가?'

'그렇지 않으면 이대로 자중할 것인가?'

지금도 덴시치로의 생각에 동의하는 자들과 세이주로의 생각에 동의하는 자들로 나뉘어 있었다. 세이주로라면 치욕은 일시적인 것이고 혹여 또다시 패할 수도 있다고 말할 수 있겠지만, 고참들로서는 속으로 그렇게 생각하더라도 차마 입 밖으로 낼 수 없었다. 특히 패기만만한 덴시치로 앞에서는 더욱 그러했다.

"아무리 병중이라고는 하지만, 여자같이 비겁하고 소심한 형님의 말을 그대로 듣고 있을 수 있단 말인가?"

덴시치로는 가져온 잔을 쥐고 모두에게 술을 따르게 한 다음, 오늘부터 형을 대신해서 맡은 도장의 분위기를 자신의 의도대로 만들어 놓겠다는 강경한 태도를 보였다.

"나는 단언컨대 무사시를 칠 것이다! 형님이 뭐라고 하든지 나는 칠 것이야. 무사시를 이대로 내버려 두고 어찌 가명을 다시 세울 수 있겠는가. 도장이나 잘 유지하라는 형님의 말이 진정 무사로서 할 말인가? 그렇게 생각했으니 무사시에게 패한 것은 당연하지. 자네들은 그런 형님과 내가 똑같다고 생각하면 안 될 것이네."

"그것은 이미……."

고참인 난포가 말끝을 흐리더니 다시 말했다.

"사제의 실력은 저희들도 믿고 있습니다. 하지만……."

"하지만 뭔가?"

"세이주로 님은 상대인 무사시는 일개 무사 수행자고 이쪽은 무로 마치가 휘하의 명가이니 득실을 저울질해 봐도 그 시합은 손해라고 생각하신 듯합니다. 이기든 지든 아무 이득 없는 도박이라고 깨달으신 게 아닐까요?"

"도박이라고?"

덴시치로가 날카롭게 쏘아보자 난포는 당황해서 변명을 했다.

"아, 실언을 했습니다. 취소하겠습니다."

덴시치로는 끝까지 듣지도 않고 그의 멱살을 잡아 일으켜 세웠다.

"이 겁쟁이, 썩 꺼지거라."

"실언이었습니다. 사제………."

"닥쳐라! 너 같은 비겁자는 나와 동석할 자격이 없다. 꺼져!"

덴시치로가 난포를 밀어젖혔다. 도장의 판자벽에 등을 부딪친 난포는 새파랗게 질려 있었지만 곧 조용히 그 자리에 앉더니 말했다.

"여러분, 오랫동안 신세를 졌습니다."

그러고는 정면의 신단에 예를 올린 후 밖으로 나갔다. 덴시치로는 그에게 눈길 한 번 주지 않았다.

"자, 마시게."

덴시치로는 모두에게 술을 권하며 말했다.

"술을 마신 뒤, 오늘부터 우선 무사시의 숙소를 찾아 주게. 아직 타국으로 가진 않았을 거네. 승리한 것을 우쭐대며 활개를 치고 다니고 있을 게 틀림없네. 알겠나? 무사시를 찾는 것이 우선이고 그다음은 이 도장이네. 이런 을씨년스러운 상태로 두어서는 안 될 것이야. 평소처럼 모두 수련에 힘써야 할 것일세. 나도 한숨 자고 도장에 나오겠네. 형님과 달리 난 좀 거칠 것이니 이제부턴 말단 제자에게도 엄격하게 대할 것이야."

그로부터 이레 정도가 지났다.

"알아냈다!"

밖에서부터 고함을 치며 제자 한 명이 요시오카 도장으로 돌아왔다. 도장에서는 예고한 대로 덴시치로가 직접 나서서 엄격하고 거칠게 수련을 시키고 있었다. 문하생들은 지칠 줄 모르는 덴시치로의 왕성한 혈기에 겁을 집어먹은 얼굴로 구석으로 모였다. 그리고 다음에 자신의 이름이 불릴 것을 두려워하면서 고참인 오타구로를 마치 어린아이처럼 다루고 있는 것을 보고 있던 참이었다.

"잠깐, 오타구로."

덴시치로는 목검을 거두고 방금 도장으로 들어와서 앉아 있는 자를 보며 물었다.

"알아냈는가?"

"알아냈습니다."

"무사시는 어디에 있는가?"

"실상원實相院의 동쪽 네거리, 그쪽에선 혼아미 네거리라고도 부릅니다만, 그곳 혼아미 고에쓰의 집에 무사시가 머물고 있는 듯합니다."

"혼아미의 집에? 아니, 무사시와 같은 시골 출신 수행자 따위와 고에쓰가 아는 사이란 말이냐?"

"연고는 잘 모르겠습니다만, 어쨌든 그곳에 묵고 있는 것은 분명합니다."

“알았다. 곧 가도록 하겠다.”

덴시치로가 준비를 하겠다며 큰 걸음으로 안으로 들어가자 오타구로와 우에다 등의 고참들이 제지하며 말했다.

“불시에 들이닥쳐서 죽이는 것이 한낱 싸움과 무엇이 다르겠습니까. 이긴다 한들 세간의 평이 좋지 않을 겁니다.”

“수련에는 예의와 격식도 있지만 실전에는 격식이 없네. 이긴 쪽이 이기는 것이네.”

“하지만 형님의 경우가 그렇지 않았으니, 역시 미리 서신을 보내 장소와 날짜, 시각을 정한 다음 당당히 시합하는 편이 좋을 듯합니다.”

“그래? 그럼 자네들이 말하는 대로 하겠네만 그사이에 형님의 말에 마음이 변해 자네들까지 말리지는 않겠지?”

“이의를 품은 자나 요시오카 도장을 무시하는 배은망덕한 자는 지난 열흘 동안 모두 도장을 떠났습니다.”

“그래서 오히려 도장이 더 공고해졌다. 기엔 도지 같은 후레자식이나 난포 요이치베와 같은 겁쟁이처럼 부끄러운 줄 모르는 자들은 모두 사라지는 편이 낫다!”

“무사시에게 서신을 보내기 전에 일단은 형님에게도 알리는 것이⋯⋯.”

“그 일은 자네들이 나서도 소용없으니 내가 가서 단판을 짓겠네.”

형제 사이에 이 문제는 아직 열흘 전 상태 그대로였다. 그 이후로 어느 쪽도 자기 생각을 굽히지 않았다. 고참들은 또다시 언쟁을 벌이지

미야모토 무사시 4_바람風의 장

않기를 바라며 걱정하고 있었는데, 큰 소리가 들리지 않자 곧 무사시와 시합할 두 번째 장소와 날짜를 무릎을 맞대고 의논하고 있었다.

그때, 세이주로의 거실에서 그들을 부르는 소리가 들렸다.

"어이! 우에다, 미이케, 오타구로, 그리고 다른 사람들도 잠깐 이리 오게!"

세이주로의 목소리가 아니었다. 모두들 가서 보니 덴시치로 혼자 멍하니 서 있었다. 그의 그런 표정은 고참들도 처음 보는 것이었다. 덴시치로의 눈에서 곧 눈물이라도 쏟아질 듯했다.

"모두 이것을 보게."

덴시치로는 손에 펼쳐 들고 있던 형의 편지를 모두들에게 보이고는 화가 난 듯 말했다.

"형님은 내게 이렇게 자신의 생각을 적은 장황한 편지를 써 두고 집을 나가 버렸네. 어디로 가는지 쓰여 있지도 않네…… 어디로 가는지도……."

산넨
고개

　　　　　　　　오츠는 바느질하던 손을 멈추고 가만히 물었다.

"누구세요?"

장지문을 살짝 열어 보았지만 아무도 없었다. 기분 탓이었다는 걸 깨닫자 오츠는 마음이 허전해져서 소맷자락과 옷깃만 달면 완성되는데도 바느질이 손에 잡히질 않았다.

'조타로인 줄 알았는데…….'

그녀는 속으로 중얼거리며 아무도 없는 한낮을 미련 가득한 눈으로 바라보았다. 누군가가 지나가는 기척만 들려도 조타로가 찾아온 것은 아닐까 하고 생각하는 듯했다. 그녀가 있는 곳은 산넨 고개 아래였다. 번잡한 거리 한가운데이긴 했지만 길가의 한쪽 뒤편으로 덤불숲과 밭이 우거져 있었는데, 동백꽃과 매화가 하나둘 피기 시작했다.

　　　　　　　미야모토 무사시 4_바람風의 장

오츠의 모습이 보이는 그 외딴집 뒤편도 야외 정원같이 나무로 둘러싸여 있었고, 앞쪽에는 백 평 정도 되는 채소밭이 있었다. 밭의 바로 맞은편에는 아침부터 밤까지 분주하고 시끄러운 소리가 들리는 여관집 부엌이 있었다. 이 외딴집도 여관집에 딸린 것이었는데 아침과 저녁 식사를 그 부엌에서 가져왔다.

지금은 어디를 갔는지 모습이 보이지 않지만, 오스기가 교토에 들르면 으레 찾아오는 단골 여관이다. 그녀는 밭 가운데 있는 이 별채가 마음에 드는 듯했다.

"오츠 님, 식사 때인데 상을 가져올까요?"

밭의 맞은편에서 부엌일을 하는 여자가 이쪽을 향해 소리쳤다. 오츠는 상념에서 깨며 말했다.

"아아, 벌써 그렇게 됐나요? 밥은 할머님이 돌아오시면 같이 먹을 테니 나중에 가져와요."

그러자 여자가 다시 말했다.

"할머님은 오늘 늦게 돌아오실 거라고 말씀하시고 나가셨어요. 대략 저녁 무렵쯤 될 거라고 하셨어요."

"그럼 저도 별로 배가 고프지 않으니 점심은 그만두겠어요."

"그렇게 아무것도 드시지 않으면 몸에 좋지 않아요."

어디선가 소나무 장작을 때는지 짙은 연기가 흘러들어서 밭 가운데 있는 매화나무와 맞은편 안채를 자욱하게 감쌌다. 이 부근에는 도자기를 굽는 가마가 곳곳에 있어서 가마에 불을 때는 날이면 주변이 온

종일 연기로 가득 찼다. 그러나 연기가 걷힌 후에는 초봄의 하늘이 한 층 아름답게 보였다.

 말 울음소리와 청수사로 가는 참배객의 발소리가 길가 쪽에서 떠들썩하게 들려왔다. 그런 소음 속에 무사시가 요시오카 세이주로를 이겼다는 소문이 섞여 있었다. 오츠는 날아갈 듯 기뻐하며 무사시의 모습을 떠올렸다.

 '조타로는 틀림없이 연대사 들판에 갔을 거야. 조타로가 오면 자세한 것도……'

 오츠는 조타로가 찾아오기를 애타게 기다렸다. 그러나 조타로는 도무지 찾아오질 않았다. 고조 다리에서 헤어진 후로 벌써 스무날이 지났다.

 '찾아왔지만 내가 여기 있는 줄 모르는 건 아닐까? 아니, 그럴 리 없어. 산넨 고개 아래라고 가르쳐 줬으니 물어서라도……'

 그러더니 다시 생각해 보았다.

 '혹시 감기라도 걸려 누워 있는 건 아닐까?'

 하지만 조타로가 감기에 걸려 누워 있다고는 믿어지지 않았다. 필시 태평스럽게 초봄 하늘에 연이라도 날리며 놀고 있을지도 몰랐다. 오츠는 화가 나려고 했다. 그러나 한편으로 생각하면 조타로도 자신과 똑같이 생각할지도 모르는 일이었다.

 '별로 먼 곳도 아닌데 오츠 님이 한 번쯤은 와 줄 수도 있잖아. 가라스마루 님 댁에 인사도 하지 않고 간 것은 나빠.'

　　　　　　　　　　　　미야모토 무사시 4_바람風의 장

오츠도 그것을 잘 알고 있었지만, 그녀 입장에서는 조타로가 오는 것은 쉬워도 지금 자신이 그 댁에 가기에는 곤란한 사정이 있었다. 어디를 가든 오스기의 허락을 얻지 않고는 나갈 수가 없었던 것이다.

사정을 잘 모르는 사람은 오늘같이 오스기가 없는 틈을 타서 나가면 되지 않느냐고 생각할지 모르지만, 오스기는 그리 허술한 사람이 아니었다. 입구의 여관집 사람에게 부탁을 해 놓았기 때문에 오츠는 끊임없이 감시를 당했다. 잠깐 길을 살피러 나가더라도 이내 여관의 안채에서 불쑥 그녀에게 물었다.

"오츠 님, 어디 가시나요?"

아무래도 오스기 노파라고 하면 이 산넨 고개에서 청수사의 근처까지 모르는 사람이 없는 듯했다. 작년에 청수사 근처에서 늙은 몸을 이끌고 무사시와 비장한 진검승부를 벌였기 때문이었다. 당시 그 광경을 목격했던 근처의 가마꾼과 짐꾼 들의 입을 통해 소문이 파다하게 퍼졌다.

"그 할멈, 굉장하던걸."

"대단한 기개를 지닌 노인이야."

"원수를 갚으러 나섰대."

이런 소문이 나자 사람들은 오스기에게 호감을 갖게 되었고 어느새 그녀는 존경까지 받는 몸이 되었다.

"곡절이 있는 여자이니 내가 없을 때 도망치지 않도록 살펴 주게."

여관집 사람들은 오스기가 그렇게 한마디 하면 당연한 것처럼 충실하게 그녀의 말을 따랐다. 그런 연유로 해서 오츠는 이곳에서 무단으로 나갈 수가 없었다. 편지를 보내고 싶어도 여관집 사람의 손을 거치지 않고는 전할 방법이 없었다. 결국 그녀로서는 조타로가 찾아오기만 기다리는 방법밖에 없었다.

오츠는 장지문 그늘에 앉아 다시 바느질을 시작했다. 오스기의 옷을 다시 짓는 것이었다. 그때, 밖에서 사람의 그림자가 어른거리는 듯하더니 처음 듣는 여자의 목소리가 들렸다.

"잘못 찾아왔나?"

길가에서 골목길로 들어와서 밭이나 별채를 보고는 잘못 찾아온 듯하다고 중얼대는 것이었다. 오츠는 무심결에 장지문 안쪽에서 얼굴을 내밀었다. 파밭 사잇길에 있는 매화나무 밑에 서 있던 여자는 오츠의 얼굴을 보더니 멋쩍은 듯 머리를 숙이고는 머뭇거리며 물었다.

"저어, 혹시 여기는 여관이 아닌가요? 골목길 입구에 여관이라고 쓴 행등을 보고 들어왔는데."

오츠는 대답하는 것조차 잊고 여자의 얼굴부터 발끝까지 살폈다. 여자는 오츠의 시선을 이상하게 받아들인 듯했다. 남의 집을 잘못 들어왔다고 느꼈는지 멋쩍은 듯 다시 물었다.

"다른 집인가요?"

여자는 주변의 지붕을 둘러보다가 문득 매화나무 가지를 보고는 고개를 들더니 넋을 잃은 것처럼 말했다.

"어머나, 참 예쁘게 피었네."

'맞아, 고조 다리에서!'

오츠는 곧 생각이 났지만 혹시 사람을 잘못 본 것은 아닐까 하고 기억을 더듬어 보았다. 설날 아침, 그 다리 난간에서 무사시의 가슴에 얼굴을 묻고 울고 있던 예쁘장한 처녀. 그녀는 모르겠지만 오츠로서는 잊을 수 없는 원수인 것처럼, 그 이후로 줄곧 마음에 걸렸던 그 여자였다.

부엌의 여자가 여관에 알렸는지 여관집 하인이 달려왔다.

"손님, 여관에 묵으시려는지요?"

아케미가 불안한 눈으로 대답했다.

"네, 여관은 어디인지요?"

"바로 저기가 입구입니다. 골목길 오른편 모퉁이입니다."

"그럼, 바로 길가에 접해 있군요."

"길가라도 조용합니다."

"출입할 때 사람 눈에 띄지 않는 집을 찾고 있었어요. 마침 골목 모퉁이에 행등을 걸어 놓은 것이 보여서 이 안쪽이면 괜찮겠다 싶어 들어왔는데."

그녀는 오츠가 있는 곳을 가리켰다.

"여기는 여관의 별채가 아닌가요?"

"네, 저희 별채입니다만."

"여기면 좋겠는데. 조용하고…… 아무 데에서도 보이지도 않고."

"저쪽 안채에도 좋은 방이 있습니다."

“저기, 마침 여기 계시는 분이 여자분 같으니…… 나도 여기에 묵게
해 줄 수는 없나요?”

“그런데 성격이 매우 까다로운 할머니가 한 분 더 계시는데요.”

“괜찮아요. 나는 상관없어요.”

“나중에 오시면 괜찮으신지 여쭈어 보겠습니다.”

“그럼, 그동안 저쪽 방에서 쉬고 있을까요?”

“네, 그렇게 하십시오. 저쪽 방도 손님 마음에 꼭 드실 겁니다.”

아케미는 하인을 따라 여관 앞쪽으로 돌아갔다.

“……”

오츠는 아무 말도 하지 못하고 말았다. 왜 그날 일을 물어보지 않았
는지 나중에 후회했지만 그것이 자신이 성격 때문인 걸 아는 그녀는
마음이 울적해졌다.

‘방금 그 여자와 무사시 님은 대체 어떤 사이일까?’

오츠는 그것만이라도 알고 싶었다. 고조 다리에서 보았을 때, 두 사
람은 꽤 오랫동안 이야기를 나눴다. 그것만으로도 보통 사이가 아닌
듯했는데, 마지막에 그녀가 울자 무사시가 그녀의 어깨를 안아 주었다.

‘무사시 님이 설마……’

오츠는 질투로 인한 억측이겠거니 하고 애써 고개를 저었지만 그날
부터 지금까지 자신의 마음에 생채기가 난 것은 어쩔 수가 없었다.

‘나보다 아름다운 여자.’

‘나보다 그 사람에게 다가갈 기회가 많은 여자.’

'나보다 재기才氣가 있어 남자의 마음을 잘 사로잡는 여자.'

지금까지 오츠는 무사시와 자신밖에 생각하지 않았지만 갑자기 같은 여자의 세계를 의식하게 되자 자신의 무력함에 서글퍼졌다. 그녀는 자신이 아름답다고 생각하지 않았고 재주도 운도 없다고 생각했다. 그리고 넓은 세상의 수많은 여자와 비교해 보더니, 자신의 바람이 너무나 과분해서 마치 허황된 꿈을 꾸고 있는 것처럼 여겨졌다.

오래전에 칠보사의 삼나무를 기어올랐을 때 내리치던 그 폭풍우보다 강한 용기는 어디로 갔는지, 설날 아침에 고조 다리의 수레 뒤편에 쪼그리고 앉아 버린 때와 같은 나약함만 오츠의 마음속에 자리 잡고 있었다.

'조타로의 도움이 필요해!'

오츠는 절절히 그렇게 생각했다.

'폭풍우 속에서 그 삼나무 위로 기어올랐던 무렵의 나에게는 조타로와 같은 천진함이 얼마간 남아 있었는데.'

요즈음처럼 혼자서 고민하고 있는 복잡한 심경이 그런 소녀의 마음에서 어느새 멀어졌다는 증거가 아닐까 하는 생각이 들었다. 그러자 바느질을 하던 옷감 위로 자기도 모르게 눈물이 뚝뚝 떨어졌다.

"안에 있는 게냐, 없는 게냐? 오츠, 왜 아직 불을 켜지 않았느냐?"

어느새 날이 저물었는지 밖에서 돌아온 오스기의 목소리가 들렸다.

"이제 오셨어요. 곧 불을 켤 준비를 하겠습니다."

오스기는 일어서서 벽 뒤의 작은 방으로 가는 오츠의 등을 싸늘한 눈길로 힐끗 보며 어둑한 방에 앉았다.

오츠는 등잔을 바닥에 놓고 바닥에 손을 짚으며 인사를 했다.

"어머님, 고단하시죠? 오늘은 또 어디를 다녀오셨는지……."

"묻지 않아도 알 것이 아니냐."

오스기는 짐짓 엄하게 말했다.

"마타하치가 어디 있는지, 무사시가 어디 있는지 수소문하고 다녔다."

"다리라도 좀 주물러 드릴까요?"

"다리는 괜찮다만 날씨가 포근해서 그런지 며칠 동안 어깨가 결리는구나. 주물러 줄 마음이 있으면 주무르거라."

무슨 일이건 이런 투였다. 그러나 오츠는 그것도 마타하치를 찾아서 과거의 일을 깨끗하게 청산하기까지 조금만 참으면 된다고 생각하며 오스기의 등 뒤로 다가갔다.

"정말 어깨가 딱딱하시네요. 숨 쉬기 곤란하시지 않으세요?"

"걸어 다니다가도 갑자기 가슴이 답답할 때가 있다. 역시 나이 탓이 아니겠느냐. 언제 어디서 쓰러져 죽을지도 모른다."

"아직 젊은 사람 못지않게 원기가 좋으신데 그럴 리가 있겠어요?"

"하지만 그 건강하던 곤 숙부조차도 한순간에 죽어 버렸다. 사람의 일이란 알 수 없는 게다. 내가 오직 기운을 회복할 때는 무사시를 생각할 때뿐이다. 무사시만 생각하면 없었던 기운도 저절로 솟는다."

"어머니, 무사시 님은 그렇게 나쁜 사람이 절대로 아니에요. 어머니께선 오해하고 계신 거예요."

"후후후……."

오스기는 계속 어깨를 주무르게 하면서 말했다.

"그렇겠지. 너로서야 마타하치를 버리고 쫓아간 남자니까. 나쁘게 말해서 미안하구나."

"어머! 그런 게 아니에요."

"아니라고? 마타하치보다 무사시가 더 좋지 않단 말이냐? 매사에 솔 직히 말하는 것이 정직한 것이다."

"……."

"머잖아 마타하치를 만나면 이 할멈이 중간에서 네가 바라는 대로 분명하게 마무리를 지어 주겠지만, 그리되면 너와 나는 완전히 남남 이다. 그러면 너는 무사시에게 달려가 우리 모자의 욕을 해 대겠지?"

"어찌 그런 말씀을……. 어머니, 저는 그런 여자가 아니에요. 베풀어 주신 은혜는 평생 잊지 않겠어요."

"요즈음 젊은 것들은 말은 잘하더구나. 어쩜 그리 상냥하게 말을 하 는지, 나는 정직하기 때문에 그런 말주변이 없어서 말이지. 네가 무사 시의 아내가 되면 너도 그때는 나의 원수가 되는 것이다. 호호호, 원 수의 어깨를 주무르는 것이 괴롭겠구나."

"……."

"그것도 무사시를 따르기 위해 겪는 고역이겠지만, 그렇게 생각한 다면 못 참을 것도 없지."

"……."

"왜 우는 게냐?"

"우는 게 아니에요."

"그럼 내 옷깃에 떨어진 것은 뭐냐?"

"…… 죄송합니다. 그만…….."

"에구, 근질근질거리는 게 벌레가 기어 다니는 듯해서 기분이 나쁘
군. 좀 더 힘을 주지 못하겠느냐. 훌쩍거리며 무사시 생각만 하지 말
고 말이다."

앞쪽 채소밭에 제등이 보였다. 평소처럼 여관집 소녀가 저녁 식사를
가져오는 줄 알았으나 승려 행색의 사내가 마루 끝에 나타났다.

"실례합니다. 혼이덴가 노모의 방이 이곳입니까?"

그가 들고 있는 제등에 오토와音羽 산 청수사라 쓰여 있었다.

"저는 자안당子安堂에서 왔습니다만……."

그는 제등을 마루 끝에 놓고 품속에서 편지 한 통을 꺼냈다.

"무슨 일인지는 모르겠으나, 저녁 무렵에 웬 초췌한 젊은 낭인이 당
내를 살피며 요즈음 사쿠슈의 할머니가 참배하러 오시지 않느냐고
묻더군요. 그래서 가끔 오신다고 대답하자 붓을 빌려 달라고 하더니
할머니가 오시면 이 편지를 전해 달라고 하고 가 버렸습니다. 마침 고
조까지 볼일이 있던 참에 전해 드리러 온 것입니다."

"아이구, 이거 고생이 많았습니다."

오스기가 그에게 상냥하게 방석을 권했지만 승려는 곧 돌아가 버
렸다.

"누굴까?"

오스기는 등불 아래에서 편지를 펴 보았다. 안색이 변한 것을 보니 편지의 내용이 오스기의 가슴을 세차게 뒤흔든 모양이었다.

"오츠!"

"네."

작은방 구석의 화롯가에서 오츠가 대답했다.

"자안당 스님은 돌아갔으니 차는 끓이지 않아도 된다."

"벌써 돌아가셨어요? 그럼 어머니께서 드세요."

"남한테 주려던 것을 나한테 주려는 게냐? 내가 남은 차나 마셔야겠느냐. 그런 차는 마시고 싶지도 않다. 그보다 빨리 밖에 나갈 차비를 하거라."

"예? 어디를 가시려는지요?"

"네가 기다리고 있는 일을 오늘 밤에 결판내러 간다."

"아, 그럼 방금 편지는 마타하치 님께서 보낸 것인가요?"

"너는 조용히 따라오기만 하면 된다."

"그럼 여관집 부엌에 빨리 저녁을 가져오라고 말하고 오겠어요."

"넌 아직 안 먹었느냐?"

"어머니 돌아오실 때까지 기다리고 있었어요."

"쓸데없는 짓만 하고 있구나. 내가 나간 때가 오전인데 지금까지 어찌 아무것도 먹지 않고 견딜 수 있단 말이냐? 밖에서 저녁을 겸해서 먹고 왔다. 나는 상관 말고 너나 물에 말아서 빨리 먹거라."

"네."

"오토와 산은 밤에 쌀쌀할 텐데 내복은 다 해 놓았느냐?"

"소매가 아직 조금……."

"그것을 말하는 게 아니다. 내복을 말하는 게다. 그리고 버선은 빨아 놓았느냐? 짚신의 끈이 낡았으니 여관으로 가서 짚신도 새것으로 받아 오너라."

오스기는 대답할 틈도 주지 않고 오츠를 닦달했다. 오츠는 아무 말도 하지 못하고 속절없이 고개만 숙이고 있었다.

오츠가 먼저 나가 짚신을 가지런히 놓으며 말했다.

"어머니, 나오세요. 제가 모시겠습니다."

"제등은 가져왔느냐?"

"아니요……."

"정신이 있는 게냐? 오토와 산 깊이 들어가는데 불도 없이 이 늙은 이를 걷게 할 생각이냐? 여관집 제등을 빌려 오너라."

"미처 생각하지 못했어요. 지금 바로 빌려 오겠습니다."

정작 오츠는 아무런 차비도 할 수가 없었다.

'오토와 산 깊은 곳이라는데, 대체 어디일까?' 생각했지만 물어보면 야단이나 맞을 것 같아 말없이 제등을 든 채 산넨 고개를 앞장서서 걸어갔다. 그러나 오츠는 어쩐지 마음이 들떴다. 조금 전 편지는 마타하치에게서 온 것이 틀림없었다. 그렇다면 전부터 오스기와 굳게 약속했던 문제를 오늘 밤에 확실하게 해결할 수 있을 것이었다. 이제 조금만 참으면 됐다.

'일이 마무리되면 오늘 밤에라도 가라스마루 님 댁으로 가서 조타로를 만나야지.'

산넨 고개는 인내의 고개였다. 오츠는 발밑을 바라보며 돌들이 많은 울퉁불퉁한 고갯길을 걸어갔다.

절체절명

물이 불어난 것도 아니었는데 밤에는 유독 폭포 소리가 크게 들려왔다.

"분명 지슈곤겐地主權現[12]은 이곳일 텐데. 지누시地主 벗나무라고 이 나무 팻말에도 쓰여 있는데⋯⋯."

청수사 옆의 산길을 꽤 올라왔지만 오스기는 숨이 차지도 않은 듯했다. 그녀는 사당 앞에 서자 어둠 속을 향해 외쳤다.

"애야, 마타하치야."

표정과 목소리가 떨렸다. 뒤에 서 있던 오츠는 오스기가 전혀 다른 사람처럼 생각됐다.

"오츠, 불을 꺼뜨리지 말거라."

---

12 사원 경내에 있는 '지역의 신地主'을 제사 지내는 사당. 중세 이후로는 교토의 히가시東 산에 있는 청수사淸水寺 사당을 가리키는 말로 널리 쓰이고 있다.

"네……."

"없구나, 없어."

오스기는 그렇게 중얼거리며 근처를 둘러보았다.

"편지에 지슈곤겐까지 와 달라고 쓰여 있었는데."

"오늘 밤이라고 쓰여 있었나요?"

"오늘이나 내일이라고 쓰여 있지도 않았다. 몇 살을 먹어도 그 앤 어린애 같구나. 차라리 자기가 여관으로 오면 좋을 텐데, 스미요시에서의 일도 있고 해서 겸연쩍은가 보다."

오츠가 오스기의 소매를 당기며 말했다.

"어머니, 마타하치 님이 아닐까요? 누가 밑에서 올라오고 있는 것 같아요."

"그래?"

오스기는 비탈길을 내려다보며 불렀다.

"애야."

하지만 올라온 사람은 오스기를 거들떠보지도 않고 지슈곤겐의 뒤편으로 돌아갔다가 다시 되돌아오더니 제등의 불빛 너머로 보이는 오츠의 하얀 얼굴을 거리낌 없는 눈길로 바라보았다. 오츠는 섬뜩했지만 상대방은 그것을 느끼지 못하는 표정이었다. 지난 설날, 고조 다리 옆에서 서로 마주쳤는데도 사사키 고지로는 기억하지 못하는 듯했다.

"처자, 그리고 할멈, 당신들은 방금 이곳에 올라왔소?"

"……."

묻는 태도가 너무 당돌하여 오츠와 오스기는 그저 고지로의 화려한 옷차림에만 눈을 크게 뜨고 있었다. 그러자 고지로는 느닷없이 오츠의 얼굴을 가리키며 말했다.

"꼭 처자만 한 또래의 여자인데, 이름은 아케미라고 하고 얼굴이 조금 둥글고 몸집은 처자보다 작은 편이오. 그래도 술집에서 자란 도회지 처녀라 어딘가 좀 어른 티가 나는데, 이 부근에서 보지 못했소?"

"……."

두 사람이 잠자코 고개를 저었다.

"이상하군? 산넨 고개 근처에서 본 사람이 있다고 했으니, 이 근처 사당에서 밤을 보낼 것이 분명할 텐데……."

처음에는 상대방에게 하던 말이 어느새 혼잣말로 바뀌었다. 그는 더 이상 묻지도 않고 몇 마디 중얼거리더니 어디론가 훌쩍 가 버렸다.

오스기가 혀를 끌끌 찼다.

"저자는 대체 뭐야? 등에 칼을 차고 있는 걸 보면 무사인 모양인데, 여봐란 듯 화려하게 차려입고 밤늦도록 여자 뒤꽁무니만 쫓아다니다니. 아 참, 이러고 있을 때가 아니지."

오츠는 생각했다.

'맞아. 아까 여관을 잘못 찾아온 그 여자, 그 여자임이 틀림없어.'

오츠는 무사시와 아케미와 고지로, 이 세 사람의 알 수 없는 관계를 상상하면서 멍하니 있었다.

"돌아가자."

오스기는 낙심한 듯 그렇게 말하고는 걸음을 옮기기 시작했다. 분명 지슈곤겐이라 쓰여 있었으나 마타하치는 없었다. 싸늘한 폭포 소리에 온몸에 소름이 돋았다. 길을 조금 내려가다 본원당本願堂 문 앞에서 오츠와 오스기는 조금 전의 고지로와 또 마주쳤다.

"......."

얼굴이 마주쳤을 뿐 양쪽 다 묵묵히 지나갔다. 오스기가 되돌아보니 고지로는 자안당에서 산넨 고개 쪽으로 곧장 내려가고 있었다.

"험한 눈초리를 하고 있군. 무사시와 똑같아."

중얼거리던 오스기가 무엇을 보았는지 구부정한 허리를 움찔 놀라며 부엉이가 우는 듯한 소리를 냈다. 커다란 삼나무 그늘이었다. 누군가가 그 그늘에 서서 손짓하고 있었다. 오스기는 어두웠지만 누군지 알아볼 수 있었다. 틀림없이 마타하치였다.

'이리 오세요.'

그렇게 손짓으로 말을 하고 있는 듯했다. 무언가 꺼리는 것이라도 있는 것 같았다. 오스기는 이내 아들의 마음을 알아차렸다.

"오츠야."

오츠는 열 걸음 정도 앞에 서서 오스기를 기다리고 있었다.

"너는 먼저 가거라. 그렇다고 너무 멀리 가면 안 된다. 저기 쓰레기 더미 옆에 서 있거라. 곧 뒤따라 갈 테니."

오츠가 순순히 고개를 끄덕이고는 먼저 가기 시작했다.

"얘야! 딴 데로 가거나 그대로 달아난다고 해도 이 늙은이가 여기서 보고 있다는 것을 명심하거라. 알았느냐?"

오스기는 그렇게 말하며 곧바로 삼나무 그늘로 뛰어갔다.

"마타하치냐?"

"어머니!"

어둠 속에서 불쑥 손이 나오더니 오스기의 손을 꽉 움켜잡았다.

"어찌된 일이냐? 그런 곳에 숨어서. 아니, 이렇게 얼음장같이 차가운 손을 해 갖고선."

오스기의 눈에 눈물이 글썽거렸다. 마타하치는 겁을 집어먹은 눈으로 물었다.

"어머니, 방금 전에도 이곳을 지나가지 않았어요?"

"누가 말이냐?"

"큰 칼을 등에 찬, 눈이 날카로운 젊은이 말예요."

"아는 사람이냐?"

"알고말고요. 그놈은 사사키 고지로라고 하는데 얼마 전에 로쿠조의 솔밭에서 호되게 당했어요."

"뭐라구! 그럼, 사사키 고지로는 네가 아니란 말이냐?"

"예? 왜요?"

"아니, 언젠가 오사카에서 네가 나에게 보여 주었던 주조류 두루마리에 그렇게 쓰여 있지 않았느냐? 그때 사사키 고지로는 너의 검명이라고 하지 않았더냐?"

"거짓말이에요. 그건 거짓말이었어요. 그 일이 들통 나서 진짜 사사키 고지로에게 호되게 당하고 말았어요. 실은 어머니께 편지를 보내고 약속 장소로 가려는데, 여기서 또 그자를 발견하고 눈에 띄면 큰일이다 싶어 여기저기 숨어 다니며 상황을 지켜보고 있었어요. 이젠 괜찮을까요? 다시 오면 큰일인데."

"……."

어처구니가 없어 말문이 막혔는지 오스기는 입을 다물어 버렸다. 하지만 마타하치가 전보다 더 여위었고 무력하고 소심한 얼굴로 안절부절못하자 오스기는 아들이 더욱 가엾게 생각되는 모양이었다.

"그런 건 아무래도 상관없다."

오스기는 더 이상 아들의 우는소리를 듣고 싶지 않다는 듯이 고개를 저었다.

"그보다 마타하치, 너는 곤로쿠 숙부가 죽은 것을 알고 있느냐?"

"예에? 숙부님이? 정말요?"

"그럼 내가 거짓말을 하겠느냐? 스미요시의 해변에서 너와 헤어지곤 바로 그곳에서 돌아가셨다."

"몰랐어요……."

"숙부의 어이없는 죽음도, 이 늙은이가 이 나이에 이렇게 객지를 떠돌아다니는 것이 대체 누구 때문인지 너는 알고 있을 테지."

"언젠가 오사카에서 만났을 때, 얼어붙은 땅 위에 꿇어앉아 어머니께 호되게 꾸중을 들은 일은 가슴에 새겨 두고 잊지 않고 있어요."

"그래, 잘 기억하고 있구나. 그럼, 네가 기뻐할 소식이 있다."

"그게 뭐예요?"

"오츠다."

"예? 그럼 어머니 곁에 있다가 방금 저쪽으로 간 그 여자가?"

"이 녀석!"

오스기는 타이르듯 마타하치의 앞을 가로막았다.

"너는 어디로 가려는 셈이냐?"

"오츠라면…… 어머니, 만나게 해 주세요."

오스기는 끄덕였다.

"만나게 해 주려고 데리고 온 것이다. 하지만 마타하치, 오츠를 만나서 어쩔 셈이냐?"

"잘못했다, 미안했다, 용서해 달라고 사과할 생각이에요."

"…… 그리고?"

"그리고 어머니도 내가 한때 마음을 잘못 먹은 거라고 오츠를 달래 주세요."

"그리고?"

"전처럼……."

"뭐라고?"

"예전으로 돌아가서 오츠와 혼례를 올리고 싶어요. 어머니, 오츠는 아직도 나를 생각하고 있을까요?"

오스기는 말을 끝까지 듣기도 전에 마타하치의 뺨을 찰싹 후려쳤다.

미야모토 무사시 4_바람風의 장

"바보, 바보 같은 놈!"

"앗! 왜 이러세요?"

마타하치는 비틀거리며 얼굴을 감쌌다. 그리고 젖을 뗀 이후로 여태까지 본 적이 없는 어머니의 무서운 얼굴을 바라보았다.

"방금, 너는 뭐라고 했느냐? 내가 언젠가 한 말을 명심하고 있다고 하지 않았느냐!"

"……."

"이 어미가 언제 오츠같이 행실이 나쁜 여자에게 무릎을 꿇고 빌라고 말했느냐? 그 아이는 혼이덴 가문의 이름에 먹칠한 불구대천의 원수인 무사시와 함께 달아난 계집이다."

"……."

"약혼한 너를 버리고, 너와 가문의 원수인 무사시한테 몸도 마음도 준 개만도 못한 오츠에게 너는 두 손을 모으고 빌 작정이냐? 빌 작정이냔 말이다, 이놈아!"

오스기는 마타하치의 멱살을 부여잡고 흔들어 댔다. 마타하치는 어머니가 흔드는 대로 몸을 맡긴 채 눈을 감고 질책을 달게 받고 있었다. 눈에서 하염없이 눈물이 흘러내렸다.

"울긴 왜 우느냐! 눈물을 흘릴 만큼 짐승보다 못한 그년에게 미련이 남아 있단 말이냐? 이제 너 같은 아들은 필요 없다."

오스기는 치를 떨며 마타하치를 땅바닥에 내동댕이치고는 자신도 그 옆에 주저앉아 함께 울기 시작했다.

"마타하치."

다시 엄격한 어머니로 돌아온 오스기는 땅바닥에서 자세를 고쳐 앉았다.

"지금이야말로 네가 마음을 굳게 먹어야 한다. 이 어미가 앞으로 십년, 이십 년 더 산다고 누가 장담할 수 있겠느냐. 이런 말도 내가 죽고 난 후에는 두 번 다시 들으려 해도 들을 수 없을 게다."

마타하치는 '또 뻔한 소리를 하는구나' 하는 표정으로 고개를 돌리고 있었다. 오스기는 속으로 마타하치의 비위를 상하게 하면 안 되겠다고 생각하고 눈치를 보며 말했다.

"애야! 여자가 오츠만 있는 건 아니다. 그런 계집에게 미련을 갖지 말거라. 만일 앞으로 네가 원하는 여자가 있으면 이 어미가 그 여자의 집을 백번 드나들더라도 아니, 내 목숨을 바치는 한이 있더라도 반드시 얻어 주겠다."

"……."

"그러나 오츠만은 혼이텐 가문의 체면 때문에라도 절대로 안 된다! 네가 뭐라고 해도 안 된다."

"……."

"만약 네가 끝까지 오츠와 살 생각이라면 이 어미의 목을 친 후에 네 마음대로 해라. 하지만 내가 살아 있는 동안은……."

"어머니!"

서슬이 시퍼런 마타하치의 얼굴을 보며 오스기는 무릎을 세우고 말했다.

"그 태도는 뭐냐?"

"대체 아내로 삼을 여자는 내가 맞아들이는 겁니까, 아니면 어머니가 맞아들이는 겁니까?"

"뻔한 소릴 하는구나. 당연히 네가 맞이하는 것이 아니냐."

"그렇다면 내가 선택하는 것이 당연한 일이잖아요?"

"또 그따위 철없는 소리를, 너는 대체 몇 살이냐?"

"아무리 부모라도 이건 너무해요. 너무 지나치세요."

두 모자는 모두 격의가 없기 때문에 걸핏하면 지금처럼 감정이 앞서곤 했다. 그래서 오히려 서로를 이해하지 못하고 말만 하면 충돌했다. 같이 살던 예전부터 그러했는데 어느새 습관이 되어 버리고만 듯했다.

"지나치다니 그게 무슨 소리냐? 너는 대체 누구의 자식이냐? 누구의 뱃속에서 세상에 태어났느냐?"

"아무리 그렇게 말해도 억지예요. 어머니, 나는 무슨 일이 있어도 오츠와 살고 싶어요. 오츠가 좋단 말이에요."

새파랗게 질려 있는 어머니의 얼굴을 쳐다보면서 말할 수 없었는지 마타하치는 하늘을 보며 소리쳤다. 오스기의 앙상한 어깨뼈가 부르르 떨리는 듯했다.

"마타하치, 정말이냐?"

노파는 이렇게 말하며 느닷없이 단도를 뽑아 자신의 목을 찌르려고 했다.

"앗! 무슨 짓이에요?"

"말리지 마라. 차라리 나보고 이 자리에서 죽으라고 말하거라."

"무슨 바보 같은 소릴⋯⋯. 어머니가 죽는 걸 내가, 자식이 보고만 있으라고요?"

"그러면 오츠를 단념하고 마음을 고쳐먹겠느냐?"

"그럼, 대체 무엇 때문에 오츠를 이곳으로 데리고 왔어요? 왜 내게 오츠를 보여 주었느냐 이 말이에요. 대체 무슨 생각으로 그런 거예요?"

"내 손으로 죽이는 건 쉬운 일이지만, 자식을 배신한 부정한 계집을 직접 죽이게 하려는 부모의 마음이 고맙다는 생각은 들지 않느냐?"

"그럼, 어머니는 내 손으로 오츠를 죽이라는 말이에요?"

"싫으냐?"

흡사 귀신의 목소리 같았다. 마타하치는 자신의 어머니의 속에 저런 목소리가 있었나 싶을 정도로 놀랐다.

"싫으면 싫다고 말하거라. 더 이상 지체할 수는 없다."

"하, 하지만 어머니."

"아직도 미련이 남았느냐? 아아, 이젠 너 같은 놈은 내 자식이 아니고 나도 네 어미가 아니다. 계집의 목은 베지 못해도 어미의 목은 벨 수 있을 게다."

애초부터 억지에 지나지 않았지만 오스기는 칼을 고쳐 잡고 자결하는 태도를 취했다. 자식이 제멋대로 구는 것도 부모의 애를 먹이는 일이지만, 때로는 부모도 자식을 애를 먹이는 경우가 있다. 지금 오스기의 경우가 그러했는데 오스기는 자칫하면 정말 일을 저지를 것 같은 표정이었다. 자식의 눈으로 봐도 괜히 하는 행동으로 보이지 않았다.

마타하치는 부들부들 떨며 소리쳤다.

"어머니! 그, 그렇게까지 하지 않더라도…… 알았소, 알았어. 내가 단념하겠소."

"그뿐이냐?"

"그렇게 하겠소. 내 손으로, 내 손으로 오츠를……."

"죽이겠다고?"

"예, 죽여 보이겠소."

오스기는 기쁨의 눈물을 흘리며 단검을 버리고 아들의 손을 잡아끌었다.

"말 잘했다. 그래야만 혼이덴 가문의 대를 이을 아들일 것이다. 조상님들도 대견해하실 게다."

"…… 정말 그럴까요?"

"죽이고 오너라. 오츠는 바로 저 아래 쓰레기 더미 앞에서 기다리고 있다."

"흐음, 지금 갈게요."

"오츠의 목을 베서 편지와 함께 먼저 칠보사로 보내도록 하자. 마을 사람들이 소문을 들으면 우리의 체면도 반은 설 것이다. 다음은 무사시 놈인데, 그놈도 네가 오츠를 죽였다는 말을 들으면 우리 모자 앞에 나타날 게다. 마타하치, 빨리 갔다 오너라."

"어머니는 여기서 기다리고 계실 건가요?"

"아니다. 나도 뒤따라가겠지만, 오츠가 내 모습을 보면 말이 틀리지 않느냐고 따질 것이 분명하다. 그러니 나는 조금 떨어진 어두운 곳에서 보고 있으마."

"계집 하나쯤이야!"

마타하치는 비틀거리며 일어났다.

"어머니, 반드시 오츠의 목을 베어 올 테니 여기서 기다리고 계세요. 여자 하나쯤 놓치지는 않을 테니 걱정 마시고요."

"방심해서는 안 된다. 그년도 칼을 보면 꽤나 반항을 할 테니까."

"염려 마세요. 그까짓 것."

마타하치는 큰소리를 치며 걸어갔다. 오스기가 불안한 마음이 들었는지 뒤따라오면서 일렀다.

"알았지? 방심하면 안 된다."

"쫓아오지 말고 기다리고 계시라니까요."

"괜찮다. 쓰레기 더미는 아직 저 아래다."

"괜찮다고요!"

마타하치는 버럭 화를 냈다.

"두 사람이 할 정도면 혼자 갔다 오세요. 난 여기서 기다릴 테니까."

"뭐가 그리 께름칙한 게냐? 너는 아직도 오츠를 베겠다는 결심이 서지 않았느냐?"

"오츠도 인간이에요. 고양이 새끼를 죽이는 것과는 다르다고요."

"흠, 그럴 만도 하지. 아무리 부정한 계집이라도 본시 네 약혼녀였으니까. 알았다. 어미는 여기 있을 테니, 너 혼자 가서 깔끔하게 처리하고 오너라."

마타하치는 대답도 하지 않고 팔짱을 낀 채 완만한 비탈길을 내려갔다.

오츠는 아까부터 쓰레기 더미 앞에서 서성거리며 오스기가 오기를 기다리고 있었다.

'차라리 이 틈에……'

달아날 생각을 하지 않은 것은 아니었으나 그래서는 스무날 가까이 참아 왔던 고생에 대한 아무런 보답도 얻을 수가 없었다.

'조금만 더 참자.'

오츠는 무사시와 조타로를 생각하면서 멍하니 별을 바라보고 있었다. 무사시를 가슴속에 그리고 있노라면 그녀의 가슴에는 무수한 별들이 반짝였다.

'곧, 머지않아……'

꿈을 꾸듯 앞으로의 희망을 헤아려 보았다.

국경의 산에서 그가 했던 말, 하나다花田 다리의 기슭에서 했던 그의 맹세를 마음속으로 되풀이해 보았다. 아무리 세월이 지나도 그것을 배반할 사람이 아니라고 그녀는 굳게 믿고 있었다. 다만 아케미라는 여자를 생각하면 불현듯 괴롭고 마음속 희망에 어두운 그늘이 드리웠다. 하지만 무사시에 대한 강한 믿음에 비한다면 대수롭지 않았고 불안해할 만큼의 근심거리도 아니었다.

'하나다 다리에서 헤어진 후, 만나지도 못했고 이야기도 나누지 못했다. 그런데도 왠지 즐겁다. 다쿠안 스님은 가련하다고 말했지만 이렇게 행복한 내가 어떻게 다쿠안 스님의 눈에는 불행하게 보이는 걸까?'

바늘방석에 앉아 바느질을 하고 있을 때도, 기다리고 싶지 않은 사람을 기다리며 어둠과 외로움 속에서 서성거리고 있을 때도, 그녀는 혼자서 그러한 즐거움을 즐기고 있었다. 다른 사람들에게는 공허하게 보이는 때가 그녀에겐 가장 충실한 때였다.

"오츠."

오스기의 목소리가 아니다. 어둠 속에서 그녀를 부르는 자가 있었다. 오츠는 정신을 차리고 물었다.

"누구세요?"

"나야."

"나라니요?"

"혼이덴 마타하치."

"옛?"

오츠는 깜짝 놀라 뒤로 물러섰다.

"마타하치 님이라고요?"

"벌써 목소리까지 잊었나?"

"정말, 정말 마타하치 님의 목소리네요. 어머니는 만나셨어요?"

"어머니는 저쪽에서 기다리게 했어. 오츠, 너는 변하지 않았구나. 칠보사에 있던 때와 조금도 변하지 않았어."

"마타하치 님, 어디 계세요? 어두워서 모습이 보이지 않아요."

"옆으로 가도 괜찮아? 아까부터 여기에 와 있었지만 널 볼 면목이 없어서 한동안 어둠 속에서 너를 보고만 있었어. 너는 거기에서 무슨 생각을 하고 있었지?"

"아무 생각도……."

"내 생각을 하고 있지는 않았어? 나는 단 하루도 네 생각을 하지 않은 날이 없었어."

어둠 속에서 조금씩 걸어 나오는 마타하치의 모습이 눈에 들어왔다. 오츠는 오스기가 나타나지 않자 불안감이 엄습했다.

"마타하치 님, 어머님께 무슨 말씀을 들으셨나요?"

"응, 방금 저 위에서."

"그럼, 저에 대한 얘기도?"

"응."

오츠는 안심했다. 일찍이 약속한 대로 오스기가 자신의 의사를 마타하치에게 전했다고 생각했다. 그리고 마타하치는 그것을 승낙하기 위해 여기에 혼자 온 것이라고 생각했다.

"어머님께 들으셨다니 제 마음은 이미 아셨겠지만 저도 부탁을 드리겠어요. 마타하치 님, 아무쪼록 예전의 일은 인연이 없었다고 생각하시고 오늘 밤을 기해서 저를 잊어 주세요."

'어머니와 오츠는 어떤 약속을 한 것일까? 어머니는 오츠를 속였음이 분명하다.'

그렇게 생각한 마타하치는 오츠가 방금 한 말에 고개부터 저었다.

"아니, 좀 기다려."

마타하치는 그녀의 말에 담긴 의미를 물어보려고도 하지 않았다.

"예전에 내가 한 짓을 떠올리면 너무나 괴로워. 정말 내가 나빴어. 이제 와서 새삼스레 네 얼굴을 볼 면목도 없어. 네 말대로 잊을 수 있는 일이라면 잊어버리고 싶다고 절실하게 생각했어. 하지만 그건 생각일 뿐, 무슨 연유인지 나는 너를 단념할 수가 없었어."

오츠는 당황했다.

"마타하치 님, 우리 두 사람 사이에는 두 번 다시 건널 수 없는 깊은 골짜기가 생겼어요."

"그 골짜기에 오 년이라는 세월이 흘렀지."

"그래요. 세월이 다시 돌아오지 않는 것처럼 예전의 마음을 다시 불러오는 일은 불가능해요."

"불, 불가능한 건 아니야. 오츠!"

"아니요, 불가능해요!"

마타하치는 오츠의 싸늘한 말투와 표정에 놀라며 그녀를 바라보았다. 정열이 겉으로 드러날 때에는 진홍빛 꽃과 태양이 어우러진 한여름 날을 연상하게 하는 오츠의 성격 속에, 마치 하얀 납석蠟石을 만지는 듯한 느낌이 들게 하는, 손을 대면 베일 것 같은 차갑고 냉혹한 일면

이 어디에 숨겨져 있었던 것일까.

오츠의 차가운 표정을 보게 되자 마타하치의 머릿속에 문득 칠보사의 툇마루가 떠올랐다. 그 산사의 툇마루에서 물기를 머금은 눈으로 어떤 깊은 생각에 잠겨 반나절이건 한나절이건 하늘을 바라보며 말없이 있던 천애고아天涯孤兒의 모습을. 어머니도 구름, 아버지도 구름, 형제도 친구도 구름밖에 없다고 생각하며 고아로 자란 그녀의 마음속에 각인된 차가움이 표정으로 드러난 것이라고 마타하치는 생각했다. 그렇게 생각한 그는 오츠의 곁으로 살며시 다가갔다.

"다시 시작하자."

마타하치는 가시 돋친 백장미를 만지듯 뺨에 대고 속삭였다.

"오츠, 돌아오지 않는 세월을 불러 본들 소용이 없잖아? 지금부터 우리 둘이 다시 시작하자."

"마타하치 님, 당신은 대체 어디서부터 잘못 알아들으신 건가요? 제가 말한 건 세월이 아니라 마음이에요."

"그러니까 난 그 마음을 이제부터 고치도록 하겠어. 내가 나에 대해 변명을 하는 것은 이상하지만, 내가 저지른 잘못쯤은 젊은 시절에 누구나 저지를 수 있는 흔한 일 아니야?"

"뭐라고 말해도 이젠 내 마음이 이미 당신의 말을 진심으로 받아들일 수가 없어요."

"잘못했어! 이렇게 남자인 내가 사과하고 있잖아. 응? 오츠."

"그만두세요, 마타하치 님. 당신도 앞으로 험한 세상에서 부대끼며 살아가야 할 남자가 아닌가요? 이런 일로…….”

“하지만 나에게는 일생일대의 중대사야. 무릎을 꿇으라고 하면 꿇겠어. 네가 맹세를 하라고 하면 어떠한 맹세라도 하겠어.”

“몰라요!”

“그렇게 화내지 말고…… 오츠, 여기서는 차분하게 이야기할 수 없으니 어디 딴 곳으로 가자.”

“싫어요.”

“어머니가 오시면 위험해. 빨리 가자. 나는 도저히 너를 죽일 수 없어. 어떻게 너를 죽일 수 있단 말이야.”

마타하치가 손을 잡자 오츠는 그의 손을 세차게 뿌리쳤다.

“싫어요. 죽더라도 당신과 함께 살 수는 없어요.”

“싫다고?”

“네.”

“무슨 일이 있어도?”

“네.”

“오츠, 그럼 너는 지금까지 무사시를 생각하고 있었군.”

“사모하고 있어요. 다음 생에서까지 사랑을 맹세할 사람은 그분밖에 없다고 마음으로 정했어요.”

“으음…….”

마타하치는 몸을 떨었다.

“말 다했어?”

"그것은 어머니께도 이미 말씀 드렸어요. 그리고 어머니께서 당신에게 말하고 이 기회에 확실히 매듭을 짓는 편이 좋겠다고 말씀하셨어요. 그래서 오늘까지 이 순간을 기다리고 있었던 거예요."

"그렇군. 나를 만나서 이렇게 말하라고 무사시가 얘기했겠지. 아니, 틀림없어."

"아니, 아니에요. 내 인생을 결정하는데 무사시 님의 지시는 받지 않아요."

"나도 자존심이 있어. 오츠, 남자에게는 자존심이란 게 있어. 네 생각이 그렇다면……."

"어쩔 생각이죠?"

"나도 남자야. 내 인생을 걸고서라도 무사시와 함께하는 걸 보고만 있지 않겠어. 난 허락할 수 없어. 절대로!"

"허락하느니 안 한다느니, 대체 누구에게 그런 말을 하는 거죠?"

"너에게, 또 무사시에게! 오츠, 너는 무사시와 약혼을 하지는 않았잖아?"

"그래요. 그렇지만 당신이 그렇게 말할 자격은 없어요."

"아냐, 있어! 너는 원래 혼이덴 마타하치의 약혼녀야. 마타하치가 허락하지 않으면 그 누구의 아내도 될 수 없어. 하물며 무, 무사시 따위에게!"

"비겁해요! 이제 와서 그렇게 말하는 건 억지예요! 나는 일찍이 당신과 오코라는 여자가 보낸 파혼장을 받았어요."

"몰라! 나는 그런 걸 보낸 적이 없어. 오코가 제멋대로 보낸 거야."

"아니에요. 당신이 직접 쓴 것이었어요. 그 편지에는 우리는 없었던 인연이라고, 다 단념하고 다른 곳으로 시집가라고 쓰여 있었어요."

"보, 보여 봐. 그것을."

"다쿠안 스님이 보시고 비웃으시면서 코를 풀어 버리셨어요."

"증거가 없으면 세상에서 통하지 않아. 네가 나와 약혼했다는 사실은 고향에서는 모르는 사람이 없어. 나는 몇 명이고 증인을 세울 수 있지만 네 이야기는 증거가 없어. 오츠, 억지로 무사시를 따라다녀 봤자 행복해질 리가 없어. 오코와의 일을 아직 의심하고 있는지 모르지만 그런 여자와는 벌써 깨끗하게 인연을 끊었어."

"무슨 말을 해도 소용없어요. 그런 건 제가 알 바 아니에요."

"내가 이렇게 머리를 숙여도?"

"마타하치 님, 당신은 지금 자신도 남자라고 말씀하시지 않았나요? 부끄러움도 모르는 남자에게 여자의 마음이 움직이겠어요? 여자가 바라는 건 남자다운 남자예요."

"뭐라고?"

"소매가 뜯어지니 놓으세요."

"비, 빌어먹을!"

"어떻게 하시려고요? 무엇을 하시려고요?"

"그렇게 말했는데도 알아듣지 못한다면 이판사판이다."

"네?"

"목숨이 아까우면 무사시 따위는 잊겠다고 여기서 맹세해. 자, 어서 맹세해."

마타하치가 소매를 놓은 것은 칼을 뽑기 위해서였다. 그가 칼을 뽑아 들자, 칼이 인간을 잡고 있는 것처럼 그의 얼굴은 완전히 딴판으로 변해 있었다. 칼을 쥔 인간은 그리 무섭지 않지만 칼에 홀린 인간은 무서운 법이다. 오츠가 순간적으로 '꺅' 하고 비명을 지른 것도 칼끝보다 마타하치의 얼굴에 나타난 무서움 때문이었다.

"이 계집이!"

마타하치의 칼이 오츠의 허리끈 매듭을 스치고 지나갔다. 오츠를 놓칠까 봐 초조해진 마타하치는 오츠를 쫓으며 오스기를 불러 댔다.

"어머니, 어머니!"

소리를 들은 듯 오스기가 저편에서 대답했다.

"왜 그러느냐?"

오스기는 발소리가 나는 곳으로 뛰어오면서 단검을 뽑아 들고 허둥지둥했다.

"놓쳤느냐?"

마타하치가 저편에서 소리쳤다.

"그쪽이에요. 어머니, 붙잡아요!"

마타하치가 고함을 치면서 달려오는 것을 본 오스기는 눈을 가늘게 뜨며 길을 막았다.

"어, 어디냐?"

하지만 오츠의 모습은 보이지 않았고 마타하치의 몸이 눈앞으로 닥쳐왔다.

"베었느냐?"

"도망쳤어요!"

"이런 멍청한."

"밑이다. 저기다!"

벼랑을 뛰어 내려가던 오츠는 벼랑 아래의 나뭇가지에 소맷자락이 걸려 버둥거리고 있었다. 용소 근처인지 어둠 속에서 첨벙거리는 물소리가 들렸다. 발밑을 살피지도 않고 달려가는 소리였다. 오츠는 찢겨진 소매를 잡고 구르다시피 다시 내달렸다. 모자의 발소리가 바싹 뒤쫓아 왔다.

"잡은 거나 마찬가지다!"

오스기의 목소리가 바로 등 뒤에서 들렸다. 오츠는 더 도망쳐 봐야 소용없다는 생각이 들었다. 게다가 앞과 옆이 절벽으로 둘러싸인 깜깜한 벼랑 아래였다.

"마타하치, 빨리 베거라. 저기, 오츠가 자빠졌다."

오스기가 재촉하자 마타하치는 표범처럼 앞으로 달려들었다.

"나쁜 년!"

그는 메마른 갈대와 관목 사이로 넘어진 오츠를 향해 칼을 내리쳤다. 나뭇가지가 부러지는 소리가 나는 듯하더니 그 밑에서 '캭' 하는 비명 소리와 함께 핏줄기가 튀었다.

"이년, 이년!"

세 번, 네 번, 흡사 피에 굶주린 맹수처럼 눈이 뒤집힌 마타하치는 칼이 부러져라 관목 가지와 갈대를 몇 번이나 후려쳤다.

"……."

칼을 내리치다 지친 마타하치는 피 묻은 칼을 늘어뜨린 채 망연하게 피에 취한 상태에서 깨어나기 시작했다. 손바닥을 봐도 얼굴을 만져봐도 피투성이였다. 미지근하고 끈적끈적한 액체가 비늘처럼 온몸에 튀어 있었다. 그 한 방울 한 방울이 오츠의 생명이 분해된 것이라고 생각하자, 그는 비틀비틀 현기증을 느끼며 금세 얼굴이 새파래졌다.

"후후후. 애야, 마침내 베어 버렸구나."

오스기는 망연히 있는 아들 뒤에서 가만히 얼굴을 내밀고는 처참하게 난도질을 당한 관목과 풀숲 바닥을 지그시 바라보았다.

"통쾌하구나! 이젠 꿈쩍도 하지 않는구나. 잘했다, 내 아들. 이것으로 가슴의 체증이 반쯤은 뚫렸다. 고향 사람들에게도 어느 정도 체면이 서겠구나. 마타하치, 왜 그러느냐? 빨리 오츠의 머리를 잘라서 들거라."

오스기는 자식의 소심함을 비웃으며 다시 말했다.

"패기 없는 놈. 사람 하나 죽인 것을 가지고 숨을 헐떡거리면 어떻게 하느냐? 머리를 자르지 못하겠다면 내가 자를 테니 비켜 서거라."

오스기가 앞으로 걸어가려고 하자 망연자실 서 있던 마타하치가 손에 잡고 있던 칼자루 끝으로 노모의 어깨를 힘껏 밀었다.

"어이쿠! 무, 무슨 짓이냐?"

오스기는 하마터면 바닥을 알 수 없는 관목 속으로 엉덩방아를 찧을 뻔하다 간신히 다리에 힘을 주고 버텼다.

"마타하치, 너 돌았느냐? 이 어미에게 무슨 짓이냐?"

"어머니!"

"뭐냐?"

"……"

마타하치는 신음을 삼키며 피가 묻어 있는 손등으로 눈을 비볐다.

"내…… 내가…… 오츠를 죽였소! 오츠를 죽였단 말이오."

"내가 칭찬해 주지 않았느냐? 그런데 너는 어째서 우느냐?"

"울지 않을 수 있소? 바보, 바보 같은 늙은이!"

"슬프냐?"

"당연하지 않소! 반송장 같은 어머니만 없었다면 나는 어떻게 해서라도 다시 한 번 오츠의 마음을 되돌렸을 거요. 제기랄, 가명이나 고향 사람들에 대한 체면이 대체 뭐기에. 하지만, 이젠 너무 늦었소……"

"또 뻔한 소릴 늘어놓는구나. 그렇게 미련이 남았다면 왜 어미의 목을 베고 오츠를 구하지 않았느냐?"

"그렇게 할 수 있었다면 내가 울거나 넋두리를 늘어놓지도 않았을 게요. 세상에서 벽창호 같은 부모를 가진 만큼 불행한 일은 없을 게요."

"그만하거라. 그게 무슨 꼴이냐? 모처럼 잘했다고 칭찬해 주었더니……."

"마음대로 하쇼. 나도 이제 평생 하고 싶은 대로, 되는 대로 살 테니."

"그것이 너의 나쁜 점이다. 그래, 어디 네 분이 풀릴 때까지 실컷 어미를 원망하거라."

"에잇, 빌어먹을 노파! 귀신 같은 할멈!"

"호호호, 뭐라고 해도 좋다. 자아, 그만 그곳에서 비키거라. 이제 오츠의 머리를 베고 난 뒤 차분히 이야기해 보자."

"누, 누가 인정머리 없는 늙은이의 잔소리를 들을까."

"그렇지 않다. 오츠의 목을 보면서 가만히 생각해 보는 것이 좋을 게다. 예쁘장한 얼굴이 무슨 소용이냐? 아름다운 여자도 죽으면 백골, 색즉시공色卽是空을 네 눈으로 보게 해 주마."

"시끄러, 시끄러!"

마타하치는 미친 듯이 세차게 고개를 저었다.

"아! 역시 내가 원하는 것은 오츠였어. 때때로 이래서는 안 된다고 생각하고 입신의 길을 찾자, 좀 더 힘을 내자고 마음을 다잡은 것은 오츠와 함께 사는 것을 상상했기 때문이었어. 가명이나 저런 빌어먹을 노모를 위해서도 아니었다. 오직 오츠가 있었기 때문이었거늘……."

"언제까지 시답잖은 말을 하며 한탄하고 있을 게냐? 차라리 그 입으로 염불이라도 외는 게 나을 게다. 나무아미타불."

오스기는 어느 틈엔가 마타하치의 앞으로 걸어 나가서 피를 뿌려 놓은 듯한 관목과 마른 풀을 헤치고 있었다. 그 밑에 검은 물체가 엎어져 있었다. 오스기는 풀과 나뭇가지를 헤치고 조용히 그 앞에 앉았다.

"오츠, 나를 원망하지 말거라. 이미 죽은 너에겐 나도 이제 원한이 없다. 모두 업보일 게다."

노파는 손을 더듬어서 검은 머리카락 같은 것을 꽉 움켜잡았다.

"오츠!"

그때, 오토와 산의 폭포 위쪽에서 오츠를 부르는 소리가 들렸다. 그 목소리는 나무와 별이 부르는 소리처럼 어두운 바람을 타고 그곳까지 들려왔다.

구사일생

        무슨 인연으로 슈호 다쿠안이 지금 이곳에 오게 된 것일까? 물론 우연일 리는 없지만, 늘 당당하고 초연하던 그의 모습은 오늘 밤만은 부자연스럽게 보였다. 먼저 그 연유부터 밝히고 싶지만 지금은 그에게 그 곡절을 물어볼 겨를조차 없을 듯하다. 무엇보다 언제나 유유자적한 다쿠안이 보기 드물게 허둥지둥하고 있었다.

"여보게, 어떤가? 찾았나?"

다른 방향에서 찾다가 온 여관집 일꾼이 다쿠안에게 달려와서 말했다.

"아무 데도 보이질 않는데요."

일꾼은 지친 표정으로 이마의 땀을 닦았다.

"이상한걸?"

"정말 이상하군요."

"자네가 잘못 들은 건 아닌가?"

"아닙니다. 분명히 엊저녁 청수사의 스님이 다녀가고 나서 급히 지슈곤겐에 갔다 오겠다며 저희 집 등불을 빌려 가지고 가셨다니까요."

"그 지슈곤겐이라는 것이 이상하지 않은가? 이 한밤중에 뭘 하러 갔을까?"

"그곳에서 누굴 만난다고 하던데요."

"그렇다면 아직 있어야 할 터인데."

"아무도 없군요."

"혹여?"

다쿠안이 팔짱을 끼자 여관의 일꾼도 같이 머리를 짚으며 혼자말로 중얼거렸다.

"자안당 옆의 등지기에게 물으니 그 할머니와 젊은 여자가 등불을 들고 올라가는 것을 보았다고 했는데. 하지만 산넨 고개 쪽으로 내려가는 걸 본 사람은 아무도 없으니."

"그러니까 걱정이란 말일세. 어쩌면 더 깊은 산속이나 길이 없는 장소일지도 몰라."

"어째서요?"

"아무래도 오츠는 할멈의 달콤한 말에 넘어가 저승 문턱까지 갔는지도 모르겠네. 아, 이러고 있는 동안에도 걱정이 되어서……."

"그 할머니가 그렇게 무서운 분이십니까?"

"아니, 좋은 사람이네."

"하지만 스님의 말씀을 들어 보니 짐작이 가는 일이 있어서."

"무슨 일인가?"

"오늘도 오츠라고 하는 그 여자가 울고 있었습니다."

"그 아이는 울보여서, 울보 오츠라고 부를 정도였네. 그런데 올 정월 초하루부터 끌려 다녔다면 어지간히 구박을 받았겠군. 가엾게도."

"우리 며느리, 우리 며느리 하시기에 시어머니니까 어쩔 수 없다고 생각하고 있었는데. 그럼 그게 뭔가 원한이 있어서 달달 들볶으며 학대했던 게로군요."

"아마 할멈은 그것을 즐기고 있었겠지만, 한밤중에 산속으로 데리고 간 것을 보면 마지막으로 원한을 풀려는 속셈일 게야. 여자란 참으로 무섭구먼."

"그 할머니가 여자라면 다른 여자들은 선녀이게요? 할머니는 여자라고 할 수 없습니다."

"그렇지 않네. 어떤 여자라도 그런 구석이 조금씩 있기 마련이네. 할멈은 그것이 강했을 뿐이지."

"스님이라 역시 여자를 좋아하지 않는 듯합니다. 그러면서도 아까는 그 할머니를 좋은 사람이라고 말씀하시고선……."

"좋은 사람임에는 틀림이 없네. 그 할멈도 청수사에 매일 참배를 한다지 않는가? 관음보살님께 염불을 올리고 있을 때는 관음보살님과 같은 할멈일 테니 말일세."

"늘 염불을 외고 있습지요."

"그럴 테지. 세상에 그런 사람은 흔한 법이네. 밖에서는 나쁜 짓을 하고는 집에 들어가서 염불을 외고, 눈으로는 악마나 할 법한 짓을 찾으면서도 절에 오면 다시 염불을 외고. 사람을 때리고는 나중에 염불만 외면 필히 죄장소멸罪障消滅 극락왕생極樂往生 할 것이라고 믿고 있는 사람들이 너무 많아 곤란하네."

다쿠안은 이렇게 말하고는 다시 근처의 어둠 속을 돌아다니다 용소가 있는 산 쪽의 못을 향해 소리쳤다.

"오츠!"

마타하치는 움찔하면서 오스기를 바라보았다.

"엇? 어머니!"

오스기도 소리를 듣고 있었다. 그녀는 눈을 동그랗게 뜨고서 위를 올려다보며 중얼거렸다.

"저 목소리는 누구지?"

그러나 시체의 검은 머리채를 잡고 있는 손과, 그 시체에서 머리를 잘라 내기 위해 단검을 쥔 손에서 여전히 힘을 빼지 않았다.

"오츠의 이름을 부른 것 같은데. 어, 또 부르고 있군."

"이상한 일이군. 이곳에 오츠를 찾으러 올 자가 있다면 조타로 녀석밖에 없을 텐데."

"어른 목소리예요."

"어디서 들어 본 목소리 같은데."

"안 되겠어요! 어머니, 이제 목을 잘라서 가지고 가는 것은 그만둬요. 등불을 들고 누가 이리 내려오고 있어요."

"뭐, 내려온다고?"

"두 사람이에요. 들키면 위험해요. 어머니, 어머니!"

위험을 느끼자 서로 으르렁거리던 모자는 금세 하나가 됐다. 초조해진 마타하치는 태평스레 있는 오스기가 걱정됐다.

"잠시 기다리거라."

오스기는 시체를 포기할 수가 없었다.

"이제 와서 가장 중요한 수급을 놓고 갈 수 없다. 무엇으로 고향 사람들에게 오츠를 죽였다는 증거를 보일 것이냐? 잠시 기다리거라, 내가 금방……."

"아."

마타하치는 눈을 가렸다. 오스기는 작은 나뭇가지를 무릎으로 깔고 앉아 시체의 머리에 칼날을 갖다 대려고 했다. 마타하치는 차마 그 광경을 볼 수가 없었다. 그런데 갑자기 오스기의 입에서 의미를 알 수 없는 말이 튀어나왔다. 그녀는 대단히 놀란 것 같았다. 오스기는 치켜들고 있던 시체의 머리를 손에서 떨어뜨리며 뒤로 비틀거리다가 주저앉고 말았다.

"아니다! 아니야!"

오스기는 손을 휘저으며 일어나려고 했지만 일어설 수가 없었다. 마타하치가 가까이 가서 더듬거리며 물었다.

"왜 그래요? 왜요?"

"이것을 보거라!"

"예?"

"오츠가 아니다! 이 시체는 거지인지 병자인지, 아무튼 사내다."

"앗, 낭인이다!"

시체의 옆얼굴과 몸을 바라보던 마타하치는 더 놀란 듯했다.

"이상하군. 이자는 내가 아는 자인데?"

"뭐라고? 아는 사람이라고?"

"아카가베 야소마라고 하는데, 내가 이놈에게 속아서 갖고 있던 돈을 빼앗긴 적이 있소. 살아 있는 말의 눈알도 뽑아 갈 야소마가 왜 이런 곳에 있었던 거지?"

아무리 생각해도 마타하치로서는 알 리가 없는 일이었다. 여기에서 그리 멀지 않은 고마쓰 계곡의 아미타당에 살고 있는 허무승인 아오키 단자에몬이나, 아니면 야소마에게 당할 뻔하다가 도움을 받은 아케미라면 몰라도, 그것을 설명할 수 있는 것은 하늘뿐이었다. 그러나 이런 벌레만도 못한 자의 말로를 일일이 설명하기에는 하늘은 너무나 넓기만 하고 하염없이 오묘하다.

"누구냐! 거기에 있는 사람은 오츠가 아니냐?"

갑자기 두 사람의 뒤로 다쿠안의 목소리가 들리더니 등불이 비쳤다.

"앗!"

달아나는 데는 젊은 마타하치가 주저앉아 있던 오스기보다 단연 빨랐다.

"할멈이군!"

다쿠안은 달려오자마자 오스기의 목덜미를 덥석 움켜잡았다.

"거기 도망치는 게 마타하치 아니야? 이놈, 늙은 어미를 두고 어디로 가는 게냐? 비겁한 놈! 불효막심한 놈! 거기 서지 못하겠느냐!"

다쿠안은 오스기의 목덜미를 비틀어 누르며 어둠을 향하여 외쳤다. 오스기는 다쿠안의 무릎 아래에서 괴로운 듯 발버둥 치면서도 허세를 부렸다.

"누구냐? 어떤 놈이냐?"

마타하치가 돌아올 것 같지 않자 다쿠안은 손의 힘을 늦추었다.

"할멈, 날 모르겠는가? 할멈도 이젠 노망이 들었는가 보군."

"앗! 다쿠안?"

"놀랐는가?"

"무슨!"

오스기는 백발이 성성한 머리를 사납게 옆으로 저으며 외쳤다.

"음침한 세상 구석을 떠돌아다니며 동냥이나 하는 중이 이제 교토까지 흘러왔구먼."

"그래, 그래."

다쿠안은 싱긋이 웃으며 말했다.

"할멈의 말대로, 얼마 전까지 야규 계곡과 센슈泉州 부근을 떠돌아다니다 바로 어제저녁에 훌쩍 교토로 왔고, 어떤 분의 저택에서 언뜻 석연찮은 얘기를 듣게 되었소. 그리고 그대로 두어서는 안 되겠다 싶어

해질녘부터 당신들을 찾아다니고 있었던 게요."

"무슨 용건으로?"

"오츠를 만나려고."

"흐음."

"할멈."

"뭐요?"

"오츠는 어디로 갔지?"

"모른다."

"모를 리가 없을 텐데."

"이 늙은이가 오츠를 끈으로 묶어 달고 다닐 수는 없지 않는가."

그때 제등을 들고 뒤에 서 있던 여관 일꾼이 소리쳤다.

"앗! 스님, 피가 흐르고 있습니다. 저기 핏자국이……."

불빛에 비치는 다쿠안의 얼굴이 순간 굳어졌다. 오스기는 그 틈을 노려 갑자기 일어나 도망을 치기 시작했다. 다쿠안이 돌아서서 고함을 쳤다.

"할멈, 멈추시오! 당신은 가문의 오명을 씻겠다고 고향을 떠났는데 오히려 가명에 먹칠을 한 채 돌아가려는 겐가? 자식을 구해 주기 위해 집을 나왔음에도 그 자식을 불행하게 만들고 돌아가려는 겐가?"

다쿠안의 입에서 나온 소리라고는 믿기 어려울 정도로 큰 목소리였다. 마치 하늘이 고함을 친 것처럼 오스기의 전신을 휘감았다.

오스기가 걸음을 멈추었다. 그녀의 얼굴에 가득한 주름이 깊게 패더니 질 수 없다는 투지가 떠올랐다.

"뭐라고? 내가 가문에 먹칠을 하고 마타하치를 더 불행하게 만든다고?"

"그렇다."

"바보 같은!"

오스기는 코웃음을 치면서 그 어떤 말을 들었을 때보다 발끈해서 소리쳤다.

"보시布施나 구걸하고 남의 절간에서 얻어 자며 들판에 똥이나 싸고 다니는 인간이 가명이니 자식에 대한 사랑이니 하는 세상의 참된 괴로움을 알기나 아느냐? 그런 말을 하기 전에 남들처럼 똑같이 일을 해서 네가 먹을 밥은 네가 벌거라."

"아픈 데를 찌르는군. 그렇게 말해 주고 싶은 중들도 세상에 있으니 나 역시 찔리는군. 칠보사에 있던 무렵부터 말로는 할멈에게 당할 수 없다고 생각했는데, 그 입은 여전히 달변이구려."

"흥! 이 늙은이는 아직 세상에서 이뤄야 할 대망이 있다. 입만 달변인 줄 아느냐?"

"알았네. 지난 일은 하는 수 없다고 치고 얘기나 하지 않겠소?"

"무슨 얘길?"

"할멈, 당신은 여기서 마타하치에게 오츠를 죽이게 하지 않았나? 모자가 오츠를 죽였을 텐데?"

오스기는 그 말을 기다렸다는 듯 고개를 젖히고 웃었다.

"다쿠안 스님, 세상이란 깜깜절벽과도 같으니 제등만 들고 다니지 말고 눈도 들고 다녀야겠소. 당신은 눈을 장식으로 달고 다니는 겐가?"

산전수전 다 겪은 오스기가 농락하는 데에는 다쿠안도 어찌할 수가 없는 모양이었다. '무식'은 언제나 '유식'보다 우월하다. 상대의 지식을 완고히 무시하는 경우에는 무식이 절대적으로 강하다. 어설픈 유식은 기고만장한 무지에 대하여 속수무책으로 당하는 경우가 많았다.

오스기에게 장식으로 달고 다니느냐는 말은 들은 눈으로 다쿠안이 그곳을 자세히 살펴보니 과연 시체는 오츠가 아니었다. 다쿠안이 안심한 듯한 표정을 짓자 오스기가 말했다.

"다쿠안 스님, 안심한 듯하구려. 당신은 애당초 무사시와 오츠를 붙여 준 파렴치한 중매쟁이였으니."

오스기는 원한을 품은 말투로 말하자 다쿠안은 그녀의 말을 부정하지 않았다.

"그렇게 생각한다면 그렇게 해 두는 것도 좋겠지. 그렇지만 할멈, 당신이 신심이 깊다는 건 나도 알고 있지만, 시체를 그대로 버려두고 가는 법은 없는 법이네."

"길에 쓰러져 다 죽어 가고 있던 자를 비록 마타하치가 베긴 했지만 그것은 마타하치의 탓이 아니다. 어차피 저대로 죽을 인간이었으니까."

그러자 여관 일꾼이 말했다.

"그리고 보니 이 낭인은 머리가 좀 이상했는지 며칠 전부터 침을 질질 흘리고 비틀거리며 거리를 돌아다녔어요. 아, 그리고 머리를 무엇으로 강하게 얻어맞았는지 큰 상처가 나 있었습니다."

그런 것은 아무래도 좋다는 듯 오스기는 이미 앞으로 걸어가며 길을 찾고 있었다. 다쿠안은 시체 처리를 여관 일꾼에게 부탁하고는 오스기를 뒤따라갔다. 그러자 오스기는 뒤따라오는 다쿠안이 신경 쓰였는지 뒤를 돌아보며 다시금 독설이라도 퍼부을 표정을 지었다.

"어머니, 어머니."

하지만 나무 그늘에서 작은 소리로 자신을 부르는 그림자를 보고는 기쁜 듯이 그곳으로 뛰어갔다. 마타하치였다. 도망갔다고 생각했는데 역시 노모를 염려하여 지켜보고 있었구나, 하고 생각하니 오스기는 참을 수 없을 만큼 그런 아들의 마음이 기뻤다. 모자는 다쿠안을 돌아보면서 무언가 수군대더니 갑자기 발걸음을 재촉해서 산기슭 쪽으로 재빨리 내달렸다.

"틀렸어. 저들은 무슨 말을 하더라도 듣지 않을 거야. 세상에서 오해가 없어진다면 인간의 고뇌도 적어질 터인데!"

다쿠안은 그들의 모습을 바라보면서 중얼거리고 있었다. 그는 발길을 서두르려 하지 않았다. 오츠를 찾는 게 급선무였기 때문이다.

그런데 대관절 오츠는 어떻게 된 것일까? 두 모자의 칼로부터 도망친 것은 확실한 듯했다. 다쿠안은 아까부터 속으로 크게 기뻐하고 있었다. 그렇지만 피를 본 탓인지 오츠가 무사히 살아 있는 모습을 보지 않고서는 마음이 진정되지 않을 것 같았다. 그는 날이 밝을 때까지 한 번 더 찾아보리라 생각했다.

그렇게 마음을 먹고 있는데 앞서 벼랑에 올라갔던 여관의 일꾼이 그 근처의 사당지기들을 불러 모아 왔는지 여덟 개 정도로 불어난 등불을 들고 내려오고 있었다. 길가에서 죽은 아카가베 야소마의 시체를 그대로 벼랑 아래에 묻을 생각인 듯, 그들은 가지고 온 괭이와 쟁기로 서둘러 땅을 파기 시작했다. 한밤중에 흙을 퍼내는 음산한 소리가 울려 퍼졌다.

구덩이가 대충 파졌다고 생각될 무렵, 누군가가 고함을 쳤다.

"야, 여기에도 한 사람 죽어 있다. 이쪽은 예쁜 여잔데?"

구덩이를 파고 있는 장소에서 불과 다섯 걸음도 채 떨어지지 않은 곳이었다. 폭포 줄기가 갈라져 나와 나무와 풀에 뒤덮여 있는 조그마한 연못이었다.

"이 여잔 죽지 않았다."

"죽은 거 같은데?"

"정신을 잃은 거뿐이야."

다쿠안이 사람들이 등불을 들고 수런수런 떠들고 있는 것을 보고 달려온 순간, 여관 일꾼이 큰 소리로 그를 다시 불렀다.

혼아미
고에쓰

이 집만큼 '물'의 기능을 생활 속에서 절묘하게 활용하고 있는 집도 드물었다. 집을 감싸고 흐르는 상쾌한 냇물소리에 잠시 귀를 기울이며 무사시는 그렇게 생각했다.

이곳은 혼아미 고에쓰의 집이었다. 여기는 무사시의 기억에 아직도 선명히 남아 있는 연대사 들판에서 그리 멀지 않은, 가미교^{上京13}의 실상원實相院 터 동남쪽에 자리한 네거리 모퉁이였다. 사람들이 이 거리를 혼아미 네거리라고 부르는 까닭은 고에쓰의 집이 있어서만은 아니었다. 그가 사는 마루가 긴 소박한 집의 대문에 인접해서 그의 조카나 같은 업종의 직공들, 또 그의 일족들 모두가 이 네거리의 안팎에서 사이좋게 살고 있었다. 그들은 먼 옛날 토호 시대의 대가족 제도와 같이 처마를 나란히 하고 평온한 도회지 생활을 영위하고 있었다.

---

13 교토 시의 중심에 위치한 북부의 구역.

'흐음, 도회지란 이런 곳인가.'

무사시에게는 신기하기만한 세상이었다. 그는 도시의 하층 서민들과 뒤섞여 생활을 해 보았지만 이 교토에서 내로라하는 대상인들과는 아무런 연고가 없었다.

혼아미 가문은 유서 깊은 아시카가足利 가문의 후손이었고, 지금도 마에다前田 다이나곤大納言가에서 해마다 이백 석의 녹을 받고 있었다. 또한 왕족들과도 친분을 맺고 있었으며 후시미의 도쿠가와 이에야스도 주목하고 있었다. 그런 연유로 도검을 갈고 연마하는 것이 직업인 순수한 직인職人임에는 틀림이 없지만, 그렇다고 그를 무사나 상인으로 간주할 수 있는 것도 아니었다. 역시 장인이면서 상인이라고 해야 할 듯했다.

근래에는 '직인'이라는 명칭이 홀대를 받게 되었지만 그건 직인 스스로가 자신들의 품위를 떨어뜨렸기 때문이었다. 상고시대에는 '농민은 천황의 신민臣民'이라고 불릴 정도로 상급에 속한 직업이었다. 그런데 세월이 흐름에 따라 농민을 보고 '농투성이'라고 하며 업신여기고 깔보게 된 것과 마찬가지로, 직인이라는 명칭도 본래는 결코 천한 직업을 가리키는 이름이 아니었다.

또 대상인들의 뿌리를 거슬러 올라가면, 스미노구라 소안角倉素庵이나 자야 시로지로茶屋四郎次郎, 하이야 쇼유灰屋紹由도 모두 무가 출신이었다. 즉 처음에는 무로마치 막부의 신하가 상업 분야의 한 직분으로 실무를 맡아보았으나 언제부터인가 막부의 영향력에서 벗어나게 되면서 막부로부터 녹을 받을 필요도 없게 되었다. 개인들이 경영을 하게 되면서 경영의 재능과 사교의 필요성 때문에 무사라는 특권이 불필요하게 되었다. 그렇게 아버지에서 아들로, 다시 손자에게로 세대를 거쳐 내려오면서 어느덧 상인이라는 계층으로 바뀐 사람들은 오늘날 교토의 대상인이 되었는데, 이들은 막강한 금력의 소유자이기도 하였다.

그래서 무가 사이에 권력 싸움이 벌어져도 그런 대상인의 가문은 양쪽으로부터 보호를 받으며 대대손손 이어져 내려오고 있었는데, 그것은 권력투쟁의 피해를 받지 않는 대신 세금을 바치고 보호를 받기 때문인 듯했다.

실상원 터 일곽은 수락사水落寺에 인접한 곳으로 아리스有栖 천과 가미코上小 천 사이에 둘러싸여 있었는데, 오닌応仁의 난 무렵에는 일대의 초원이 불바다가 되었던 적도 있어서 지금도 정원수를 심으려 땅을 파면 붉게 녹슬고 부러진 칼과 투구 등이 나오곤 했다. 물론 이곳에 혼아미가의 집이 생긴 것은 오닌의 난 이후의 일이었다.

수락사의 경내를 지나 가미코 천으로 떨어지는 아리스 천의 맑은 물은 도중에 고에쓰의 택지를 졸졸거리며 흘러가고 있었다. 그 물은 먼저 삼백 평 정도의 채소밭 사이를 지나 한쪽 숲으로 잠시 자취를 감추었다가 다시 현관의 분수대에서 천길 땅속에서 솟아나듯 얼굴을 드러낸다. 그리고 일부는 부엌으로 흘러가 밥 짓는 데 쓰이고 일부는 목욕탕으로 흘러들어 사람들의 떼를 싣고 흘러갔다.

그런가 하면 간소한 다실 어딘가로 흘러가 바위틈에서 솟아나는 맑은 물처럼 똑똑 소리를 내며 떨어지기도 하고, 이 집 가족들이 칼을 가는 자그마한 집이라는 뜻에 '오도기 고야御研小屋'라고 높여 부르며 항상 입구에는 금줄을 쳐 놓는 작업장으로 흘러 들어간다. 그곳에서는 직인들의 손에 의해 제후에게서 부탁받은 마사무네正宗나 무라마사村正, 오사후네長船 같은 세상에서 칭송하는 명검을 비롯한 일체의 칼을 벼리는 데 쓰이고 있었다.

무사시가 고에쓰의 집에 와서 방 한 칸에 행장을 푼 지 오늘로 네댓새가 됐다. 언젠가 들판에서 함께 차를 마셨던 고에쓰와 묘슈 모자를 기회가 있으면 한 번 더 만나보고 싶다고 마음속으로 생각하고 있었다. 그런데 용케 인연이 있었던지 재회의 기회가 그로부터 며칠 안 되어 찾아왔다.

이 가미코 천에서 시모코下小 천의 동쪽으로 나한사羅漢寺라는 절이 있었다. 이 부근은 예전 아카마쓰 일족이 살던 집터였는데 무로마치 장군 가문의 몰락과 함께 다이묘의 집터도 지금은 흔적도 없이 사라졌지만, 한 번은 그곳을 찾아보고 싶은 기분에 어느 날 무사시는 그 주변을 찾아다니고 있었다.

무사시는 유년 시절, 아버지인 무니사이에게 이런 말을 자주 들었다. '나는 비록 지금은 이렇게 산골 향사로 몰락했지만 선조인 히라타 쇼겐平田將監 님께서는 한슈播州의 호족인 아카마쓰의 분가로서 너의 핏속에는 겐무 시대建武時代[14]의 영웅호걸의 피도 흐르고 있다. 너는 그것

---

14 고다이고後醍醐 천황 시대의 연호로 1334~1336년을 뜻한다.

을 깊이 깨닫고 너 자신을 소중하게 여겨야 한다.'

시모코 천의 나한사는 그 아카마쓰가의 집터와 이웃한 선조들의 위패를 모신 보시사菩提寺이기 때문에 그곳을 찾아가면 선조인 히라타 씨족의 과거장 등을 찾을 수 있을지도 몰랐다. 아버지도 교토에 나올 때면 한 번씩 들러 선조에게 공양을 올렸다는 이야기를 들은 적도 있었고, 설사 그렇게 오래된 일까지 알 수는 없을지라도 그런 인연이 있는 터에서 자신이 피를 물려받은 먼 과거의 조상들을 회상해 보는 것도 무의미하지 않다고 생각해서 그날 나한사를 찾아갔던 것이다.

시모코 천에 '나한교'라는 다리가 걸려 있었다. 그러나 나한사라는 곳은 물어봐도 아는 사람이 없었다.

'주변이 변해서 그런 것일까?'

무사시는 나한교 난간에 서서 아버지와 자신의 겨우 한 세대가 지났음에도 급격히 변해 가는 도회지의 모습에 대해 생각하고 있었다.

나한교 아래를 흘러가는 얕고 맑은 물은 때때로 진흙을 푼 듯 뿌옇게 흐려졌다가 잠시 후에는 다시 맑아졌다. 그런데 다리에서 보이는 왼쪽 기슭 풀숲에서 탁한 물이 졸졸 솟아나오더니 천으로 흘러들 때마다 뽀얀 탁류가 넓게 퍼지는 것이었다.

'아하, 칼을 가는 집이 있나 보군.'

무사시는 그저 그렇게 생각했을 뿐인데 자신이 그 집의 손님이 되어 네댓새나 묵으리라고는 꿈에도 생각지 못했다.

"무사시 님 아닌가요?"

어디를 갔다 돌아오는 듯한 묘슈가 그를 부르고서야 무사시는 그곳이 혼아미 네거리 부근이라는 것을 처음으로 알았을 정도였다.

"잘 왔어요. 고에쓰도 오늘은 집에 있을 테니까 그리 거북해하지 말고……."

묘슈는 무사시를 길에서 우연히 마주친 것을 기뻐하며 마치 자신의 집을 일부러 찾아 준 것처럼 생각하고 집으로 데리고 가서는 하인을 시켜 바로 고에쓰를 불러왔다. 고에쓰나 묘슈는 일전에 밖에서 만났을 때나 그의 집 안에서 만날 때나 조금도 변함없이 좋은 사람들이었다.

"저는 지금 중요한 물건을 연마는 중이니 잠시 어머니와 얘기를 나누고 계십시오. 일을 마치면 느긋하게 이야기를 나누도록 하기로 하고."

고에쓰가 그렇게 말하고 나가자 무사시는 묘슈와 함께 시간을 보냈는데, 고에쓰는 밤이 늦어도 일이 끝나지 않는 듯했다.

다음 날에는 무사시가 고에쓰에게 칼을 가는 방법이나 다루는 방법에 대해 가르침을 구하자 고에쓰는 오도기 고야로 무사시를 안내해서 여러 가지 이야기를 들려주었다. 그러던 것이 어느덧 사나흘이나 이 집의 이불 속에 몸을 누이게 된 연유였다.

이날 아침, 무사시는 고에쓰에게 시간을 청할 생각으로 있었으나 오히려 그가 먼저 찾아와서 말을 꺼냈다.

"제대로 이야기를 나누지 못하면서 만류하기도 송구하지만, 괜찮으시다면 며칠 더 머물러 주십시오. 제 서재에 약간의 고서와 변변찮지만 애장품이 있으니 무엇이든 꺼내 보셔도 좋습니다. 며칠 내로 정원

한쪽에 있는 가마에다 찻잔과 접시 굽는 것을 보여 드리겠습니다. 도검도 도검이지만 도자기도 꽤 흥미로운 것이니 어디 한번 흙을 개서 만들어 보도록 하십시오."

그렇게 무사시는 다시 그의 평온한 생활 속에 더 머물게 되었다.

"지루하거나 급한 용무라도 생기면, 보시다시피 사람이 없는 집이라 인사 같은 것은 하실 필요 없이 언제라도 마음 내키는 대로 떠나셔도 되지 않겠습니까?"

고에쓰는 그렇게 말했지만 무사시는 지루하지 않았다. 그의 서재에는 일본과 중국의 서적에서부터 가마쿠라 시대의 그림 족자나 외국에서 건너온 고법첩古法帖까지 어느 하나를 펼쳐 보기만 해도 어느새 날이 저물어 버리는 볼거리가 많이 있었다.

특히 무사시의 마음을 끈 것 중 하나는 송나라의 양해가 그렸다고 하는 벽에 걸려 있는 '율도栗圖'였다. 세로 두 자, 가로 두 자 네댓 치 정도 크기였는데 지질도 분간하기 어려울 정도로 오래된 족자였다. 하지만 무사시는 반나절이나 그 그림을 바라보고 있어도 이상하게 질리지가 않았다.

"고에쓰 님께서 그리시는 그림은 초심자는 도저히 미칠 수 없다는 생각이 들었는데, 이것을 보고 있으면 이 정도는 초심자인 저도 그릴 수 있을 것 같다는 생각이 듭니다."

무사시가 어느 날 이렇게 말하자 고에쓰가 대답했다.

"제 그림 같은 정도야 누구나 이를 수 있는 경지라고 해도 상관없습니다만, 이 정도 경지에 이르려면 길은 멀고 산은 깊기만 하니 너무 비범하여 그저 배운다고 이를 수 있는 경지가 아닙니다."

"하하하, 그렇습니까?"

그 이후로 무사시는 정말 그러한지 틈이 날 때마다 그림을 바라보곤 했다. 고에쓰의 말을 듣고 나서 다시 보니 그것은 단순한 먹물 일색의 조잡한 그림에 불과했지만 그 속에 담겨 있는 '단순한 복잡함'을 조금씩 깨달을 수 있었다.

그림 속에는 땅에 떨어진 두 개의 밤이 무심한 듯 그려져 있었다. 하나는 껍질이 벗겨져 있었고 다른 하나는 아직 가시가 돋친 딱딱한 껍질에 감싸 있었는데, 그 밤으로 다람쥐가 달려든 구도였다. 다람쥐는 더없이 자유분방한 모습이었는데 인간의 젊음과 그것이 지닌 욕망을 그대로 표현하고 있는 듯했다. 그러나 다람쥐가 제 욕심대로 밤을 먹으려면 코가 가시에 찔리고 가시를 무서워하면 껍질 속의 밤을 먹을 수가 없었다.

그림을 그린 사람은 그런 의도 없이 그렸을지 모르지만 무사시는 그런 의미로 해석하면서 그림을 바라보고 있었다. 그림을 보는 데 있어 풍자나 암시 등을 생각하며 보는 것은 번잡하고 불필요한지도 모른다. 하지만 그 그림은 '단순한 복잡함' 속에 먹의 미감과 화면의 음계音階 이외에 사람으로 하여금 자신도 모르게 묵상默想을 하며 즐기게 하는 다양한 무기적無機的인 작용을 갖추고 있었다.

"무사시 님, 양해와 또 눈싸움을 하고 있습니까? 꽤 마음에 든 모양이군요. 그럼 떠나실 때 감아서 가져가십시오. 드리겠습니다."

고에쓰는 무사시의 모습을 보며 무슨 일이 있는 듯 곁으로 와서 앉았다. 무사시는 뜻밖이라는 표정을 지으며 완강히 사양했다.

"아니, 이 양해의 그림을 저에게 주신다는 말씀입니까? 당치도 않은 말씀입니다. 여러 날 신세를 진 것도 모자라 이런 가보를 주신다니 받을 수 없습니다."

"그래도 마음에 드실 텐데요……."

고에쓰는 무사시가 진심으로 미안해하는 모습을 보면서 웃으며 말했다.

"괜찮습니다. 마음에 드시면 가지고 가셔도 됩니다. 원래 그림이라는 것은 진심으로 작품을 사랑하고 그림에 담긴 진정한 의미를 헤아리는 사람이 가져야 그림도 행복하고 죽은 작가도 만족해할 것입니다. 그러니 받으시지요."

"그렇게 말씀하시니 저는 더욱 이 그림을 가질 자격이 없습니다. 이렇게 바라보고 있으면 끊임없이 소유욕이 생겨, 저도 이런 명화를 하나 가지고 싶은 생각이 듭니다. 하지만 가진다한들 집도 걸어 둘 곳도 없는 떠돌이 무사 수행자일 뿐입니다."

"과연 수행을 하는 몸이니 오히려 방해가 되겠군요. 아직 젊으니 그런 생각을 하시겠지만, 저는 아무리 작아도 자신의 집을 갖지 못한 사람은 얼마나 외로울까 하는 생각이 들기도 합니다만……. 흐음, 이 교토 한구석에라도 통나무로 암자를 한 채 마련하시면 어떠신지요?"

"집을 가지고 싶다는 생각이 든 적은 아직 없습니다. 그보다 규슈九州의 과일, 나가사키長崎의 문명, 또 새로운 도읍이라고 하는 아즈마東의 에도, 미치노쿠陸奧의 큰 산과 큰 강 등과 같이 먼 곳을 생각하는 마음뿐입니다. 저는 태어날 때부터 방랑벽이 있었는지도 모르겠습니다."

"무사시 님뿐 아니라 누구라도 그럴 겁니다. 좁은 방구석보다 푸른 하늘을 좋아하는 게 젊은 사람들의 인지상정입니다. 또한 자신의 꿈은 자신의 가까이에 있지 않다고 생각하고 항상 길은 먼 곳에 있다고 생각하는 경향도 있지요. 소중한 젊은 날의 고생은 귀한 것이지만 먼 곳만을 동경하며 자신이 있는 곳에서 꿈을 찾지 못하는, 다시 말해 자신의 처지에 불평만 하며 세월을 보내고 있는 것은 아닐는지요?"

고에쓰는 그렇게 말하고 갑자기 웃음을 터뜨렸다.

"하하하, 저와 같은 한가한 사람이 젊은 분에게 설교하듯 이런 말을 하다니 우습군요. 그렇지, 여기에 온 것은 그런 얘기를 하기 위해서가 아니라 오늘 밤 함께 어디를 나갈까 해서입니다. 무사시 님은 유곽을 본 적이 있는지요?"

"유곽이라면 유녀가 있는 곳 말입니까?"

"그렇습니다. 제 친구 중에 하이야 쇼유라고 하는 마음을 터놓고 지내는 사람이 있습니다. 마침 그가 편지를 보내서 초대하였으니 로쿠조의 유곽 거리를 구경하러 가실 생각은 없습니까?"

무사시는 그 말이 끝나자마자 사양했다.

"그만두겠습니다."

고에쓰는 억지로 권하지는 않았다.

"그렇습니까? 생각이 없으시다면 권해도 소용이 없겠지만 때로는 그런 세계를 경험해 보는 것도 재미가 있습니다."

어느새 소리도 없이 그곳에 와서 두 사람의 이야기를 재미있게 듣고 있던 묘슈가 끼어들었다.

"무사시 님, 좋은 기회 아닌가요. 같이 가도록 하시지요. 하이야도 편하게 대할 수 있는 사람이어서, 내 아들도 꼭 같이 가고 싶어 하는 듯한데. 자, 갔다 오시지요."

묘슈는 고에쓰와 달리 급히 옷장에서 옷가지를 꺼내 오더니 무사시와 아들에게 건네주면서 놀러 가기를 재촉했다. 모름지기 부모라는 사람치고 자식이 유곽에 간다는 말을 들으면 설령 손님이나 친구 앞이라고 해도 못마땅해 할 것이다. 더 엄한 부모라면 자식과 한바탕 말다툼이라도 벌어지는 것이 보통이지만, 이 모자는 그렇지 않았다.

"허리끈은 이게 좋을까? 겉옷은 어느 걸로 하는 게 좋을까?"

묘슈는 옷장 앞에 서서 자신이 소풍이라도 가는 것처럼 유곽에 간다는 자식의 옷차림에 신경을 써 주었다. 옷뿐 아니라 지갑, 인롱, 단검들도 화려해 보이는 걸로 골라 주었다. 게다가 나가서 궁하지 않도록 지갑 속에 슬쩍 돈까지 넣어 주었다.

"자자, 다녀오시게. 유곽은 불이 켜질 무렵이 좋지만 더 좋은 때는 저물녘 거리라네. 무사시 님도 어서 갔다 오시구려."

어느새 무사시 앞에도 속옷에서부터 겉옷까지, 때 하나 묻지 않은 깨끗한 옷가지가 가지런히 놓여 있었다. 처음에는 탐탁지 않게 생각되었지만 고에쓰의 어머니가 이렇게까지 권하는 걸로 보아 세상에서 말하듯 가서는 안 되는 곳 같지는 않은 듯했다. 무사시는 생각을 고쳐 먹었다.

"그럼 말씀대로 고에쓰 님을 따라서 함께 가도록 하겠습니다."

"오, 그렇게 하시게. 자, 어서 옷을 갈아입고."

"아닙니다. 이런 옷은 저에게 어울리지 않습니다. 어디를 가든 저는 이 옷이 오히려 마음에 듭니다."

"그건 안 되네."

묘슈는 엉뚱한 곳에서 엄해져서 무사시를 힐책했다.

"자네는 그 옷이 좋을지 몰라도 초라한 행색을 하고 가면 화려한 유곽의 술자리에 마치 걸레가 놓여 있는 것같이 보일 게 아닌가? 세상의 추함이나 근심은 모두 잊고 잠시 하룻밤이라도 화려함에 묻혀서 거북함을 떨쳐 내고 오는 것이 유곽이라는 곳이네. 그렇게 생각하면 자신의 옷차림이나 화장도 유곽의 풍경 중 하나일 터인데 자신만 거기에 동화되지 못하는 것은 잘못이 아니겠는가? 호호호, 그렇다고 해서 나고야 산자名古屋山三 님이나 마사무네政宗 님과 같은 화려한 옷이 아닌 그저 때가 묻지 않은 옷이니 자, 눈치 볼 것 없이 옷을 입으시게."

"흠, 그렇게 말씀하시니……."

무사시는 묘슈의 말에 순순히 따라 옷을 갈아입었다.

"잘 어울리는군."

묘슈는 두 사람의 번듯한 옷차림을 바라보며 이유도 없이 기뻐했다. 고에쓰는 잠깐 불전에 들어가서 그곳에 작은 저녁 등명(燈明)을 올렸다. 모자는 평소에 일연종(日蓮宗)[15]의 독실한 신자였다. 그는 불전에서 나와 기다리고 있던 무사시에게 말했다.

"자, 이제 가시지요."

둘이 나란히 현관까지 걸어오자 묘슈가 먼저 나와서 두 사람이 신을 새 신을 댓돌 위에 준비해 놓고는 대문을 닫으려고 하는 남자 하인과 문 옆에 서서 무엇인가 작은 소리로 얘기를 나누고 있었다.

"잘 신겠습니다."

고에쓰는 신발을 향해 머리를 꾸벅하고는 신을 신었다.

"어머님, 그럼 다녀오겠습니다."

그러자 묘슈는 뒤를 돌아보며 황급히 손을 흔들며 두 사람을 불러 세웠다.

"고에쓰야, 잠깐 기다려라."

그러고는 머리를 대문 밖으로 내밀고 무슨 일인지 길가를 둘러보고 있었다.

"왜 그러세요?"

고에쓰가 의아해하자 묘슈는 문을 닫고 돌아왔다.

"고에쓰야, 지금 건장한 무사 세 사람이 문 앞에 와서 무례한 말을

---

15 13세기 니치렌(日蓮)이 세운 일본 불교 종파 중 하나로, 사람이 살아 있는 부처가 될 수 있다고 믿는다.

하고는 돌아갔다는구나. 무슨 일이 있는 게 아니냐?"

아직 날은 환했지만 저녁 무렵에 나가는 아들과 손님의 신변이 걱정되는 듯 눈썹을 찌푸리며 말했다.

"……?"

고에쓰는 무사시의 얼굴을 보았다. 무사시는 이내 그들이 누구인지 짐작한 듯했다.

"걱정하실 것 없습니다. 저한테는 해를 끼쳐도 고에쓰 님을 해칠 자들은 아닐 겁니다."

"그저께도 이런 일이 있었다고 누군가 말했다. 그저께는 무사 한 사람이었던 모양인데 날카로운 눈초리로 문 안까지 들어오더니 다실의 통로에서 무사시 님이 있는 안쪽 방을 계속 살펴보고 갔다고 하던데."

"요시오카 쪽 사람들일 겁니다."

무사시가 말하자 고에쓰도 고개를 끄덕였다.

"나도 그렇게 생각합니다."

고에쓰는 남자 하인에게 말했다.

"오늘 온 세 사람은 뭐라고 하더냐?"

하인이 와들와들 떨면서 대답했다.

"예, 방금 직인들이 모두 돌아가서 문을 닫으려고 하는데 어디에 있었는지 세 명의 무사가 갑자기 팔짱을 낀 채 나타났습니다. 그러더니 가운데 사람이 품속에서 편지 같은 것을 꺼내더니 무서운 얼굴로 이걸 너희 집의 손님에게 주라고 했습니다."

"흐음, 손님이라고만 하고 무사시 님이라고는 말하지 않더냐?"

"아닙니다. 그 뒤에 말했습니다. 미야모토 무사시라고 하는 사람이 며칠 전부터 묵고 있을 거라고 말입니다."

"그래서 너는 뭐라고 대답했느냐?"

"저는 일전에 주인님께서 입단속을 하라고 하셔서 끝까지 그런 손님은 없다고 고개를 젓자, 화를 내면서 거짓말을 하지 말라며 큰 소리를 쳤습니다. 그러자 다소 나이가 든 무사가 달래고는 비웃으면서 다른 방법으로, 본인을 만나서 건네겠다고 말하고는 맞은편 네거리로 가 버렸습니다."

옆에서 듣고 있던 무사시가 고에쓰에게 말했다.

"고에쓰 님, 그러면 이렇게 하는 게 좋겠습니다. 혹시라도 선생님이 다치거나 하면 안 되니 제가 먼저 혼자서……."

"아닙니다."

고에쓰는 일소에 붙이며 말했다.

"그런 걱정은 하실 필요 없습니다. 요시오카 쪽 무사라면 더 그렇게 할 수 없습니다. 저는 조금도 무섭지 않으니 자, 가십시다."

고에쓰는 무사시를 재촉하여 문밖으로 나갔다가 다시 곧 문 안쪽으로 얼굴을 내밀더니 말했다.

"어머님, 어머님!"

"잊은 거라도 있느냐?"

"아닙니다. 방금 일로 만약 어머님께서 걱정이 되신다면 하이야 댁에 심부름꾼을 보내 오늘 밤 초대는 사양하겠습니다."

"아니다. 나는 너보다 무사시 님에게 무슨 일이라도 생기지 않을까 걱정이 되는구나. 무사시 님은 벌써 앞서 나가서 기다리고 있는데 말릴 수도 없고, 애써 하이야 님이 초대를 했으니 기분 좋게 놀다 오너라."

묘슈는 그렇게 말하고 문을 닫았다. 그러자 고에쓰는 아무 걱정도 없는 듯 기다리고 있던 무사시와 어깨를 나란히 하고 천변 한쪽에 있는 길을 따라 걷다가 말했다.

"하이야 님 댁은 이 앞의 이치조호리가와一條堀川에 있습니다. 분명 중간에서 준비를 하고 기다리고 있을 테니 잠깐 들렀다가 가시지요."

저물녘 하늘은 아직 환했다. 흐르는 물을 따라 걸어가자 마음이 매우 편안해졌다. 두 사람은 공연히 마음이 바빠지는 저물녘을 아무런 일도 없이 편안하게 걸어갔다.

"하이야 쇼유 님, 이름은 자주 들어본 분인 듯합니다."

무사시가 말하자 느릿느릿 발길을 맞춰 걷던 고에쓰가 대답했다.

"들으셨겠지요. 렌카連歌[16] 분야에서는 이미 일가를 이룬 사람이니까요."

"아하, 렌카를 부르는 분입니까?"

"쇼하紀巴나 데이도쿠貞德처럼 렌카로 생활을 하는 사람은 아닙니다. 저와 같이 교토의 오래된 상인 가문입니다."

---

16 와카和歌의 상구上句와 하구下句를 서로 번갈아 가며 부르는 형식의 노래로 일본 근대문학 형성에 결정적인 기여를 했다.

"하이야라는 성은?"

"상점 이름입니다."

"무엇을 파는 가게인지요?"

"재灰를 팝니다."

"재요? 무슨 재입니까?"

"염색집에서 염색을 할 때 사용하는 재인데, 감회紺灰라고 합니다. 여러 나라의 염색물을 취급하기 때문에 꽤 규모가 큽니다."

"그렇군요. 그 잿물을 만드는 원료 말이군요."

"그 장사는 막대한 돈이 오가는 거래이기 때문에 무로마치 시대 초기에는 황실 직할로 경영했지만 중기 무렵부터 민간으로 이양되어 이곳 교토에 곤파이자灰座라고 하는 세 곳이 허용되었다고 합니다. 그중 한 집이 하이야 쇼유의 조상이었지요. 그러나 지금의 쇼유 님 대에는 그 가업은 그만두고 여기 호리 천에서 여생을 편안히 보내고 있습니다."

고에쓰는 저편을 손가락으로 가리키며 말했다.

"여기서도 보일 것입니다. 저기 보기에도 한가롭고 품위 있게 보이는 문이 달린 집이 하이야 님의 거처입니다."

"……."

무사시는 고개를 끄덕이다가 문득 왼쪽 소매 끝을 밖으로 잡고 있었다.

"뭐지?"

무엇인가 소매 안에 들어 있었다. 오른쪽 소매는 저녁 바람이 불어오면 가볍게 나부끼는데 왼쪽 소매가 다소 무거웠다. 종이는 품 안에 있고 담뱃갑은 애초에 가지고 다니지 않았고 다른 것도 넣은 기억이 없었다. 그는 가만히 손을 밑으로 내린 다음 꺼내 보니 무두질이 잘 된 창포색 가죽 끈이 언제라도 풀 수 있게끔 나비매듭으로 묶여져 있었다.

'으응?'

고에쓰의 모친인 묘슈가 넣어 둔 물건이 틀림없었다. 가죽 어깨끈이었다.

"……."

무사시는 소매 속에서 가죽 어깨띠를 꼭 쥐면서 뒤를 돌아보았다. 그리고 그의 뒤에 있는 사람들에게 미소를 지어 보였다. 그는 이미 눈치를 채고 있었다. 혼아미 네거리로 나오면서부터 일정한 간격을 유지하면서 자신의 뒤를 슬금슬금 미행하던 세 명이 있었던 것이다. 그들은 무사시의 미소를 보자 화들짝 놀란 듯 일제히 걸음을 멈추고 머리를 맞대 수군거리더니 이윽고 성큼성큼 이쪽을 향해 다가왔다.

고에쓰는 이미 하이야의 저택 문 앞에서 종을 울리고는 빗자루를 들고 나온 하인의 안내를 받으며 앞뜰로 들어간 후였다. 그는 뒤에 무사시의 모습이 보이지 않는 것을 깨닫고는 다시 걸음을 돌려 별 생각 없이 문 밖을 향해 말했다.

"무사시 님. 어려워하지 않아도 되는 집이니 어서, 들어오십시오."

고에쓰는 문밖에서 허리춤에 위협적인 큰 칼을 드러낸 세 명의 무사

미야모토 무사시 4_바람風의 장

가 무사시를 둘러싸고 무언가 교만하게 말하고 있는 모습을 발견했다.

'아까 그 자들이군.'

고에쓰는 이내 알아챘다. 상대인 세 사람에게 무언가 온화하게 대답을 하면서 무사시는 고에쓰 쪽을 돌아보았다.

"곧 뒤따라갈 테니 먼저 들어가십시오."

고에쓰는 조용한 눈빛으로 무사시의 눈빛을 읽듯 고개를 끄덕였다.

"그러면 안에서 기다릴 테니 일이 끝나는 대로 들어오십시오."

고에쓰가 문 안으로 사라지자 세 명 중 한 명이 기다렸다는 듯 입을 열었다.

"도망쳤느니 도망치지 않았다느니, 그런 얘기는 이제 그만하지. 그것 때문에 온 것이 아니니까. 방금 말했지만, 나는 요시오카 문하의 십검 중의 한 명인 오타구로 효스케라는 사람이다."

그는 소매를 펄럭이며 양손을 품 안에 넣더니 한 통의 편지를 꺼내 무사시 눈앞에 들이댔다.

"덴시치로 사제께서 그대에게 전하는 편지일세. 분명히 전달했으니 여기서 일독하고 즉시 대답을 듣고 싶다."

무사시는 편지를 펼쳐 읽고 나서 한 마디로 대답했다.

"알았다."

하지만 오타구로는 미심쩍은 눈빛을 지울 수 없다는 듯 물었다.

"틀림없는가?"

그가 다시 확인을 하기 위해 무사시의 얼굴을 쳐다보자 무사시는 고개를 끄덕이며 다시 말했다.

"틀림없이 알았다."

그제야 세 사람도 수긍한 듯했다.

"약속을 어길 시에는 세상에 대고 웃음거리로 만들어 주겠다."

"……"

무사시는 말없이 웃음을 띤 눈길로 세 사람의 경직된 몸을 바라보고 있었다. 소이부답笑而不答이었다. 오타구로는 그런 무사시의 태도가 의심스러웠던지 집요하게 재차 물었다.

"알았나, 무사시?"

그러고는 못을 박듯 말했다.

"앞으로 시간이 별로 없을 것이다. 장소는 알았겠지? 준비는 되었는가?"

무사시는 지루한 표정을 짓지는 않았지만 대답은 지극히 짧았다.

"좋다."

그러고는 말했다.

"그러면 나중에."

무사시가 하이야의 문 안으로 들어가려는 순간, 오타구로가 소리를 질렀다.

"무사시, 그때까지 이곳 하이야의 집에 있겠지?"

"아니다. 밤에는 로쿠조의 유곽으로 갈 것이니 그곳 어딘가에 있을 것이다."

"로쿠조? 알았다. 로쿠조든 이 집이든 있을 테니, 약속한 시간에 늦으면 사람을 보내겠다. 설마 비겁한 짓은 하지 않겠지?"

무사시는 등 뒤로 오타구로의 말을 들으며 하이야의 저택 앞마당으로 들어서서 곧 문을 닫았다. 집 안으로 한 걸음 들어서니 소란스러운 세상이 저 멀리 물러간 듯했다. 이 집의 보이지 않는 벽이 너무나 고요한 세계를 둘러싸고 있는 듯했다.

산속 오솔길처럼 나 있는 돌 사이의 통로는 키가 작은 대나무와 붓대 정도의 가는 대나무 들 때문인지 적당히 습기를 머금고 있었다. 안으로 걸어가자 안채와 바깥채와 별채, 정자가 보였고 모두가 오래된 집인 듯 거무스름한 빛과 대범한 깊이를 지니고 있었다. 또 그것들을 둘러싼 소나무들은 모두 키가 훌쩍 자라 지붕 위를 덮고 있어서 이 집의 부귀를 돋보이게 했지만 그 밑을 걸어가는 손님에게 오만한 느낌은 전혀 주지 않았다.

어디선가 공을 차는 소리가 들렸다. 귀족들의 저택에서는 종종 그 소리를 담 바깥쪽에서 들을 수 있었지만 상인의 집에서는 드문 일이라고 무사시는 생각했다.

"곧 준비하시고 나오실 테니 여기서 잠시 기다려 주십시오."

차와 과자를 가져와서 정원을 마주한 곳에 자리를 권한 하인 두 사람의 거동도 정숙해서 집안의 예의범절을 느낄 수 있었다.

"날이 어둑어둑해져서 그런지 금세 추워졌군."

고에쓰는 중얼거리면서 하인에게 열려 있는 장지문을 닫으라고 말하려했다. 하지만 무사시가 공을 차는 소리에 귀를 기울이며 정원 저편에 피어 있는 매화꽃들을 보고 있는 것 같아 자신도 밖으로 눈을 돌렸다.

"에이 산 위가 어두워지고 있군요. 저 위에 걸린 구름은 북쪽에서 온 북운北雲입니다. 춥지는 않습니까?"

"아니요. 괜찮습니다."

무사시는 고에쓰가 문을 닫고 싶어 한다는 것을 전혀 눈치채지 못한 채 정직하게 말했다. 그의 피부는 가죽과 같아서 기후의 영향을 받지 않을 만큼 강했다. 고에쓰의 여린 피부와는 그만큼 감각이 달랐다. 꼭 기후뿐만이 아니라 모든 감촉과 감상에 있어서도 두 사람은 차이가 났다. 한마디로 자연인과 도회인의 차이였다.

하인이 촛대를 들고 올 무렵이 되자 밖은 갑자기 어두워졌고 고에쓰가 문을 닫으려고 했다.

"아저씨 오셨네요?"

공을 차고 있던 열너덧 살 되어 보이는 아이들 두세 명이 툇마루에서 들여다보며 공을 그곳으로 던지다가 무사시의 모습을 보자 금세 얌전해졌다.

"아버지, 불러 드릴까요?"

고에쓰가 괜찮다고 해도 아이들은 앞을 다투어 안으로 달려갔다.

문을 닫고 불을 켜니 처음 온 사람도 느낄 수 있을 만큼 집은 온화했다. 가족들의 웃음소리가 멀리서 희미하게 들려오는 것도 마음을 푸근하게 했다. 무사시가 손님으로 더 기분 좋게 느꼈던 것은 어디를 둘러봐도 조금도 부자 티가 나지 않는 점이었다. 모든 게 소박하고 오히려 돈 냄새를 지우려고 하는 것처럼 느껴지기까지 했다. 마치 큰 농가의 사랑방에 와 있는 것 같은 기분이었다.

"아, 이거 오래 기다리시게 해서 죄송하오."

갑자기 활달한 목소리가 들리더니 주인인 하이야 쇼유의 모습이 나타났다. 그는 고에쓰와는 전혀 딴판으로 학처럼 말랐지만, 목소리가 저음인 고에쓰보다 훨씬 젊었고 크게 울렸다. 나이도 고에쓰보다 한 살 정도 위인 듯싶었다.

고에쓰가 무사시를 소개하자 그는 활달하게 말했다.

"아, 그렇습니까. 고노에가에서 일을 하시는 마쓰오 님의 조카시군요. 마쓰오 님은 저도 잘 알고 있습니다."

여기에서도 숙부의 이름이 나오자 무사시는 이런 대상인들과 당상塵上의 고노에가와의 관계를 어림짐작할 수 있었다.

"빨리 가십시다. 밝을 때 나가서 느긋하게 걸어가려고 했는데, 벌써 어두워졌으니 가마를 불러야겠습니다. 당연히 무사시 님도 같이 가시겠죠?"

나이에 어울리지 않게 재촉하는 쇼유와 의젓하게 앉아서 유곽에 가는 일조차 잊은 듯한 고에쓰는 대조적이었다.

무사시는 태어나서 처음으로 타 보는 가마에 몸을 맡긴 채 두 사람의 가마 뒤에서 호리 천의 천변을 따라갔다.

봄눈

"으으, 춥다."

"바람이 세차게 부는군."

"귀가 떨어져 나갈 것 같구면."

"오늘 밤엔 뭐라도 내릴 것 같은데."

"봄인데."

가마꾼들이 주고받는 얘기였다. 그들은 하얀 입김을 내뿜으며 야나기柳의 마장馬場에 가까워지고 있었다.

세 개의 제등은 끊임없이 흔들리며 깜박거렸다. 저녁 무렵에 히에이 산에 보였던 삿갓구름이 어느덧 교토 시내의 하늘 위를 새까맣게 덮고 있었는데 한밤중에 날씨가 어떻게 변할지 모를 정도로 무서운 형상을 예고하고 있었다.

그런 날씨와는 대조적으로 넓은 마장의 건너편으로 한 무리를 이루

　　　　　　　　　　　　미야모토 무사시 4_바람風의 장

고 있는 땅 위의 불빛은 무척이나 아름다웠다. 하늘에 별 하나 없는 어두운 밤이었던 만큼 지상의 불빛은 한층 현란하게 빛을 발하고 있었다. 마치 반딧불 떼가 바람이 살랑이고 있는 것처럼.

"무사시 님."

가운데에 있는 가마 안에서 고에쓰가 뒤를 돌아보며 말했다.

"저곳입니다. 저기가 로쿠조의 야나기마치柳町입니다. 요즘 집들이 늘어나면서부터는 미스지마치三筋町[17]라고 부르고 있지요."

"아, 저깁니까?"

"시내를 벗어나 이런 넓은 마장과 공터를 지나면 저렇듯 홀연히 불빛들이 보인다는 게 재미있지 않습니까?"

"정말 의외로군요."

"이전에는 유곽이 니조二條에 있었는데 대궐과 가까워서 한밤중에는 민요나 속요가 천황의 정원이 있는 곳까지 들렸다고 합니다. 그래서 경비를 맡던 이타구라 가쓰시게板倉勝重 님이 급히 이곳으로 옮겼다고 합니다. 그때부터 겨우 삼 년밖에 지나지 않았는데, 어떻습니까? 벌써 저렇듯 마을을 이룬 것은 물론이고 한층 구역이 넓어지고 있습니다."

"그러면 삼 년 전에는 이 부근이?"

"밤에는 사방을 둘러봐도 캄캄하고 전국 시대 전화戰禍의 흔적만 가득했습니다. 하지만 지금은 새로운 유행이 모두 저곳에서 생겨나고, 조금 과장을 보탠다면 하나의 문화가 태어나는 곳이라고도 할 수 있

---

17 교토의 '로쿠조 무로마치'에 있던 유곽.

습니다."

고에쓰는 잠시 귀를 기울이다가 다시 말을 이었다.

"어렴풋이 들리지 않습니까? 유곽의 음악 소리가?"

"그렇군요. 들립니다."

"저 음악만 하더라도 류큐琉九에서 새로 건너온 샤미센을 변형시키거나, 아니면 그것을 기초로 해서 지금과 같은 노래가 생긴 것입니다. 저기에서 파생된 것이 류다쓰부시隆達節 가요나 가미가타우타上方唄와 같은 샤미센 노래인데, 그런 것은 모두 저곳이 모태라고 할 수 있습니다. 저곳에서 유행하는 것을 다시 일반 사람들이 받아들이는 것이니 문화적인 면에서는 일반 마을과 유곽 간에 깊은 인과관계가 있다고 할 수 있지요. 비록 마을에서 격리된 유곽이라고 해서 저곳이 추잡스러운 곳이라고 하는 것은 이치에 맞지 않습니다."

그때 가마가 급히 길을 꺾자 무사시와 고에쓰의 이야기도 그만 중단되고 말았다.

니죠의 유곽도 야나기마치柳町라 부르고 로쿠조의 유곽도 야나기마치라고 불렀다. 버드나무와 유곽이 언제부터인지 그렇게 서로 한 몸이 된 것인지 알 수 없지만, 그 버드나무 가로수에 달려 있는 수많은 등이 어느새 무사시의 눈에 손에 잡힐 듯 가까워지고 있었다.

고에쓰와 쇼유는 이 청루靑樓의 단골인지 가마가 하야시야 요지베林屋与次兵衛 문 앞의 버드나무에 이르자 안에서 사람들이 달려 나와 그들을 맞이했다.

"후나바시船橋 님."

"미즈오치水落 님도."

쇼유를 후나바시 님이라고 부른 것은 호리가와의 후나바시에서 살고 있기 때문인데 유곽에서는 쇼유를 그렇게 불렀다. 또 미즈오치라는 이름도 이곳에만 쓰는 고에쓰의 별명과 같은 것이었다. 무사시는 딱히 정해진 거처가 없으니 그런 별명도 없었다.

이 청루의 이름이 하야시야 요지베라는 것도 청루 주인의 대외적인 이름이었고 기생집으로서의 이름은 오기야扇屋였다. 오기야라고 하면 지금의 로쿠조 야나기마치에서 이름 높은 명기인 초대 요시노 다유吉野太夫가 떠오르고, 기쿄야桔梗屋라고 하면 무로기미 다유室君太夫라는 이름의 기생이 유명했다. 일류로 여겨지는 청루는 이 두 군데뿐이었다. 고에쓰, 쇼유, 무사시, 이렇게 세 사람이 들어선 곳은 오기야였다.

'이건 마치 현란한 성곽과 같구나.'

무사시는 될 수 있는 한 눈을 두리번거리지 않으려고 했지만 안으로 들어갈수록 자신도 모르게 격천정格天井과 교각의 다리와 난간, 그리고 정원의 모습과 교창交窓의 조각 등에 시선을 빼앗기고 말았다.

"아니, 어디로 가셨을까?"

넋을 잃고 삼나무 문을 바라보는 사이에 고에쓰와 쇼유를 잃어버린 무사시는 복도에서 헤매고 있었다.

"이쪽입니다."

고에쓰가 무사시를 불렀다. 중국의 적벽赤壁을 모방한 듯 엔슈遠州 풍으로 돌을 배치하고 하얀 모래를 빗질해 놓은, 그림 속에서나 봄 직한 정원을 감싸고 있는 커다란 두 칸짜리 은빛 장지문이 등불에 흔들리고 있었다.

"춥군."

쇼유는 고양이처럼 어깨를 움츠리고 넓은 방의 방석 위에 앉아 있었다.

"자, 무사시 님. 이쪽으로."

고에쓰가 먼저 자리를 잡고 앉으면서 무사시에게 비어 있는 가운데 자리를 권했다.

"아니, 그것은?"

무사시가 사양하고는 아랫자리에 앉은 채 어색해하고 있었다. 두 사람이 권했던 자리는 한 단 높게 만들어진 상좌上座의 정면이었다. 이 어마어마한 건축의 상좌에 왕처럼 앉는다는 것이 어쩐지 무사시로서는 도저히 기분이 내키지도 않을뿐더러 싫었던 것이었다.

"그래도 오늘 밤은 선생께서 손님이시니……."

쇼유가 권하면서 말했다.

"저와 고에쓰는 늘 이렇게 함께 시간을 보낸 오랜 친구이지만 선생께선 초면이니 어서 앉으시지요."

"아닙니다. 젊은 사람이 어찌, 송구합니다."

그러자 쇼유가 갑자기 움츠리고 있던 어깨를 들썩이며 껄껄껄 웃으면서 익살스럽게 말했다.

"유곽에서 나이를 따지는 자가 어디 있소이까!"

벌써 차와 과자를 가지고 온 여자들이 뒤에 서 있었다. 자리가 정해
지기를 기다리는 것이었다.

"그럼 제가."

고에쓰가 무사시를 도울 요량으로 그렇게 말하고는 가운데로 자리
를 옮겼다. 무사시는 고에쓰가 앉았던 자리에 앉으며 그제야 자신의
자리를 찾은 듯한 기분이 들었지만, 한편으로는 공연히 귀한 시간을
허비했다는 생각도 들었다.

옆방 한쪽에서는 단발머리를 한 청루의 소녀 두 명이 사이좋게 화롯
가에 앉아 있었다.

"이게 뭐게?"

"새."

"그럼 이건?"

"토끼."

"이건?"

"갓 쓴 사람."

그들은 뒤돌아 앉아서 손깍지를 하고 병풍에 그림자를 비추면서 놀
고 있었다. 다식茶式 화로에 걸어 놓은 주전자에서 피어오르는 수증기
가 방을 따뜻하게 덥혀 주고 있었다.

어느새 방 안에 사람의 수가 늘어나서인지 그들의 온기와 술의 향기
가 바깥의 추위를 잊게 했다. 아니, 그보다는 그곳에 있는 사람들의 혈

관에 적당히 술기운이 돌기 시작한 것이 방 안이 따뜻해진 것처럼 느끼게 하는 가장 큰 이유일 것이다.

"이렇게 이야기하면 자식들에게 좀 미안한 소리지만 세상에 술만큼 좋은 건 없는 듯하네. 술이 좋지 않다거나 독수毒水처럼 말하는 것은 술 탓이 아니네. 술은 좋은 것인데 그 술을 마시는 사람이 나쁜 것이네. 무엇이든 남의 탓을 하는 게 인간의 습성이라 술의 입장에서 보면 사람을 미치게 하는 물이라는 소리를 들으면 참으로 어이가 없을 것일세."

방 안에서 목소리가 가장 큰 사람은 다름 아닌 그들 중에서 가장 마른 하이유 쇼유였다. 무사시가 한두 잔 마신 후에 사양하는 동안, 쇼유는 술에 대한 지론을 늘어놓기 시작했다. 그것이 전혀 새로울 것 없는, 언제나 되풀이하는 말이라는 것은 옆에서 술시중을 들고 있는 가라고토唐琴나 스미기쿠墨菊, 고보사츠小菩薩, 그 밖의 술을 따르는 사람이나 음식을 나르는 여자들까지 모두 알고 있었다.

'후나바시 님이 또 시작하셨군.'

그들 모두가 똑같은 표정으로 그렇게 말하고 싶은 것을 참는 듯, 입을 꾹 다물고 있는 얼굴을 봐도 알 수 있었다. 그러나 쇼유는 그런 것을 전혀 깨닫지 못하는 듯 계속 지론을 늘어놓았다.

"술이 나쁜 것이라면 신도 싫어하실 텐데, 신은 악마보다 술을 더 좋아하시니 술만큼 청정한 것도 없네. 신대神代에는 술을 만들 때, 순결하고 청결한 처녀들의 흰 구슬 같은 이로 쌀을 씹어서 빚었다고 하니 그만큼 순결한 것이었네."

"호호호, 아유 더러워."

누군가가 웃었다.

"뭐가 더러우냐?"

"쌀을 이로 씹어서 만든 술이 뭐가 깨끗해요?"

"바보 같은 소리. 너희들의 이로 씹는다면야 물론 더러워서 아무도 마시지 않겠지만, 봄의 새싹처럼 불결함에 물들지 않은 처녀가 씹는 거란 말이다. 꽃이 꿀을 담듯 씹어서 단지에 모아 빚어내는 술, 나는 그런 술에 취하고 싶구나."

벌써 술에 취한 쇼유는 옆에 있던 열서넛 된 소녀의 목을 갑자기 끌어당겨서 그 입술에 야윈 자신의 볼을 비벼 댔다.

"캭! 싫어!"

소녀는 비명을 지르며 일어섰다. 그러자 쇼유는 싱글싱글 웃으며 오른쪽을 바라보더니 스미기쿠의 손을 잡아서 자신의 무릎 위에 얹으며 말했다.

"하하하, 화내지 말게. 마누라."

그 정도면 괜찮았는데 얼굴을 맞대고 술잔을 반씩 나눠 마시고 단정치 못하게 몸을 부비며 마치 주위에 아무도 없는 듯 행동했다.

고에쓰는 가끔씩 웃으며 술을 마시거나 여자들이나 쇼유와 조용히 얘기를 하거나 장난을 치면서 어울리고 있었다. 그러나 무사시는 혼자서 덩그러니 그런 분위기에서 떨어져 나와 있었다. 딱히 그는 엄숙한 표정으로 앉아 있는 것도 아니었는데 여자들은 무서운지 도무지 그의 옆으로 오지 않았다. 고에쓰는 술을 억지로 권하지 않았지만 쇼유는 생각이 날 때마다 권했다.

"무사시 님, 술을 드시지요."

이렇게 권하고는 잠시 뒤에 무사시 앞에 차갑게 식은 술잔이 신경에 쓰이는지 또 술을 권했다.

"무사시 님, 그 잔을 비우고 따뜻한 술잔을 받으시지요."

그런데 그것이 여러 번 거듭되면서부터는 차츰 말씨도 거칠어졌다.

"고보사츠, 저 젊은이에게 한 잔 마시게 해라. 젊은이, 어서 마시게."

"마셨습니다."

무사시는 그렇게 대답할 때가 아니면 좀처럼 말을 할 기회를 잡지 못했다.

"술잔이 전혀 비지 않는군. 그렇게 기개가 없어서야."

"술이 약합니다."

"약한 것은 검술 아닌가?"

쇼유가 심하게 빈정거려도 무사시는 웃으며 받았다.

"그런지도 모르겠습니다."

"술을 마시면 수행에 방해가 된다, 평소의 수양이 흐트러진다, 의지가 약해진다, 입신하기 어렵다, 그렇게 생각한다면 자네도 대성하지 못하네."

"그렇게 생각하지 않습니다. 다만 한 가지 곤란한 것이 있습니다."

미야모토 무사시 4_바람風의 장

"그게 뭔가?"

"졸립니다."

"졸리면 어디서든 자면 될 게 아닌가? 여기서는 그렇게 체면을 차릴 필요가 없네."

그러고는 스미기쿠에게 말했다.

"이 젊은이가 술을 마시면 졸릴까 봐 무섭다고 한다. 그래도 나는 마시게 할 테니 졸린다고 하면 재워 드리게."

"예."

기생들은 모두 검푸른 빛으로 빛나는 입술을 오므리며 웃었다.

"잠을 재워 줄 텐가?"

"물론이지요."

"그런데 동침할 여인은 이 중에 누굴까? 고에쓰 님, 누가 좋겠소? 무사시 님의 마음에 들 만한 여인이……."

"글쎄요?"

"스미기쿠는 내 마누라, 고보사츠는 고에쓰 님이 거북할 테고, 가라고토도…… 안 돼. 너무 붙임성이 없어."

"후나바시 님, 그럼 요시노를 불러올까요?"

"그렇군!"

저 혼자 흥이 난 쇼유가 무릎을 치며 기뻐했다.

"요시노, 그 애라면 손님에게 부족하지 않을 게다. 그런데 요시노는 아직 보이지 않는군. 빨리 이 젊은이에게 보여 주고 싶은데 말이야."

그러자 스미기쿠가 말했다.

"요시노 님은 저희들과 달라서 찾는 분이 많으니 보기가 어려울 거예요."

"아니다. 내가 왔다는 걸 알리면 어떤 손님이라도 뿌리치고 올 게다. 누가 가서 불러오너라."

쇼유는 몸을 길게 빼더니 옆방의 화로 옆에서 놀고 있는 소녀에게 말했다.

"링야는 게 있느냐?"

"네, 있습니다."

"링야, 잠깐 이리 오너라. 너는 요시노를 시중드는 아이지? 왜 요시노를 데려오지 않는 게냐? 후나바시 님께서 목을 길게 빼고 기다리신다고 하고 요시노를 이리로 데려오너라. 데리고 오면 상을 주마."

링야라는 소녀는 이제 열 살인가 열한 살 정도였는데 사람들의 이목을 끄는 미인의 자질을 가지고 있었다. 때문에 언젠가는 이대 요시노가 될 것이라는 말을 듣고 있었다.

"알았느냐?"

링야는 쇼유가 하는 말을 알아들은 듯도 하고 못 알아들은 듯도 한 얼굴로 듣고 있다가 대답했다.

"예."

링야는 동그란 눈으로 순순히 고개를 끄덕이고 복도로 나갔다. 문을 닫고 마루를 나서던 링야는 곧바로 손뼉을 치며 큰 소리로 말했다.

"우누메采女, 다마미珠水, 이도노스케絲之助, 잠깐 잠깐 나와 봐!"

"왜?"

방에 있던 소녀들이 밖으로 나가더니 모두 링야와 함께 손뼉을 치며 기뻐했다.

"어머, 어머!"

"어머나!"

"와!"

기뻐하며 발을 구르는 소리가 요란하게 들리자 방 안에서 술을 마시던 사람들도 무슨 일인지 호기심이 발동했다.

"왜 저리 기뻐서 소리를 지르는 것인가? 문을 열어 보거라."

쇼유가 말하자 여자들이 장지문을 양옆으로 열었다.

"아, 눈이다!"

모두가 몰랐던 것처럼 가볍게 외쳤다.

"그래서 추웠군……."

고에쓰는 하얀 입김이 나오는 입으로 술잔을 가져갔고 무사시도 눈길을 바깥으로 돌렸다.

"오오!"

처마 너머 깊은 어둠 속, 봄인데도 드물게 함박눈이 펄펄 내리고 있었다. 검은 비단 같은 어둠 너머로 하얗게 내리는 눈을 맞으며 나란히 서 있는 네 소녀들의 뒷모습이 보였다.

"들어오너라."

봄눈

방 안의 여자들이 꾸짖어도 소용없었다.

"정말 좋구나."

소녀들은 손님들도 잊은 채, 뜻밖에 찾아온 연인을 만난 듯 내리는 눈을 넋을 잃고 바라보고 있었다.

"쌓일까?"

"쌓일 거야."

"내일 아침에 많이 쌓일까?"

"히가시 산이 새하얗게 변할 만큼."

"동사東寺는?"

"동사의 탑도."

"금각사金閣寺는?"

"금각사도."

"비둘기는?"

"비둘기도."

"거짓말!"

소맷자락으로 때리는 시늉을 하자 그걸 피하려던 한 소녀가 복도 아래로 떨어졌다. 보통 때 같으면 '와' 하고 울음을 터뜨리거나 가끔처럼 싸웠을 것이다. 하지만 뜻밖에 내리는 눈을 맞고 있기 때문인지 떨어진 소녀는 우연한 기쁨이라도 주운 듯 일어서더니 눈을 맞으려 바깥으로 나갔다.

대설, 소설

호넨法然 스님은 오지 않고

무얼 하고 계실까?

경을 읽고 계실까?

눈을 먹고 계실까?

갑자기 이렇게 큰 소리로 노래를 부르면서 입으로 눈을 받아먹으려는 듯 몸을 젖히고 두 팔을 벌려 춤을 추기 시작했다. 링야였다.

다치지 않았나 하고 놀라서 일어섰던 방 안의 사람들도 흥에 겨운 링야의 춤사위를 보더니 웃으면서 달래 주었다.

"이제 됐다. 그만 됐어."

"어서 들어오너라."

링야는 쇼유가 요시노를 데려오라고 시킨 일을 까맣게 잊고 있었다. 발이 온통 더러워진 링야를 하녀가 갓난아이처럼 안더니 어디론가 데리고 들어갔다. 중요한 심부름꾼이 그렇게 되자 후나바시의 기분이 상할 것을 염려한 누군가가 요시노의 상황을 알아보러 갔다 온 듯했다.

"대답을 받아서 왔습니다."

쇼유는 이미 그 일은 잊고 있었던 것처럼 의아해서 물었다.

"대답?"

"예, 요시노의……."

"아하, 그렇지. 그래 온다고 하더냐?"

"무슨 일이 있어도 온다고는 했지만……."

"했지만, 그리고 뭐냐?"

"아무래도 지금 당장은, 지금 같이 계시는 손님이 허락을 하지 않으신답니다."

"고얀……."

쇼유는 기분이 언짢아졌다.

"다른 여자라면 그 정도 인사로 통하겠지만, 이 오기야의 요시노 같은 경성지색傾城之色이 한 사람의 손님이 만류한다고 그것을 뿌리치고 오지 못한다는 게 말이 되느냐? 이젠 요시노도 돈으로 살 수 있게 된 것이더냐?"

"아니, 그것이 아니라 오늘 밤 손님은 유달리 고집이 센 분이라 아가씨가 그 자리를 떠나려 하면 더 못 떠나게 하고 있어서 말입니다."

"손님의 심리란 다 그런 게다. 한데, 대체 그 고집 센 손님이 누구란 말이냐?"

"간간寒嚴 님입니다."

"간간 님?"

쇼유가 쓴웃음을 지으며 고에쓰를 보자 고에쓰도 쓴웃음을 지으며 물었다.

"간간 님은 혼자 오셨느냐?"

"아닙니다. 저어……."

"늘 같이 다니는 사람과?"

"예."

쇼유는 무릎을 치며 말했다.

"이야, 이거 재미있게 됐군. 눈이 내리고 술도 있는데, 거기다 요시노까지 볼 수 있다면 더 바랄 게 없을 것을. 고에쓰 님, 심부름을 보내시게. 여봐라, 거기 벼루상자를 가져오너라."

쇼유는 그걸 받아서 고에쓰 앞에 종이와 함께 내밀었다.

"뭐라고 쓸까요?"

"노래도 좋고 글도 좋지만…… 흐음, 아무래도 노래가 좋겠군. 상대는 바로 당대의 가인歌人이니 말일세."

"곤란하군요. 요시노를 우리에게 보내라고 하는 노래 아닙니까?"

"그럼, 그렇고말고."

"명가名歌가 아니고서는 상대방의 마음을 움직일 수 없습니다. 명가는 즉석에서 만들 수 있는 것이 아니니 쇼유 님이 먼저 렌카 한 곡을."

"피하시는 겝니까? 흐음, 좋소이다. 허나 귀찮으니 이렇게 써서 보내지요."

저희 집으로

보내시오,

요시노의 한 몸을.

쇼유의 글에 고에쓰도 흥미가 동했는지 흔쾌히 말했다.

"그럼, 제가 그다음 구절을 덧붙이지요."

꽃이 높은 산봉우리의
구름에 휩싸여 떨고 있구나.

쇼유는 그것을 들여다보더니 매우 기뻐했다.

"좋아, 좋아. 꽃이 높은 산봉우리 구름에 휩싸여 떨고 있구나. 참으로 좋소. 필시 구름 위의 신선이라도 찍소리 못 할 게요."

쇼유는 편지를 봉해서 스미기쿠 손에 건네고는 짐짓 위엄을 부리며 말했다.

"소녀나 다른 여자들로는 위엄이 없어 보이니, 수고스럽겠지만 자네가 직접 간간 님께 심부름을 갔다 오지 않겠는가?"

간간 님이란 다이나곤大納言의 아들인 가라스마루 미쓰히로鳥丸光廣를 유곽에서 부르는 별명이었다. 항상 같이 다니는 사람들이란 대체로 도쿠다이지 사네히사德大寺實久, 가잔인 다다나가花山院忠長, 오오이노미카도 요리쿠니大炊御門頼国, 아스카이飛鳥井 가문의 장남인 마사가타雅賢 등이었다.

얼마 후, 스미기쿠가 상대의 회답을 받아와서 자리에 앉더니 말했다.

"간간 님의 회답입니다."

그녀는 쇼유와 고에쓰 앞에 공손히 편지함을 내밀었다. 이쪽에선 가벼운 기분으로 편지를 봉해서 보냈는데 그쪽에서는 예의를 갖춰서 편지함을 보내오자 쇼유는 쓴웃음을 지었다.

"이렇듯 격식을 차렸구만."

쇼유는 고에쓰를 보며 말했다.

"설마 오늘밤에 우리들이 와 있으리라고는 생각도 못 했기에 그들도 분명 놀랐을 게요."

멋지게 한 방 먹였다는 기분으로 편지함의 뚜껑을 열어서 답신을 펼쳐 보았다. 그런데 편지는 아무것도 쓰여 있지 않은 백지였다.

"아니?"

쇼유는 떨어진 편지가 있을까 해서 자신의 무릎을 살피다가 다시 편지함 속을 들여다보았지만 한 장의 백지 외에는 아무것도 들어 있지 않았다.

"스미기쿠!"

"예?"

"이게 무엇이냐?"

"무엇인지 저도 모릅니다. 간간 님이 그저 답신을 가져가라 하시며 편지함을 건네주시기에 받아서 온 것입니다."

"사람을 놀리는 것인지, 아니면 우리가 보낸 노래를 보고는 화답할 노래가 떠오르지 않아서 두 손을 들었다는 항복의 표시일까?"

무슨 일이든 자신에게 좋은 방향으로 해석하며 흡족해하는 것이 그의 천성인 모양이었다. 그러나 혼자 그렇게 생각하기에는 아무래도 자신이 없는 듯 고에쓰에게 그것을 보였다.

"이 답신은 대체 무슨 뜻이겠소?"

"아무래도…… 무슨 뜻인지 읽어 보라는 것이겠지요."

"아무것도 적혀 있지 않은 백지인데 어떻게 읽을 수가 있겠소?"

"읽으면 읽지 못할 것도 없습니다."

"허면 고에쓰 님은 이걸 어떻게 읽겠소이까?"

"…… 눈, 흰 눈이라고 읽겠습니다."

"음, 흐음. 눈이라, 과연 그렇군."

"요시노라는 꽃을 이쪽으로 옮겨 주길 바란다는 편지의 회답이니 이것은 눈을 감상하며 술을 마신다면 꽃이 없어도 좋지 않겠느냐는 의미일 겁니다. 즉, 마침 오늘 밤에는 눈도 내리고 있으니 그렇게 다정多情을 품지 말고 장지문을 열고 눈을 감상하는 것에 만족해하며 술이나 마시는 것이 좋을 듯하다, 라는 뜻인 듯합니다."

"이런 시건방진……"

쇼유는 분해하면서 다시 말했다.

"그런 추운 술을 마실 수야 없지. 그쪽에서 그렇게 나오면 이쪽도 가만히 있을 수는 없소이다. 어떻게 해서든 요시노를 우리 자리로 데려 와서 감상하지 않고서는 이대로 끝낼 수는 없소."

쇼유는 안달을 하며 마른 입술을 다셨다. 고에쓰보다 훨씬 더 나이를 먹었는데도 이런 정도이니 젊은 시절에는 젊은 혈기로 꽤나 사람들의 애를 썩였을 것이 분명했다. 고에쓰가 쇼유를 보는 것은 다음번으로 넘기자고 달랬지만, 쇼유는 어떻게 해서든 요시노를 데리고 오라고 여자들에게 성화를 부렸다. 그런 모습을 본 소녀들은 자지러지듯 웃음을 터뜨렸다. 그렇게 어느덧 술자리는 밖에서 내리는 눈과 함께 절정으로 치닫고 있었다.

무사시가 틈을 살펴 슬쩍 일어나 자리를 비웠지만 아무도 그의 자리가 빈 것을 깨닫지 못했다.

연화왕원의
결투

무슨 생각으로 아무 말 없이 술자리를 빠져 나왔을까? 무사시는 복도로 나왔지만 오기야의 넓고 깊은 건물 안에서 방향을 잃어버리고 갈팡질팡하고 있었다. 환한 객실 방 쪽에서는 손님들의 목소리와 노랫소리가 떠들썩했는데 그곳을 벗어나자 어두침침한 본채의 침실과 도구를 넣어 두는 방이 눈에 들어왔다. 가까운 곳에 부엌이 있는지 음식 냄새가 어두운 벽과 기둥에서 물큰하게 풍겨왔다.

"손님, 이곳에 오시면 안 됩니다."

근처 어두운 방에서 나오던 한 소녀가 무사시와 마주치자마자 손을 들어 통로를 가로막았다. 술자리에서 보던 때의 천진스러움과 귀여움은 어디로 갔는지 자신들의 권리를 침해당한 것처럼 눈을 흘겼다.

"이곳은 손님께서 오실 데가 아니에요. 빨리 저쪽으로 가세요."

소녀는 꾸짖듯 다그쳤다. 화려하게 보이는 자신들의 생활의 지저분

미야모토 무사시 4_바람風의 장

한 이면을 조금이라도 다른 사람에게 보인다는 것은 이 작은 소녀에게도 화가 나는 일인 모양이었다. 동시에 손님으로서의 예의를 알지 못하는 무사시를 경멸하여 그렇게 말하는 건지도 몰랐다.

"아, 여기엔 오면 안 되는구나?"

무사시가 말하자 소녀는 무사시의 허리를 떠밀며 걸었다.

"안 돼요, 안 돼."

무사시가 소녀를 보며 물었다.

"너는 아까 툇마루에서 눈밭으로 떨어진 링야라는 아이지?"

"예, 맞아요. 손님께선 화장실에 가시려다 길을 잃으셨죠? 제가 데려다 드릴게요."

링야는 무사시의 손을 잡고 앞으로 당겼다.

"아니다. 나는 취한 게 아니야. 미안하지만 저쪽 빈 방에서 밥을 좀 먹을 수 있겠니?"

"밥요?"

소녀는 눈을 동그랗게 뜨고 물었다.

"밥이라면 자리로 갔다 드릴 텐데."

"모두가 저처럼 흥겹게 술을 마시고 있으니 말이다."

무사시의 말에 링야는 고개를 외로 꼬면서 말했다.

"그것도 그러네요. 그럼 여기로 갖다 드릴게요. 반찬은 뭐가 좋으세요?"

"아무것도 필요 없고 주먹밥 두 개 정도면 된단다."

"그럼 주먹밥이면 되죠?"

링야는 안쪽으로 달려가더니 무사시가 말한 것을 곧 가져왔다. 무사시는 불도 없는 빈 방에서 그것을 다 먹고서 물었다.

"여기 뒤뜰로 해서 밖으로 나갈 수 있지?"

그러고는 무사시가 일어서서 마루에서 계단으로 걸어가자 깜짝 놀란 링야가 물었다.

"손님, 어디 가시는 거예요?"

"곧 돌아오마."

"그렇지만 그런 곳으로……."

"대문으로 나가기도 내키지 않고, 또 고에쓰 님과 쇼유 님이 알면 아무래도 주흥이 깨질지도 모르고 번거롭기도 하니 말이다."

"그럼 그곳 문을 열어 드릴 테니 곧 돌아오셔야 해요. 만일 돌아오시지 않으면 제가 꾸중을 들을지도 몰라요."

"그래, 금방 돌아오마. 만약 고에쓰 님이 물으시면 연화왕원蓮華王院 근처에 아는 사람을 만나러 나갔는데 곧 돌아올 예정이라고 말하고 갔다고 전해다오."

"예정으로는 안 돼요. 꼭 돌아오셔야 해요. 손님의 상대는 제가 시중을 들고 있는 요시노 님이니까요."

링야는 눈이 쌓인 사립문을 열고 무사시를 바깥으로 내보내 주었다.

유곽의 바깥 대문 바로 밖에는 삿갓을 만드는 가게가 있었다. 무사시는 그곳에서 짚신이 있는지 물었지만, 유곽에 들어가는 남자들이 얼굴을 가리기 위해 삿갓을 사는 가게여서 짚신이 있을 리가 없었다.

"미안하지만 어디서 구해 줄 수는 없겠니?"

무사시는 그곳의 여자아이에게 부탁을 한 후에 탁자 끝에서 옷차림을 단단히 고쳐 매고 있었다. 웃옷을 벗어서 단정히 접어 두고 붓과 종이를 빌려 한 줄을 쓰고는 옷의 소매 안에 가만히 넣었다.

"주인장!"

무사시는 안쪽의 화로 탁자에 웅크리고 있는 노인에게 그것을 맡기면서 부탁했다.

"죄송하지만 이 옷을 좀 맡아 주시겠습니까? 만약 제가 열한 시까지 여기로 돌아오지 않으면 이 옷과 안에 넣어 둔 편지를 오기야에 계신 고에쓰 님께 전해 주셨으면 합니다."

"예예, 그야 어려운 일이 아니니 잘 맡아 놓겠습니다."

"그런데 지금이 유시酉時입니까 술시戌時입니까?"

"아직 그렇게는 안 되었을 겁니다. 오늘은 눈이 내려 날이 빨리 어두워졌기 때문에 말이죠."

"방금 오기야를 나오기 전에 그 집의 토규土圭가 울리던데."

"그럼 얼추 유시 정도일 겝니다."

"아직 그렇게밖에 되지 않았군."

"날이 저문 지 얼마 되지 않았으니, 오가는 사람들을 봐도 알 수 있습니다."

그때 여자아이가 짚신을 사 왔다. 무사시는 꼼꼼하게 짚신 끈의 상태를 살펴보고 나서 가죽 버선 위로 신었다. 그의 처지로서는 제법 많은 돈을 건네고 삿갓을 하나 사서 머리에 쓰고는 흩날리는 꽃잎보다 부드러운 눈을 털어 내면서 눈길을 걸어 어딘가로 향했다.

시조四条의 가와라河原[18] 부근에는 인가의 등불이 드문드문 보였는데 기온祇園의 나무숲으로 한 발 들어가자 그곳에는 눈이 드문드문 쌓여 있었고 발밑도 캄캄했다.

가끔 기온 숲에 둘러싸여 있는 등롱이나 신등神燈의 불빛이 희미하게 보였다. 신사의 불당이나 사당에도 사람이 없는 듯 고즈넉했다. 그저 때때로 나뭇가지에서 눈이 떨어지는 소리가 들렸지만 그나마도 이내 적막에 휩싸였다.

"자, 그만 가자."

기온 신사 앞에서 이마를 대고 엎드려서 무언가를 기원하던 한 무리의 사람들이 우르르 일어섰다. 그때 화정산花頂山에 있는 절들에서 술시戌時를 알리는 종소리가 다섯 번 울렸다. 눈 내리는 밤이어서 그런지 유독 종소리가 애간장을 녹이듯 청아하게 들렸다.

"사제님, 신발 끈은 괜찮겠습니까? 이토록 얼어붙게 추운 밤에는 끈을 단단히 매면 끊어지기 쉽습니다."

"걱정 말게."

요시오카 덴시치로였다. 친족과 문하의 제자 열일고여덟 명이 그를

---

18 교토의 시조 대교 아래로 흘러가는 가모 강鴨川의 주변.

둘러싸고 추위도 잊은 듯 긴장된 얼굴을 하고 있었다. 그들은 덴시치로를 감싸고 연화왕원 방향으로 걸음을 옮겼다. 덴시치로는 방금 일어섰던 기온 신사의 참배전 앞에서 한 치의 틈도 없이 결투 준비를 끝낸 참이었다. 머리띠와 가죽으로 된 어깨끈은 말할 필요도 없었다.

"짚신? 이런 때는 짚신 끈으로 천을 써야 한다. 너희들도 기억해 두어라."

덴시치로는 하얀 입김을 깊이 내쉬며 무리의 한가운데에서 눈을 밟으며 걷고 있었다. 해가 저물기 전, 오타구로를 비롯한 세 명의 제자들이 무사시에게 건넨 결투장에는 다음과 같이 적혀 있었다.

장소: 연화왕원 안뜰

시간: 술시戌時 하각下刻 [19]

내일까지 기다리지 않고 오늘 밤 술시로 정한 것은 그것이 좋다는 덴시치로의 의견에 친족과 문하생 들이 찬성했기 때문이다.

"시간을 줘서 만약 도망치기라도 하면 다시는 교토에서 그를 잡을 수 없게 될 것이다."

사자로 갔던 오타구로가 덴시치로 무리 속에 보이지 않는 걸로 보아, 그는 혼자 후나바시의 하이야 쇼유의 집 부근에 남아 무사시를 은밀히 미행하고 있는지도 몰랐다.

---

19 두 시간을 삼등분한 마지막 40분간.

"누군가, 저쪽에 와 있는 것 같다."

덴시치로는 그렇게 말하면서 연화왕원의 처마 아래 눈 속에서 빨갛게 모닥불을 피우고 있는 사람을 멀리서 바라보았다.

"미이케와 우에다일 겁니다."

"뭐? 미이케와 우에다까지 왔단 말이냐?"

덴시치로는 탐탁치 않은 표정을 지었다.

"무사시 한 놈을 치는데 너무 많이들 왔군. 이러다가 무사시를 처치해도 떼거리로 달려들어 해치웠다는 말을 들으면 내 체면이 뭐가 되겠는가?"

"시간이 되면 저희들은 물러나 있겠습니다."

연화왕원의 긴 불당 복도는 흔히 '서른세 칸 당堂'이라고 불렸다. 그 긴 복도는 활을 쏘기에도 좋은 거리이고 과녁을 세워 두기에도 좋았기 때문에 활을 쏘기에는 안성맞춤인 장소였다. 그래서 언제부터인지 활을 가지고 와서 혼자서 연습을 하는 사람이 조금씩 늘고 있었다. 덴시치로는 그런 연유로 오늘 밤의 시합 장소로 이곳을 떠올리고 무사시에게 전했는데, 막상 와서 보니 활쏘기보다 결투 장소로 더욱 적합한 곳이었다.

몇 천 평이나 되는 평평한 대지가 아름답게 눈으로 살짝 덮여 있었다. 군데군데 소나무가 있었지만 그것도 빽빽한 숲이 아닌 띄엄띄엄 있어서 이 사원의 풍치를 한층 돋보이게 하고 있었다.

"오시는군."

먼저 와서 불을 피우며 기다리고 있던 문하생이 덴시치로의 모습이 보이자 불 옆에서 일어났다.

"추우셨지요? 아직 시간이 꽤 남았습니다. 몸을 충분히 덥히시고 준비하셔도 늦지 않을 것입니다.

미이케와 우에다였다. 덴시치로는 우에다가 앉았던 자리에 아무 말 없이 앉았다. 이미 기온 신사 앞에서 준비는 끝내고 온 길이었다. 덴시치로는 모닥불에 손을 쬐며 양손의 손가락 마디를 하나씩 꺾어 소리를 내며 주물렀다.

"좀 일찍 온 것 같군."

덴시치로는 모닥불을 쬐면서 조금씩 살기를 띠기 시작한 얼굴을 찡그리며 말했다.

"방금 오다 보니 중간에 찻집이 있더군."

"눈이 이리 내리니 벌써 문을 닫았더군요."

"문을 두드리면 나올 테니, 누가 가서 술을 좀 받아 오지 않겠나."

"예? 술을요?"

"그래, 술이 없으니 굉장히 춥군."

덴시치로는 그렇게 말하고는 불을 껴안을 듯 몸을 움츠렸다. 아침저녁으로, 또 도장에 있을 때에도 덴시치로에게서 술 냄새가 사라진 적이 없었음을 알고 있었다. 그러나 오늘 밤, 곧 일문의 흥망을 건 결투를 벌일 적을 기다리는 이 순간에 제자들은 평소와 달리 술이 덴시치로에게 이로울지 해로울지에 대해 깊이 생각하지 않을 수 없었다. 제자들 중에는 손발이 얼어붙은 채로 검을 잡는 것보다 술을 조금 마셔서 몸을 녹이는 편이 오히려 좋다고 생각하는 사람이 많았다.

"사제가 저렇게 말씀하시는데 기분을 상하게 하는 것도 좋지 않다."

옳은 생각이라며 제자 중 두세 명이 뛰어가더니 얼마 후에 술을 사왔다.

"오, 왔군. 무엇보다 도움이 되는 것이 바로 이것이다."

덴시치로는 모닥불의 재에 데운 술을 잔에 따라 기분 좋게 마시고는 투지로 가득 찬 숨을 토해 냈다. 여느 때처럼 술을 많이 마시면 좋지 않다며 조마조마해 하는 자도 있었지만, 덴시치로는 그런 걱정이 필요 없을 정도로 평소보다 조금밖에 마시지 않았다. 자신의 생명과 관계되는 대사를 목전에 앞두고 있는 그로서도 겉으로는 호방하게 행동을 하고 있지만, 여기에 있는 그 누구보다 속으로 긴장을 하고 있는 사람은 바로 그 자신이었다.

"어, 무사시?"

불현듯 누군가 이렇게 소리쳤다.

"왔느냐?"

모닥불을 둘러싸고 있던 사람들이 일시에 소맷자락을 날리며 벌떡 일어서자 눈이 내리는 하늘 위로 빨간 불똥이 흩날렸다. 서른세 칸 당의 긴 건물 모퉁이에 모습을 드러낸 검은 그림자가 멀리서 손을 들었다.

"날세, 나야."

그림자가 그렇게 말하며 다가왔다. 등이 구부정하게 굽은 늙은 무사였다. 그는 치렁한 겉옷의 아랫단을 짧게 걷어 올리고 전쟁에라도 나가는지 꽤나 신경을 써서 준비한 모습이었다. 문하생들이 그를 보고는 겐자에몬源左衛門 님이다, 미부壬生의 노인이다 말하더니 이내 입을 꾹 다물었다. 미부의 겐자에몬이라는 이 늙은 무사는 선대인 요시오카 겐포의 친동생이 되는 사람으로 세이주로나 덴시치로에게는 숙부가 되는 사람이었다.

"아니, 숙부님, 어떻게 여기까지?"

덴시치로는 숙부가 여기에 오리라고는 상상도 하지 못했다는 듯 놀란 얼굴로 맞았다. 겐자에몬이 불 옆으로 오더니 말했다.

"덴시치로, 너 정말로 하려는 게로구나. 아니, 너의 그 모습을 보니 이젠 안심했다."

"숙부님께도 상의를 하려고 했습니다만……."

"나와 상의를 할 것도 없었다. 요시오카의 이름에 먹칠하고, 세이주로를 그렇게 만들었는데 가만히 있었다면 내가 너를 꾸짖기 위해서라도 오려고 생각하던 참이었다."

"안심하십시오. 저는 유약한 형님과는 다릅니다."

"나도 그렇게 믿고 있다. 네가 진다고 생각하진 않으나, 한 마디 격려해 주려 미부에서 예까지 달려온 것이다. 덴시치로, 적을 너무 깔보면 안 된다. 소문을 듣자하니 무사시라는 자도 만만치 않은 자인 듯하다."

"잘 알고 있습니다."

"이기겠다고 서두르면 안 된다. 천명에 맡기거라. 만일의 경우, 네 뼈는 이 겐자에몬이 수습해 주마."

"하하하하."

덴시치로는 웃으면서 술잔을 숙부에게 내밀었다.

"숙부님, 추우실 텐데."

겐자에몬은 잠자코 술잔을 받아 마시고는 제자들을 둘러보며 말했다.

"너희들은 무얼 하러 온 게냐? 설마 도우려는 것은 아니겠지? 그럴 생각이 아니라면 이젠 그만 물러나 있는 편이 좋다. 이렇게 떼거리로 모여 있으면 이쪽이 약하게 보일 것이고 또 이겨도 사람들이 이러쿵 저러쿵 입방아를 찧을 게다. 자, 이제 시간도 가까워졌으니 나와 함께 어디 멀리 물러나 있기로 하자."

귓가에 종소리가 크게 울린 지 한참이 지난 듯했다. 그때가 분명 술 시였다. 그렇다면 약속한 술시의 하각下刻이 다가오고 있었다.

'무사시가 늦는군.'

덴시치로는 하얗게 눈이 내린 주변을 둘러보면서 혼자서 타다 남은 모닥불을 쬐고 있었다. 미부의 겐자에몬 숙부가 주의를 주자 문하생들은 모두 멀리 물러갔고 눈 위에는 검은 발자국만이 어지럽게 찍혀 있었다.

'우두둑', 때때로 둔탁한 소리가 들렸다. 서른세 칸 당의 처마에 달린 고드름이 부러져서 떨어지는 소리였다. 또 어디에선가 눈의 무게를 견디지 못하고 나뭇가지가 부러지는 소리도 들렸다. 그때마다 덴시치로의 눈은 매처럼 번득였다.

그때, 매의 그림자를 닮은 한 사내가 눈을 밟으며 저편 나무 사이에서 재빠르게 덴시치로 옆으로 달려왔다. 저녁때부터 무사시의 행동을 감시하면서 이쪽과 연락을 취해 오던 몇 명 중에서 마지막까지 남아 있던 오타구로 효스케였다. 이날 밤의 대사가 눈앞까지 닥쳐왔다는 것을 그의 표정만으로도 알 수 있었다. 그는 재빨리 달려와서 숨을 헐떡이며 말했다.

"왔습니다!"

덴시치로는 그가 말을 하기도 전에 이미 눈치를 채고 불 옆에서 일어나 있었다. 그리고 그의 말에 똑같이 되물었다.

"왔는가?"

그러고는 타다 남은 모닥불을 발로 비벼서 껐다.

"로쿠조 야나기마치의 삿갓 가게를 나선 후, 무사시란 놈은 눈이 내리는데도 소같이 느릿느릿 걷더니, 방금 기온 신사의 돌계단을 올라 경내로 들어섰습니다. 저는 돌아서 이리 왔으니 느린 걸음으로도 벌써 모습이 보일 때가 되었습니다. 준비하십시오!"

"알았다."

"예."

"저편으로 가 있게."

"다른 사람들은?"

"모른다. 근처에 있으면 방해가 되니 그만 물러가게."

"옛."

오타구로는 그렇게 대답은 했지만 그곳을 떠날 마음이 들지 않았다. 그는 덴시치로가 발로 밟아서 불을 완전히 끈 뒤에 몸을 가늘게 떨면서 처마 밑에서 걸어 나가는 것을 끝까지 지켜보더니 반대 방향에 있는 불당의 마루 밑으로 기어 들어가 어둠 속에서 움츠리고 있었다. 마루 밑에 있으니 밖에서는 생각지도 못한 찬바람이 불어왔다. 오타구로는 자신의 무릎을 끌어안은 채 뼛속까지 스머드는 추위를 참고 있었다. 이가 덜덜 떨려 왔다. 그는 그것이 추위 때문이라고 스스로에게 말하며 몸을 부들부들 떨고 있었다.

'어찌된 걸까?'

밖이 대낮보다 훨씬 선명하게 보였다. 덴시치로의 그림자는 서른세 칸 당 아래에서 약 백 보 가량 떨어진 키가 큰 소나무 아래에 우뚝 서서 무사시가 모습을 드러내기를 이제나저제나 기다리고 있었다.

오타구로가 짐작했던 시간이 벌써 지났는데도 무사시는 아직 나타나지 않았다. 눈은 저녁 무렵만큼은 아니지만 팔랑이며 내리고 있었고 추위는 살을 도려내는 듯했다. 불기운도 술기운도 식어 가자 초조해하는 덴시치로의 모습을 멀리서도 알 수 있었다.

후드득, 갑자기 어디선가 소리가 들렸다. 덴시치로는 신경을 집중시켰다. 그러나 그 소리는 나뭇가지 끝에서 폭포처럼 눈이 떨어지는 소리였다. 기다리는 사람의 입장에서는 이런 경우에 순간순간, 아주 짧은 순간이라고 해도 견딜 수 없을 만큼 초조해지기 마련이었다. 덴시치로의 마음도, 오타구로의 마음도 예외는 아니었다. 특히 오타구로는 자신이 한 보고에 책임감을 느끼면서 살을 파고드는 추위를 견디며 초조하게 무사시를 기다렸다. 그러나 더는 참을 수가 없었는지 마루 밑에서 나와 저편에 서 있는 덴시치로에게 소리쳤다.

"어떻게 된 걸까요?"

"오타구로, 아직 있었느냐?"

덴시치로도 같은 심정으로 이렇게 대답했다. 누구랄 것도 없이 두 사람은 서로에게 다가갔다. 그리고 온통 새하얗기만 한 주위를 둘러보면서 중얼거렸다.

"오지 않는군!"

덴시치로가 신음하듯 계속 중얼거렸다.

"이놈, 도망쳤군."

"아니, 그럴 리가……."

오타구로는 곧 부정하고는 자신이 이제껏 확인했던 상황을 덴시치로에게 설명을 하고 있었다.

"어?"

그의 말을 듣고 있던 덴시치로의 눈이 문득 옆으로 향했다. 연화왕원의 부엌 쪽에서 깜빡하고 촛대의 불이 깜빡였다. 불을 들고 스님 한 명이 오고 있었는데 그 뒤로 누군가 따라오고 있었다. 두 사람의 그림자와 한 개의 작은 등불이 이윽고 경내의 문을 열고 서른세 칸 불당의 긴 마루 끝에 서서 작은 소리로 이렇게 이야기를 했다.

"밤에는 문을 모두 닫아걸기 때문에 잘은 알 수 없지만, 분명 저녁 무렵에 이 부근에서 몸을 녹이던 무사들이 있었습니다. 그들이 당신이 찾는 분들인지도 모르겠지만 이젠 아무도 없는 듯합니다."

중이 하는 말이었다. 안내를 받아서 이곳까지 온 사람이 중에게 공손히 감사의 뜻을 전했다.

"쉬시는데 폐를 끼쳐 죄송합니다. 저쪽 나무 밑에 두 사람이 서 있는 것 같은데 저들이 연화왕원에서 기다린다고 한 사람들일지도 모르겠습니다."

"그러시면 확인해 보시지요."

"이젠 괜찮으니 그만 돌아가시도록 하시지요."

"한데, 눈 구경이라도 하시려고 만나는 것인지요?"

"뭐, 그렇습니다."

사내가 가볍게 웃자 중은 불을 끄면서 말했다.

"말씀드리지 않아도 잘 아시겠지만, 만약 이 불당 근처에서 아까처럼 불이라도 피우게 된다면 나중에 불씨가 남지 않도록 주의를 부탁드립니다."

"알겠습니다."

"그럼 이만."

중은 그곳의 문을 닫고 부엌 쪽으로 사라졌다. 남아 있던 사내는 잠시 덴시치로 쪽을 보면서 서 있었다. 그곳은 처마의 그늘진 곳이었는데 눈에 반사된 빛이 눈을 찌르듯 강했기 때문에, 그곳은 한층 짙고 어둡게 느껴졌다.

"오타구로, 누구지?"

"부엌 뒤편에서 나온 것 같습니다."

"절에 있는 사람은 아닌 듯하다."

"글쎄요……."

두 사람은 불당의 마루 쪽으로 스무 걸음 정도 다가갔다. 그러자 불당의 끝 쪽에 있던 검은 그림자도 위치를 옮겨서 긴 마루의 중간쯤까지 오더니 걸음을 멈췄다. 그리고 메고 있던 가죽 어깨끈의 끝 부분을 왼쪽 소매 사이로 넣어 단단하게 조여 매는 듯했다.

서로 그 모습을 확인할 수 있는 거리까지, 아무 생각 없이 걸어가던 두 사람은 흠칫 놀라며 눈 속에 그대로 멈춰 섰다. 그렇게 두세 호흡의 시간이 흘렀다.

"앗, 무사시!"

덴시치로가 큰 소리로 외쳤다. 서로 정면에서 응시하게 되었을 때, 덴시치로가 '무사시!' 하고 처음 외친 순간부터 결투에서 이미 무사시가 절대적으로 유리한 위치를 점했음을 부정할 수 없었다. 두 사람이 대치하고 있는 위치를 보면 더 잘 알 수 있었다. 무사시가 적보다 몇 자나 높은 마루 위에 있는 반면에 덴시치로는 적이 눈 아래로 내려다보는 위치에 있었던 것이다.

그뿐만 아니라 무사시는 절대적으로 배후가 안전했다. 서른세 칸 불당의 긴 벽을 뒤로 하고 있기 때문에 설사 좌우에서 협공을 하려는 자가 있어도 마루의 높이가 자연스럽게 방어를 해 주고 있었고, 뒤를 격정할 필요 없이 한쪽 방향에 있는 적에게만 집중할 수 있었다. 반면에 덴시치로의 배후는 눈바람이 몰아치는 드넓은 공터였다. 비록 상대인 무사시에게 같은 편이 없다는 사실을 알고 있더라도 결코 등 위의 넓은 공터를 의식하지 않을 수 없었다. 그러나 다행스럽게도 그의 옆에는 오타구로가 있었다.

"오타구로, 저리 물러나 있거라!"

덴시치로는 오타구로가 섣불리 끼어드는 것보다 멀리 떨어져서 두 사람의 지금 위치를 지켜보는 것이 오히려 도움이 된다고 생각했음이 분명했다.

"준비되었나?"

무사시가 물었다. 더없이 차분한 말투였다.

'이자군.'

덴시치로는 무사시의 얼굴을 본 순간, 증오로 불타올랐다. 거기에는 형에 대한 원한도 묻어 있었다. 자신과 무사시를 비교하는 세간의 께름칙한 평판도 있었다. 또 시골 출신의 검객이라는 경멸도 머릿속에 있었다.

"닥쳐라!"

맞받아치듯 이렇게 내뱉은 것은 그로서는 자연스러운 반응이었다.

"준비되었나, 라니. 무사시! 벌써 술시 하각이 지났다."

"하각 종소리가 울릴 때라고 하지 않았다."

"궤변을 늘어놓지 마라. 나는 벌써 와서 준비를 한 채 기다리고 있었다. 자, 내려오너라."

불리한 위치에서 무모하게 달려들 만큼 덴시치로도 상대를 가볍게 여기지는 않았다. 그렇게 말해서 적을 유인하려는 의도였다.

"지금."

가볍게 답을 한 무사시는 기회를 살피고 있는 듯한 눈길이었다.

덴시치로 역시 눈앞에 무사시를 둔 이후부터 기회를 엿보며 온몸이 전의로 불타올랐지만, 무사시 쪽에서는 그의 눈앞에 자신의 모습을 보이기 전부터 이미 결투가 시작되었다고 여기고 전략을 세우고 임하고 있었다.

무사시의 의중을 알 수 있는 증거로, 먼저 그는 일부러 길이 아닌 사원의 한가운데를 지나왔다. 이미 쉬고 있는 절의 중에게 폐를 끼치면서까지 넓은 경내를 헤매지 않고 이 불당의 마루로, 갑자기 건물을 따라온 것을 보더라도 알 수 있었다. 기온 신사의 돌계단을 올랐을 때, 무사시는 눈 위에 찍혀 있는 많은 사람들의 발자국을 봤음이 틀림없었다. 그 순간, 그의 머리가 재빨리 움직였다. 자신의 뒤를 밟고 있던 자가 사라지자 무사시는 연화왕원 뒤편으로 가기 위해 일부러 정문 쪽으로 들어가 버렸던 것이다. 시간이 다소 지난 것을 알면서도 절의 중에게 저녁 무렵부터 이 부근에 대한 사전 지식을 얻고 차도 한 잔 마시며 몸을 녹인 후에 적을 만나야겠다는 계획을 세운 것이었다.

무사시는 이렇게 첫 번째 기회를 잡았다. 두 번째 기회는 지금 덴시치로 쪽에서 계속해서 유인하고 있었다. 그의 유인에 응해서 싸움에 임하는 것도 전법이었고, 그것을 무시하고 자신이 기회를 만드는 것 역시 전법이었다. 승패의 갈림길은 흡사 물에 비친 달의 모습을 닮았다. 이지理智와 힘을 과신하고 그 달을 온전히 잡으려고 하면 오히려 물에 빠져 목숨을 잃을 것이 자명했다.

"늦은 것도 모자라 아직 준비도 하지 못했느냐? 여긴 발밑이 나쁘다."

무사시는 초조해하는 덴시치로에게 느긋하게 말했다.

"지금 간다."

화를 내는 것이 패배로 가는 지름길이라는 사실을 덴시치로도 모르지 않았다. 그러나 마치 일부러 그렇게 행동하는 듯한 무사시의 태도를 보고 있자니 평소에 했던 수양을 잃어버리면서 평정심을 유지할 수가 없었다.

"더 넓은 곳으로 내려오너라! 서로 이름을 더럽히지 않도록 깨끗하게 승부를 내자. 나 요시오카 덴시치로는 고식古式적인 행동이나 비겁한 결투 따위는 한 적이 없다. 무사시! 대결도 하기 전에 지레 겁먹어서야 이 덴시치로 앞에 설 자격이 없다. 그곳에서 내려와라!"

덴시치로의 목소리가 점점 높아지자 무사시는 이를 조금 보이며 살짝 웃었다.

"요시오카 덴시치로는 이미 작년 봄에 내가 두 동강이를 냈다! 한데 오늘 또 베면 그대를 두 번 죽이는 것이다!"

"뭐라? 언제, 어디서?"

"야마토의 야규에서."

"야마토라고?"

"와타야緜屋라는 여인숙의 목욕탕에서다."

"뭣이, 그때?"

"우리 둘 다 칼을 가지고 있지 않은 목욕탕 안이었지만, 나는 그대를 벨 수 있을까 마음속으로 가늠하고 있었다. 그리고 눈으로 단칼에 베어 버렸다. 그러나 그대는 아무런 반응도 보이지 않았을뿐더러 깨닫지도 못하였다. 그대가 검으로 입신하려는 자라고 호언한다면 다른 사람 앞에선 몰라도 이 무사시 앞에서 그런 말을 입에 담는 것은 조롱거리밖에 되지 않는다."

"무슨 소리를 하는가 했더니 얼토당토않은 헛소리를 지껄이는구나. 허나 다소간 재미는 있구나. 그 독선에서 눈을 뜨게 해 주마. 와라! 저쪽에 서거라."

"그런데 덴시치로, 검은 목검인가 진검인가?"

"목검을 가지고 오지도 않았으면서 무슨 소리이냐? 진검으로 할 각오로 오지 않았느냐?"

"상대가 목검을 원한다면 상대의 목검을 빼앗아 치려 했다."

"허풍 떨지 마라."

"그렇다면."

"앗!"

덴시치로의 뒤꿈치가 눈 위에서 여섯 자 반 정도의 사선을 그리더니 무사시가 지날 공간을 열어 주었다. 그러나 무사시는 마루 위에서 옆으로 열두세 자 정도 걸어가더니 눈 위로 내려섰다. 두 사람은 불당의 마루에서 그리 멀리 떨어지지는 않았다. 덴시치로는 무사시가 그곳으로 걸어갈 때까지 더 이상 기다릴 수 없었던 것이다. 상대에게 압박을 가하듯 불시에 일갈을 하더니, 그의 체구에 어울리는 장검으로 날카로운 소리와 함께 무사시가 있던 위치를 정확하게 갈랐다.

그러나 목표를 베는 칼의 정확함이 반드시 적을 양단하는 정확함을 보장하는 것은 아니다. 덴시치로의 칼의 속도보다 상대의 움직임이 더 빨랐다. 아니 그 이상으로 빨랐던 것은 상대의 늑골 아래에서 나온 흰 칼날이었다. 두 자루의 칼이 번쩍하고 허공에서 섬광을 발한 것을 본 후에는 하얀 눈이 땅으로 떨어져 내리는 모습조차 너무나 느리게만 보였다.

하지만 눈이 내리는 속도에도 악기의 음계처럼 서파급序破急[20]이 있었다. 바람이 불자 급急으로 변하더니 땅 위의 눈을 말아 올려 회오리바람이 일자 파破를 일으켰다. 그리고 다시 백로의 깃털이 춤을 추는 것처럼 조용히 내리는 눈의 풍경으로 돌아오더니 땅으로 내려앉았다.

"……."

"……."

무사시와 덴시치로의 칼이 서로의 칼집에서 빠져나온 그 순간에는 이미 어느 한쪽의 육체는 무사할 수 없다고 여겨지는 지점까지 근접

---

20 일본의 아악雅樂인 무악舞樂에서 악곡을 구성하는 세 개의 악장을 말하는 것으로 서序는 '천천히', 파破는 '중간', 급急은 '빠르게'를 나타낸다.

미야모토 무사시 4_바람風의 장

했다. 두 개의 칼이 동시에 현란한 빛을 발하며 움직인 듯 보였다. 두 사람의 뒤꿈치가 눈보라를 일으키며 뒤로 물러선 순간, 두 사람의 몸은 여전히 건재한 듯했다. 흰 눈이 쌓인 대지에 한 방울의 피도 튀지 않은 것이 기적으로밖에 생각되지 않았다.

"……."

"……."

그 이후로 두 자루의 칼은 칼끝과 칼끝 사이에 아홉 자 정도의 거리를 둔 채 미동도 하지 않았다.

덴시치로의 눈썹에 눈이 쌓이고 있었다. 그 눈이 녹아 이슬이 되더니 속눈썹 안으로 흘러드는 듯했다. 그래서인지 얼굴을 찡그릴 때마다 그의 얼굴 근육이 무수한 혹처럼 꿈틀거리다가 갑자기 커다란 눈을 부릅뜨기도 했다. 눈에서 튀어나올 듯한 눈동자는 마치 쇠를 녹이고 있는 용광로의 작은 창과 같았고, 입술은 지극히 평온하게 아랫배에서 올라오는 호흡을 내쉬고 있는 듯했지만 실은 풀무처럼 뜨거운 화기火氣를 토해 내고 있었다.

'아뿔싸!'

덴시치로는 적과 대치하게 되자 이내 속으로 후회하고 있었다.

'왜, 하필 오늘따라 칼을 눈가에 갖다 댄 것일까? 평소처럼 머리 높이 들지 않았던 것일까?'

머릿속에서 끊임없이 이런 후회가 밀려왔다. 하지만 지금 그는 평소처럼 만사를 머리만으로 한가로이 판단할 수 있는 상태가 아니었다.

온몸의 혈관 속에서 아우성을 치고 소용돌이치며 휘돌아 나가는 피가 모든 사고력을 빨아들이는 것처럼 느껴졌다. 머리털과 눈썹이, 온몸의 털이, 발톱까지도 본능적으로 곤두서서 적을 향해 전의를 드러내고 있었다.

 덴시치로는 지금의 자세로 칼을 잡고 있는 것은 ―칼을 눈가에서 겨눈 채 싸우는 것은― 자신에게 어울리지 않는 자세라는 것을 잘 알고 있었다. 그래서 아까부터 몇 번이나 팔꿈치를 들어 정면으로 고쳐 잡기 위해 칼끝을 들려고 했지만 도저히 들 수가 없었다. 무사시의 눈이 그 기회를 노리고 있었기 때문이었다.

 그런 무사시 역시, 팔꿈치를 느슨하게 든 채 칼을 눈가에 바짝 붙인 자세를 취하고 있었다. 덴시치로는 팔꿈치의 굴곡진 부분에 잔뜩 힘을 주고 있었지만 무사시의 팔꿈치는 손으로 누르면 자유자재로 움직일 듯 유연했다. 또한 덴시치로의 칼이 때때로 위치를 바꾸기 위해 움직이다가 멈추기를 반복하고 있는 것과는 반대로 무사시의 손에 있는 칼은 미동도 하지 않았다. 그 가느다란 칼등 위로 살며시 눈이 쌓일 정도로 움직임이 전혀 없었다. 무사시는 덴시치로가 흐트러지기를 기대하면서 그의 허점을 찾아보았다. 그의 호흡을 가늠했다. 오로지 그를 이기고자 했다. 무사시는 바로 지금이 생사의 갈림길이라고 생각했다. 그런 생각들이 머릿속을 스쳐 가는 동안, 상대인 덴시치로가 마치 거대한 바위처럼 보였다.

 '이자는……'

처음에 무사시는 눈앞의 거대한 존재에게서 느껴지는 일종의 압박
감을 도저히 지워 낼 수 없었다.

'적은 나보다 고수다.'

무사시는 솔직하게 생각했다. 고야규 성에서 네 명의 수제자들에게
둘러싸였을 때에도 똑같은 부담감을 느꼈다. 그는 야규류와 요시오카
류와 같은 정통 검법과 맞서면서 자신의 검이 얼마나 제멋대로이고
형태도 이론도 없는 자기류自己流인지 뼈저리게 깨달았다.

지금 덴시치로의 자세만 보아도 과연 선대가 일생을 바쳐 연구한,
단순함 속의 복잡함과 호방함 속의 면밀함을 하나로 담아낸 검형劍形
을 취하고 있었다. 단순히 힘이나 정신만으로 달려들어서는 절대로
깨트릴 수 없는 무언가가 있었다. 그것을 깨달은 무사시는 도저히 감
당할 수 없을 것 같은 기분에 사로잡혀 무모하게 달려들 수가 없었다.
그가 은연중에 자부하고 있던 자신만의 검술과 자유분방하면서도 거
친 움직임을 발휘할 수가 없었다. 믿기지 않을 정도로 생각대로 팔이
움직여 주지도 않았다. 시종일관 방어적인 자세를 취하는 것만이 전
부였다.

그래서인지 아무리 냉정을 유지하려고 해도 그의 눈은 상대의 허
점을 찾기 위해 혈안이 되었고, 반드시 이겨야 한다는 간절함과 초조
함으로 마음이 조급해졌다. 이런 경우에 어지간한 사람들은 거친 물
살에 휩쓸린 것처럼 당황하고 초조해하다 물에 빠져 죽고 만다. 그러
나 무사시는 아무런 심기心機를 붙잡지도 않고 그 위험한 자신의 혼미

함에서 물 위로 불쑥 떠올랐다. 그것은 그가 몇 번이나 생사의 경계를 넘나들며 얻은 체험 때문이었다. 무사시는 어느새 정신을 차리고 있었다.

"……."

"……."

두 사람은 여전히 같은 자세를 취한 채 대치하고 있었다. 무사시의 머리와 덴시치로의 어깨에 눈이 쌓였다.

"……."

"……."

이젠 눈앞의 바위와 같던 적은 사라지고 없었다. 동시에 무사시라고 하는 자아도 사라져 버렸다. 무사시의 가슴속에서 이기고자 하는 마음조차 어디론가 사라져 버리자, 필연적으로 그런 상태가 찾아왔다.

하얀 눈이 아홉 자 가량 벌어진 덴시치로와 무사시 사이의 공간으로 나풀거리며 조용히 내리고 있었다. 무사시는 하얀 눈의 마음이 마치 자신의 마음인 것처럼 가볍게, 그 공간이 마치 자신의 몸과 같이 넓게 느껴졌다. 그리고 천지가 무사시인지 무사시가 천지인지, 그는 있지만 그의 몸은 없었다.

어느 순간, 눈이 내리는 그 공간을 좁히며 덴시치로의 발이 앞으로 나와 있었다. 그리고 칼끝에 담긴 그의 의도가 꿈틀 움직이기 시작했다.

"이얏!"

무사시는 등 뒤를 향해 칼을 휘둘렀다. 무사시의 등 뒤에서 다가온 오타구로의 머리를 향해 옆으로 날아간 칼이 흡사 짚단을 베는 것 같은 소리를 냈다. 커다란 꽈리 같은 머리가 무사시 옆을 지나 덴시치로가 있는 방향으로 허우적거리며 걸어갔다. 순간, 무사시의 몸이 걸어가는 시체의 뒤를 이어 하늘 높이 날아올랐다.

"아악!"

사방의 정적을 깨뜨리는 찢어질 듯한 비명이 울렸다. 덴시치로의 입에서 나온 소리였다. 온몸에서 발산된 기합 소리가 갑자기 중간에 뚝 부러진 것처럼 허공에 울려 퍼진 순간, 그의 커다란 몸이 뒤로 비틀거리더니 쿵 하고 하얀 눈 속으로 쓰러졌다.

"잠, 잠깐."

땅 위로 쓰러진 몸을 구부리며 눈 속에 얼굴을 묻은 채, 덴시치로가 신음하듯 말했을 때에는 이미 그곳에 무사시의 그림자는 있지 않았다.

"앗!"

"사제님이다."

"크, 큰일이다."

"모두 와라."

파도가 밀려오듯 검은 그림자들이 달려왔다. 낙관하며 멀리 떨어져서 승부가 나기를 기다리고 있던 미부의 겐자에몬과 문하생들이었다.

"앗, 오타구로까지."

"사제님!"

"덴시치로 님!"

모두들 이름을 불러도, 응급처치를 해도 이미 늦었다는 사실을 깨달았다. 오타구로는 칼자국이 오른쪽 귀부터 시작해서 입안까지 이어져 있었고 덴시치로는 정수리에서 시작해서 콧등을 조금 지나 광대뼈까지 약간 비스듬히 베여져 있었다. 두 사람 다 단칼에 쓰러진 것이다.

"그, 그래서 내가 말하지 않았느냐. 적을 얕잡아 보다가 이렇게 된 것이다. 덴, 덴시치로! 얘야, 덴시치……."

겐자에몬은 조카의 몸을 부여안고, 소용없다는 것을 알면서도 시체를 향해 원통한 듯 소리를 쳤다.

어느새 사람들이 밟고 있는 눈 위가 붉게 물들어 있었다. 죽은 자에게 정신이 팔려 있던 겐자에몬이 망연자실해 있는 자들에게 화를 내며 호통을 쳤다.

"상대는 어떻게 됐느냐?"

다른 자들도 상대가 어디 있는지 생각하지 않은 것은 아니었지만 아무리 둘러봐도 무사시의 모습을 시야에서 찾을 수가 없었다.

"사라졌다."

"없습니다."

"없을 리가 있느냐?"

그들이 멍한 얼굴로 대답하자 겐자에몬은 이를 갈면서 말했다.

"우리가 달려올 때까지 여기에 서 있던 모습을 분명 보지 않았느냐! 설마 날개가 달린 것도 아닐 터. 단칼에 무사시의 목을 베지 않고서는 요시오카 일족인 이 겐자에몬의 체면이 서지 않는다."

그때 무리 중 한 명이 앗, 하고 소리를 지르며 손가락으로 한 곳을 가리켰다. 다른 사람들이 그 소리에 놀란 듯 모두 뒤로 한 걸음씩 물러서며 그자가 가리키는 방향을 바라보았다.

"무사시!"

"아, 저기 있군."

"흐음……."

일순, 뭐라고 표현할 수 없는 적막이 그들을 감쌌다. 사람이 없는 천지의 고요함보다 갑자기 사람들 속에 솟아나온 적막이 더욱 불길한 기운을 담고 있었다. 그들의 눈동자는 그저 시선 끝에 있는 대상을 담고만 있을 뿐, 귓전이나 머릿속은 텅 비어 생각이 멈춘 듯했다.

무사시는 덴시치로를 쓰러뜨린 장소에서 가장 가까운 건물의 처마 아래에 서 있었다. 그는 벽을 등진 채 사람들을 바라보면서 천천히 옆으로 걸음을 옮겨 서른세 칸 불당의 서쪽 마루 위로 올라가더니 마루의 중간 정도까지 걸어갔다. 그리고 저편에 모여 있는 자들을 향해 몸을 틀어 정면으로 섰다.

'공격해 올까?'

하지만 그들에게 그럴 의도가 없다고 생각했는지 무사시는 다시 발걸음을 옮기기 시작했다. 그렇게 마루의 북쪽 가장자리까지 걸어간 무사시는 홀연 연화왕원 옆으로 자취를 감춰 버렸다.

주전

"이쪽에서 보낸 글의 답신으로 백지를 보내다니 몹시 불쾌한 자들이군. 이대로 물러선다면 저 지체 높은 분들은 더욱 기고만장할 게 분명하네. 그러니 내가 가서 직접 담판을 짓고 요시노를 이리 데려올 수밖에."

노는 데 나이가 상관없다고 하지만, 쇼유는 취하면 그 흥을 주체하지 못하고 자신의 생각대로 해야 직성이 풀리는 듯했다.

"안내하거라."

그가 스미키쿠의 어깨를 붙잡고 일어서자 고에쓰가 만류했다.

"그만, 그만."

"아니네. 내가 가서 요시노를 데려오겠네. 어서 그분들이 있는 방으로 나를 안내하거라."

그대로 보내면 무슨 일이라도 벌어질까 사람들은 조마조마했지만 실은 그냥 내버려 둬도 위험할 것이 전혀 없는 그저 술 취한 사람일뿐이었다. 그러나 위험하지 않다고 해서 가만히 보고만 있으면 술자리는 재미가 없는 법이다. 위험한 척하면서 말리고 어르면서 웃고 떠드는 데 세상 사는 묘미와 재미가 있는 법이었다. 특히 쇼유처럼 세상의 쓴맛 단맛 다 맛보고 주색잡기에 능한 손님이라면 같은 술에 취한 사람이라고 해도 다루기에 애를 먹을 수밖에 없다.

"후나바시 님, 위험해요."

여자들이 편을 들며 말했다.

"뭐라? 난 괜찮다. 술에 취해 다리는 꼬여도 정신은 멀쩡하다."

"그럼 혼자 걸어 보세요."

여자들이 부축하고 있던 손을 놓자 마루에 털썩 주저앉더니 말했다.

"조금 어지럽구나. 날 업어다오."

아무리 건물이 넓다고 하지만 다른 방으로 가면서 복도에서 이렇게 시간을 지체하면서 다른 사람들을 고생시키는 것도 쇼유에게는 하나의 놀이임이 틀림없었다. 아무것도 모르는 척하면서 실은 다 알고 있는 이 취객은 도중에 물엿처럼 축 늘어져서 여자들을 애먹이고 있었다.

그러나 한겨울의 노송처럼 나이가 먹고 야윈 그의 몸 안에는 고집 센 근성이 숨겨져 있는 듯했다. 그는 아까 백지를 보내고 다른 별실에서 요시노를 독점한 채 의기양양하게 놀고 있는 가라스마루 미쓰히로 무리에 대해 이렇게 생각하고 있었다.

'애송이 귀족 놈들이 참으로 고약하구나.'

귀족은 무가들도 거북해하는 사람들이었지만, 교토의 대상인은 그런 귀족들을 조금도 거북해하거나 두려워하지 않았다. 그저 지위만 높고 돈은 없는 계급에 지나지 않는다고 생각하고 있었다. 그래서 돈으로 적당히 만족감을 주고 풍류를 통해서 고상하게 교류를 하며 지위를 인정하고 자존심을 세워 주면 꼭두각시처럼 조종할 수 있다는 사실을 쇼유는 잘 알고 있었다.

"간간 님이 계시는 방은 어디냐? 여기, 이쪽이냐?"

쇼유가 안쪽의 깊숙한 곳의 색색의 불빛이 비치고 있는 장지문을 쓰다듬으면서 문을 열려는 순간, 이런 곳에는 어울리지 않는 다쿠안이 안쪽에서 문을 열고 얼굴을 내밀었다.

"아니, 이거 누군가 했더니."

"어? 이런."

쇼유는 눈을 동그랗게 뜨더니 우연한 만남을 기뻐하는 듯 말했다.

"다쿠안, 그대도 있었는가?"

다쿠안은 쇼유가 자신의 목을 끌어안자 같이 흉내를 내며 말했다.

"쇼유, 그대도 와 있었는가?"

우연히 만난 두 취객은 서로 사랑하는 남녀처럼 뺨을 서로 비벼댔다.

"무고한가?"

"무고하지."

"보고 싶었네."

"만나서 기쁘구나, 이 중놈."

미야모토 무사시 4_바람風의 장

종국에는 서로 머리를 두드리고 콧등을 핥는 등, 대체 무슨 짓을 하는 건지 알 수가 없을 지경이었다

방 안에서 같이 술을 마시던 다쿠안이 나간 후부터 계속해서 복도의 장지가 덜컥거리고 흡사 고양이가 서로 몸을 비비며 갸릉거리는 콧소리가 들려오자 가라스마루 미쓰히로는 마주 앉아 있던 고노에 노부타다의 얼굴을 바라보며 쓴 웃음을 지었다.

"아하, 역시 예상대로 귀찮은 자가 온 듯하군."

미쓰히로는 서른 살 정도의 젊은 귀공자였다. 당상堂上의 귀족답게 얼굴이 희고 말쑥한 미남이었기 때문에 실제 나이는 좀 더 많을지도 몰랐다. 눈썹은 짙고 입술은 붉으며 한눈에 봐도 재기발랄해 보였다.

'무가만 대접을 받는 세상에 어찌 나는 귀족으로 태어난 것일까!'

미쓰히로의 이 말을 입버릇처럼 달고 다녔는데, 연약해 보이는 용모 속에는 뜨거운 기질을 감추고 있어서 무가가 권력을 잡고 세상을 다스리는 작금의 시대에 울울한 불만을 품고 있는 듯했다.

'머리가 좋은 젊은 공경公卿 중에서 작금의 세태를 고뇌하지 않는 자는 바보다.'

이 말도 그의 거침없는 지론이었는데 속뜻은 다음과 같았다.

'무가는 그 일문을 세습하였는데, 그들이 권력을 잡으면서 문무文武의 균형과 견제가 깨진 것은 어제오늘의 일이 아니다. 공경은 한낱 장식품이자 허수아비에 지나지 않는다. 그런 시절에 자신과 같은 사람을 태어난 것은 신의 실수이며, 지금 세상에서 신하가 되려는 자는 고

뇌를 하든지 술을 마시든지 둘 중 하나밖에 없다. 그러하니 나는 미인의 무릎을 베개 삼아 달과 꽃을 바라보며 술을 마시다 죽을 수밖에 없을 듯하다.'

구로도노토蔵人頭[21]에서 판관인 우다이벤右大弁의 직책까지 오르고, 지금도 참의参議라는 관직을 맡고 있는 조정의 신하이면서도 그는 이곳 로쿠조 야나기마치에 빈번하게 드나들었다. 이곳에서 술을 마시며 울분을 달래는 것이었다.

같이 고뇌하는 젊은 동료들로는 아스카이 마사가타, 도쿠다이지 사네히사, 가잔인 다다나가처럼 활달한 자들이 있었다. 무가와 달리 모두 가난한 처지임에도 이들이 돈을 어떻게 마련해서 오는지는 모르겠지만, 오기야에 오면 사람다운 기분이 든다며 마시고 떠드는 일을 상례로 삼고 있었다.

그런데 오늘은 평소와는 달리 함께 온 일행들은 제법 점잖고 품위가 있었다. 일행인 고노에 노부타다라는 자는 미쓰히로보다 나이가 열 살 정도 위인데 어딘지 진중한 풍모에 눈썹도 수려했지만, 살이 많으면서 약간 거무스름한 뺨에 곰보 자국이 있는 것이 흠이라면 흠이었다.

그러나 가마쿠라 막부의 삼대 대장군이자 최고의 사내라고 불렸던 미나모토노 사네토모源実朝도 곰보 자국이 있었으니 그것이 흠이라고만은 할 수 없었다. 더구나 그가 과거에 관백 가문을 대표하는 위엄

---

21 천황의 비서 역할을 하면서 궁중의 문서 보관과 서무 처리, 재정까지 맡아 보는 기관인 '구로도도코로蔵人所'의 책임자.

있는 신분이라는 티를 조금도 내지 않고, 그저 서예에서 알려진 고노에 산먀쿠인이라는 이름으로 요시노의 곁에서 히죽히죽 웃고 있는 모습에 오히려 호감이 느껴질 정도였다. 고노에 노부타다는 얼굴 한 가득 웃음을 띠면서 요시노를 바라보았다.

"저 목소리는 쇼유 같구나."

요시노吉野[22]의 홍매보다 짙은 입술이 의아함을 삼키며 말했다.

"어머, 혹여 이곳에 들어오시면 어떻게 해야 할까요?"

요시노의 눈가에 난처한 빛이 감돌았다. 가라스마루 미쓰히로가 요시노의 소매를 잡으며 말했다.

"일어서지 말거라."

그리고 복도를 향해 일부러 소리를 치며 말했다.

"타쿠안 스님, 거기서 무엇을 하고 계십니까? 추우니 나가시려면 문을 닫고 나가시든지 들어오려면 어서 들어오시지요."

"아! 그래, 들어가지요."

그러자 다쿠안은 장지문 밖에서 쇼유를 잡아끌고 오더니 미쓰히로와 노부타다의 앞에 풀썩 앉았다.

"오오, 생각지도 못했던 일행이시군요. 참으로 재미있습니다."

쇼유는 이렇게 말하더니, 조금도 흐트러짐 없는 발걸음으로 노부타다의 앞으로 걸어가서 인사를 하고는 손을 내밀었다.

---

22 다마가와多摩川 남쪽에 위치한 곳으로 매화로도 유명하다. '요시노바이고吉野梅郷'라고도 하는데, 매년 2월 하순부터 3월 31일까지 매화 축제가 열리기도 한다. 요시카와 에이지의 기념관도 이곳에 자리하고 있다.

"한 잔 주시지요."

노부타다는 웃으며 대답했다.

"후나바시 영감님은 여전히 건강하십니다."

"간간 님의 일행이 고노에 님인 줄도 모르고……."

산전수전 다 겪은 늙은 쇼유는 술잔을 되돌려주며 일부러 취한 척 손을 과장되게 떨며 주름진 가는 목을 저었다.

"용서하시지요. 그간의 격조함을 이렇듯 술자리에서 뵈었으니, 관백이니 참의니 하는 벼슬이 지금 뭐가 그리 중요하겠습니까? 하하하, 안 그런가, 다쿠안?"

그러고는 옆에 있는 다쿠안의 머리를 팔로 감싸더니 노부타다와 미쓰히로의 얼굴을 가리키며 다시 말했다.

"세상에서 가히 딱한 분들이 여기 계신 공경님네 아닌가? 관백이니 좌대신左大臣이니 하는 좋은 관직을 받았지만 실은 허울뿐이지 않은가. 역시 상인이 훨씬 좋지 않은가. 다쿠안, 안 그런가? 그렇게 생각하지 않나?"

다쿠안도 난처한 표정으로 만취한 노인의 팔에서 가까스로 목을 빼내며 말했다.

"맞소, 맞아."

"그러고 보니 아직 그대에게 잔을 받지 못했네 그려."

쇼유는 그렇게 재촉하더니 술잔을 얼굴에 기울여 마셨다.

"스님, 그대는 참으로 교활하오. 지금 세상에 교활한 인간은 중이요,

현명한 인간은 상인, 강한 자는 무사요, 어리석은 자는 당상관. 하하하! 그렇지 않은가?"

"맞소이다, 맞아."

"좋아하는 일도 제대로 하지 못하고 정사政事에서는 배제를 당하고 보니, 그럭저럭 노래나 부르고 글이나 쓰지만, 그 밖에 다른 일엔 힘을 쓸 데가 없는 게로군. 하하하, 그렇지 않나 다쿠안? 할 수 있는 다른 일이 있을까?"

마시고 노는 일이라면 미쓰히로도 빠지지 않고 고상한 얘기나 주량이라면 노부타다도 뒤지지 않지만, 갑자기 들이닥친 침입자가 이렇게 몰아치니 두 사람도 별수 없었다. 그들은 술맛을 완전히 잃은 듯 침묵을 지키고 있었다.

기세가 오른 쇼유는 한 술 더 떴다.

"요시노, 자네는 어떻게 생각하는가? 가령, 당상관을 따르겠는가 아니면 상인을 따르겠는가?"

"호호호. 아이 참, 후나바시 님도…….”

"웃을 일이 아니네. 진심에서 자네 생각을 물어보는 것이네. 흐음, 그렇군. 그 마음 읽었네. 역시 자네도 상인이 좋다는 게로군. 그렇다면 내 방으로 오게. 자, 요시노는 이 쇼유가 데려가겠습니다.”

쇼유는 요시노의 손을 자신의 품속에 넣고는 단호한 표정으로 자리에서 일어섰다. 미쓰히로가 놀라 손에 들고 있던 잔을 내려 놓으며 말했다.

"장난도 정도껏 하게!"

그는 쇼유의 손을 잡아떼고서 요시노를 자기 옆으로 끌어당겼다.

"아니, 어찌?"

쇼유가 발끈해서 말했다.

"억지로 데려가는 것도 아니거늘, 요시노가 가고 싶어 하는 표정을 짓고 있어서 데려가려는 것인데. 요시노, 그렇지?"

두 사람 사이에서 요시노는 그저 웃고 있을 수밖에 없었다. 미쓰히로와 쇼유가 각각 한 팔씩 잡아끌자 요시노는 난처한 표정으로 말했다.

"그만 화해하시지요."

미쓰히로도 쇼유도 절대로 물러서지 않았다.

"요시노, 어느 자리로 가려는가? 이 싸움은 그대의 마음먹기에 달려 있으니, 자네 마음이 가는 대로 가면 되네."

이윽고 싸움의 판결이 요시노에게 전가되었다.

"이거 재미있겠군."

다쿠안은 일이 어떻게 결판이 날지 지켜보고 있었다. 아니, 지켜본다기보다 옆에 있던 그마저 부추기며 그 상황을 안주 삼아 술을 마시고 있었다.

"요시노, 어디로 가겠는가? 어디로 가려는가?"

그때 고노에 노부타다가 온후한 그의 성격에 어울리게 점잖게 말했다.

"자자, 짓궂은 손님들이구먼. 그렇게 억지로 강요하면 요시노가 어찌 어디로 가겠다고 말할 수 있겠는가? 그리 강요하지 말고 모두들 사이좋게 같이 마시면 어떻겠는가?"

중재안을 내놓았다.

"그러고 보니 저쪽 술자리에는 고에쓰 혼자 남게 되겠군. 누가 가서 고에쓰를 이리로 불러 오너라."

고노에는 다른 기생들에게 그렇게 말하고 상황을 정리하려고 했다. 하지만 쇼유는 요시노 옆에 앉은 채 고집을 부렸다.

"아니, 부르러 갈 것 없다. 내가 요시노를 데리고 그곳으로 가겠다."

"안 될 소리."

미쓰히로도 요시노를 붙잡고 놓아주려 하지 않았다.

"젊은이가 참으로 건방지구나."

쇼유는 역성을 내며 술에 취해 몽롱한 눈으로 미쓰히로에게 잔을 내밀며 말했다.

"그럼 요시노를 누가 데려갈지, 이 여자가 보는 앞에서 주전酒戰을 하자."

"주전이라? 참으로 가소롭구나."

미쓰히로는 다른 커다란 잔을 두 사람 사이의 상 위에 놓으며 말했다.

"사네모리 님, 흰머리는 물을 들이셨소이까?"

"약해빠진 공경님을 상대하는 데 그럴 필요까지 있겠소. 자, 시작해 볼까. 승부다!"

"뭐로 하시겠소? 그저 마시기만 해서는 재미가 없을 터."

"눈싸움."

"시시하오."

"그럼, 가이아와세具合[23]."

"그건 추잡한 늙은이를 상대로 하는 놀이가 아니오."

"건방진, 그렇다면 가위바위보!"

"그게 좋을 듯하군. 자!"

"다쿠안이 심판을 보게."

"알았소이다."

두 사람은 진지한 얼굴로 승부를 시작했다. 한 번씩 승패가 갈릴 때마다 어느 쪽인가 술잔의 술을 마시고는 분해 죽겠다는 듯 씩씩거리면 모두가 웃으며 나자빠지곤 했다.

그사이에 요시노는 조용히 자리에서 일어나 소나무가 그려진 치맛자락을 끌며 눈 내린 복도의 안쪽 깊은 곳으로 모습을 감추었다. 애초부터 승부가 날 리가 없는 싸움이었다. 양쪽 모두 술에 있어서는 둘째가라면 서러워할 자들이어서 승부는 좀처럼 나지 않았다. 요시노가 사라지고 얼마 안 있어 고노에 노부타다도 일어서서 집으로 돌아갔고, 심판을 보던 다쿠안도 졸린 듯 무료한 하품만 연신 해 댔다. 그래도 두 사람은 아직 주전을 그만두지 않았다.

이윽고 다쿠안도 그들 하고 싶은 대로 내버려 둔 채 자리에 누워 버렸다. 그러고는 옆에 있던 스미기쿠의 무릎을 보더니 아무런 말도 없

---

23 일본의 전통놀이 중 하나로 주로 부녀자들이 하는 조가비를 맞추는 놀이다.

이 그 위에 머리를 얹었다. 그렇게 꿈인지 생시인지 기분 좋게 누워 있다가 문득 생각했다.

'분명 쓸쓸히 기다리고 있을 텐데. 빨리 돌아가고 싶지만……'

조타로와 오츠를 떠올린 것이다. 두 사람은 지금 미쓰히로의 집에서 신세를 지고 있었다. 이세의 아라키다 간누시荒木田神主가 맡긴 물건을 전해 주러 온 것이었는데 조타로는 연말부터, 그리고 오츠는 얼마 전부터 신세를 지고 있었다.

얼마 전이란 오토와 계곡에서 오츠가 오스기에게 쫓기던 밤이었다. 그때 다쿠안이 불시에 그곳에 오츠를 찾으러 것도, 그전부터 그를 불안하게 만들어 그곳을 향하게 한 이유가 있었기 때문이다. 다쿠안과 미쓰히로는 꽤 오래전부터 친교가 있었다. 노래와 참선과 술과 고민까지 모든 것을 함께 나누는 사람 중 한 명이었다.

그런데 얼마 전, 그 미쓰히로에게서 연락이 왔다.

'정초에 뭐가 그리 좋다고 시골 절간에 틀어박혀 계시오? 나다灘의 명주名酒, 교토의 여인, 가모가와加茂川의 물새. 교토가 그립지 않소이까? 졸리면 촌구석에서 참선을 하고, 살아 있는 선禪을 이루고자 한다면 사람들 속에서 펼치시오. 행여 교토가 그리워졌다면 나오는 것이 어떠하오?'

다쿠안은 그런 연락을 받고 봄에 교토로 올라온 것이었다. 그런데 우연히 그곳에서 조타로를 발견했고 미쓰히로에게 물어 전후 사정을 알게 되었다. 그래서 다쿠안은 조타로를 불러 근간의 자세한 내막을 물어보니 오츠가 정월 초하루 아침부터 오스기와 같이 그의 숙소로 간 뒤 아무런 소식도 없고 돌아오지 않는다는 것이었다.

'이게 큰일 났군.'

다쿠안은 깜짝 놀라 그날 당장 오스기의 숙소를 찾으러 나가서 밤이 되서야 간신히 산넨 고개에 있는 여관을 찾아냈다. 그런데 둘이 함께 나갔다는 말을 듣고 불안한 예감이 들어 여관 사람과 함께 제등을 들고 청수당으로 찾아간 것이었다.

그날 밤, 다쿠안은 오츠를 무사히 가라스마루의 집으로 데리고 왔지만, 오스기에게서 받은 극심한 공포 때문에 열병을 났는지 오츠는 다음 날부터 지금까지 일어나지 못하고 있었다. 조타로는 그녀의 머리맡을 지키며 물수건으로 그녀의 이마를 식혀 주거나 약을 챙겨 주면서 극진히 병구완을 하고 있었다.

'둘이 기다리고 있을 텐데.'

다쿠안은 되도록 빨리 돌아가야겠다고 생각하고 있었지만 함께 온 미쓰히로는 돌아갈 생각은커녕 유흥은 이제부터 시작이라는 듯 멀쩡했다.

드디어 가위바위보도 주전도 시들해졌는지 가위바위보는 내팽개치고 술을 마시기 시작하더니, 마침내는 머리를 맞대고 뭔가 토론을 하고 있었다. 무가의 정치가 어떻다느니, 공경의 존재 가치와 상인과 해외 발전이 어떻다느니, 토론의 주제는 점점 거창해지고 있었다. 여자의 무릎에서 방 한쪽에 있는 기둥으로 자리를 옮긴 다쿠안은 눈을

미야모토 무사시 4_바람風의 장

감은 채 듣고 있었다. 자고 있는 듯하더니 가끔씩 두 사람의 얘기가 귓가에 들려오면 피식피식 웃기도 하였다. 문득 미쓰히로가 불평하듯 말했다.

"어, 고노에 님은 대체 언제 가 버린 거지?"

쇼유도 역시 흥이 깨진 듯한 얼굴로 말했다.

"그보다 요시노가 없구나. 괘씸한지고."

미쓰히로는 구석에서 꾸벅꾸벅 졸고 있는 링야에게 소리를 질렀다.

"요시노를 불러오너라."

링야는 졸린 눈을 동그랗게 뜨고 일어서서 복도도 나갔다. 그리고 아까 고에쓰와 쇼유가 있던 방을 들여다보자, 어느새 돌아왔는지 무사시가 등불을 마주한 채 숙연히 앉아 있었다.

"아니, 언제? 오신 줄 몰랐어요."

링야의 말에 무사시가 대답했다.

"방금 돌아왔다."

"아까 그 뒷문으로요?"

"응."

"어디 갔다 오셨어요?"

"바깥에."

"여자 만나고 왔지요? 아가씨에게 말해야지."

맹랑한 소리에 무사시는 무심코 웃으며 물었다.

"다른 손님들이 보이지 않는구나. 모두 어딜 가셨지?"

"저쪽 방에서 간간 님이랑 스님이랑 함께 노시고 계십니다."

"고에쓰 님은?"

"몰라요."

"돌아가셨나? 고에쓰 님이 돌아가셨다면 나도 돌아가야겠구나."

"안 돼요. 여기에 온 이상 아가씨의 허락 없이는 못 돌아가세요. 아무 말도 하지 않고 가시면 손님은 놀림을 받고 저도 나중에 꾸지람을 듣게 돼요."

무사시는 진지한 얼굴로 소녀의 농담을 듣고 있었다. 그 말이 진짜인 줄 알고 있었다.

"그러니 그냥 가시면 안 돼요. 제가 올 때까지 여기서 기다리세요."

링야가 나가고 얼마 후 다쿠안이 들어왔다.

"아니, 무사시!"

"앗!"

무사시는 깜짝 놀랐다. 아까 링야가 스님이 와 있다고는 했지만 설마 그것이 다쿠안이라고는 생각하지 못한 것이었다.

"오랜만에 뵙습니다."

무사시가 양손을 바닥에 짚으며 머리를 숙이자 다쿠안은 무사시의 손을 잡고 말했다.

"이런 곳에서 인사는 무슨……. 아, 고에쓰 님도 와 있다고 들었는데 고에쓰 님은 보이지 않는군."

"어디 가셨나 봅니다."

"같이 찾아보세. 자네에게 할 이야기가 많지만 그것은 뒤에 하기로 하고."

그렇게 말하며 다쿠안이 옆의 장지문을 열자 그 안에서 작은 병풍을 치고 이불을 뒤집어쓴 채 곤히 잠들어 있는 사람이 있었다. 고에쓰였다. 너무 곤히 자고 있는 모습에 깨우기도 뭐해서 살짝 얼굴을 들여다보았는데, 무심코 눈을 뜬 고에쓰가 다쿠안과 무사시의 얼굴을 번갈아 보다 어, 하고 적이 놀란 표정을 지었다. 두 사람이 저쪽 방으로 함께 갈 것을 권했다.

"스님과 미쓰히로 경이 있다니 합석을 해도 좋을 듯하군."

그들은 같이 미쓰히로의 자리로 돌아갔다.

그런데 미쓰히로와 쇼유는 이미 취흥이 다한 듯 술자리의 분위기는 적적해 보였다. 분위기가 그러하자 술맛도 나지 않고 집 생각이 나는 듯한 모습이었다. 특히 요시노가 없는 게 마음에 들지 않는 모양이었다.

"그만 돌아가도록 할까?"

"돌아갑시다."

한 사람이 그렇게 말하자 모두 동의했다. 미련이 남지 않는 것은 아니었지만 모처럼 좋은 기분을 깨고 싶지 않은 듯 모두 일어섰다. 그때, 링야를 앞세우고 요시노의 시중을 드는 두 명의 여자가 종종걸음으로 오더니 고개를 숙이고 말했다.

"오래 기다리시게 해서 죄송합니다. 아가씨께서 이제 겨우 준비를 끝내시고 여러분을 모시겠다고 하십니다. 눈이 내려 밤이 깊어도 아직 환하고 이 추위에 하다못해 가마를 타고 돌아가시더라도 몸을 따뜻하게 하신 후에 가시도록 하시지요. 그러니 잠시 이곳에서 술을 드시면서 기다려 주십시오."

뜻밖의 말에 사람들은 솔깃했다.

"그래?"

오래 기다리셨다는 것은 무슨 말인지, 미쓰히로도 쇼유도 전혀 감을 잡지 못하는 표정으로 서로 마주보았다. 그들은 유곽에서 한 번 식은 흥을 다시 살리는 일이 어려운 것인 양 망설이고 있었다.

'어떻게 할까?'

모두 망설이는 표정으로 있자 두 여자가 입을 모아 말했다.

"아가씨께서 말씀하시길, 아까부터 자리를 비운 터라 분명 여러분들이 인정머리 없는 여자라고 생각하실 터이나, 조금 전처럼 난처한 경우는 없었다고 하셨습니다. 간간 님의 뜻을 따르자니 후나바시 님의 심기가 걱정되고, 후나바시 님의 말씀을 따르자니 간간 님께 죄송하고…… 그래서 조용히 자리를 빠져나오셨답니다. 그리고 두 분의 체면을 위해 요시노 님의 방에 새로 자리를 마련하신 후, 여러분들을 손님으로 맞아 초대하셨습니다. 부디 아가씨의 진심을 헤아리시어 돌아가지 마시고 잠시만 기다려 주십시오."

그 말을 듣고 보니 무작정 거절하는 것도 어쩐지 속 좁게 듯하고, 요시노가 주인이 되어 자신들을 초대하는 마음 씀씀이에 새로 감흥이

일지 않는 바도 아니었다.

"그럼 한번 가 볼까?"

"요시노가 저리 마음을 쓰는데."

다섯 명은 링야와 시중드는 여자의 안내를 받으며 낡은 짚신을 신고 정원 끝으로 따라갔다. 부드러운 봄눈이 그들의 발자국을 포근히 감싸고 있었다.

'아마 차를 대접하겠지.'

무사시를 제외한 사람들은 그렇게 생각했다.

요시노가 다도에 조예가 깊다는 사실은 새삼스러운 일이 아니었다. 일행은 술 마신 후에 가벼운 차 한잔 마시는 것도 과히 나쁘지는 않다고 생각하면서 걸어갔다. 그런데 시중드는 여자는 다실 옆을 그냥 지나쳤고 무사시 일행은 안쪽 정원 깊이 있는 휑한 밭에까지 오고 말았다. 조금 불안해진 미쓰히로가 다그쳐 물었다.

"이거, 대체 우리를 어디로 데려가는 게냐? 여기는 뽕나무밭이 아니더냐?"

시중드는 여자가 대답했다.

"호호호, 뽕나무밭이 아닙니다. 이곳은 해마다 늦봄이 되면 여러분께서 노시는 모란밭입니다."

하지만 미쓰히로는 추위로 인해 더 마뜩찮은 표정을 지었다.

"뽕밭이든 모란밭이든 이렇게 내린 눈이 쌓여서 황량하지 않느냐? 요시노는 우릴 감기라도 들게 할 작정이냐?"

"죄송합니다. 요시노 님은 아까부터 저기에서 기다리고 계십니다. 어서 가시지요."

밭 한쪽 귀퉁이에 초가집 한 채가 보였다. 이 로쿠조의 마을이 생기기 전부터 있었던 것 같은 농가였다. 초가집 뒤편은 겨울나무 숲으로 둘러싸여 있어서 오기야의 인공적인 정원과는 대조적이었지만 분명 오기야의 안에 있는 것은 분명했다.

"자, 이쪽으로."

시중드는 여자가 검게 그을린 그곳의 토방에 들어가서는 일행을 맞아들이고는 안쪽을 향해 말했다.

"모셔 왔습니다."

"어서 오십시오. 자, 어서……."

화롯불의 빨간 불빛이 비치는 장지문 너머로 요시노의 목소리가 들렸다.

"마치 교토에서 멀리 떠나온 듯하군……."

모두들 토방 앞의 벽에 걸려 있는 도롱이 등속을 둘러보면서 요시노가 자신들을 어떤 식으로 대접할까 궁금해하며 차례로 방으로 들어갔다.

모란을
태우다

       엷은 화장을 한 요시노가 옅은 노란색 무명옷에 검은 비단 허리끈을 매고 얌전한 여염집 여인처럼 머리를 묶은 채 손님을 맞았다.

"오오, 이거!"

"아주 곱고 품위가 있구만."

일행은 그녀의 모습을 보며 말했다.

금빛 병풍과 은빛 촛대 앞에 모모야마 풍의 자수를 수놓은 덧옷을 입고 비단벌레의 빛깔을 닮은 연지를 입술에 발랐을 때의 요시노보다 지금처럼 검게 그을린 농가의 벽과 화로 옆에서 노란 무명 치마를 입고 있는 그녀가 한결 아름다워 보였다.

"흐음, 완전히 새로운 기분이 들어서 좋군."

평소에 칭찬에 인색하던 쇼유도 할 말을 잃은 듯했다. 요시노는 일부러 방석도 내놓지 않고 단지 시골 화로 옆에 사람들을 앉히며 말했다.

"보시다시피 누추한 곳이어서 아무것도 준비하지 못했습니다만, 눈 내리는 밤에는 천한 농부에서 귀족에 이르기까지 불보다 더 좋은 대접은 없다고 생각해서 이렇게 땔감을 넉넉히 준비했습니다. 밤새도록 이야기를 나눠도 장작은 모자라지 않을 터이니 마음 편히 쉬십시오."

추운 곳을 걸어오게 하고는 이곳에서 장작불을 쬐게 했다. 대접이라는 게 이것이었던가 하고 고에쓰는 고개를 끄덕였다. 쇼유와 미쓰히로, 다쿠안도 편하게 앉아서 화로에 손을 갖다 대고 있었다.

"자, 거기 계신 분도 이리로."

요시노가 자리를 만들면서 뒤에 서 있는 무사시를 눈으로 불렀다. 네모난 화로를 여섯 명이나 둘러싸고 있었기 때문에 자연히 자리가 넉넉하지 않았다. 무사시는 아까부터 고지식하게 정좌를 하고 있었다.

근래 일반 사람들 사이에서 도요토미 히데요시와 오고쇼 도쿠가와 이에야스의 이름 다음으로 초대 요시노의 이름은 널리 알려져 있었다. 요시노는 이즈모出雲의 오쿠니阿國보다 고귀한 여성으로 경애를 받고 있었고, 오사카 성의 요도기미보다 재색이 뛰어나고 친근함도 있다는 점에서 훨씬 유명했다. 그래서 그녀를 대할 때, 손님은 '사는 사람'이라고 부르고, 재색을 파는 그녀를 '다유太夫님'이라고 부를 정도였다. 목욕을 할 때에도 일곱 명이 시중을 들고 손톱을 깎을 때에도 두 명이 시중을 든다는 얘기 따위는 예전부터 익히 알려져 있었다.

그런데 이 유명한 여성을 상대로 해서 놀고 있는 고에쓰나 쇼유나

미야모토 무사시 4_바람風의 장

미쓰히로 같은, 여기에 있는 손님들은 도대체 이런 것의 어디가 그리 재미가 있는 것일까? 무사시는 아무리 봐도 도무지 그것을 이해할 수가 없었다.

그러나 그 재미없어 보이는 유희 속에도 손님으로서의 행실과 여자로서의 예의와 같이, 서로 간에 지켜야 할 마음가짐 같은 것은 엄연히 존재하는 듯했다. 그래서 아무것도 모르는 무사시도 괜스레 주눅이 들 수밖에 없었다. 특히 유곽의 세계에 처음 발을 들여놓은 터라 요시노가 슬쩍 눈길을 주기라도 하면 얼굴이 화끈거리고 가슴이 요동을 쳤다.

"손님께선 왜 그렇게 어려워하시는지요? 이쪽으로 오십시오."

"예, 그럼."

요시노가 몇 번이나 권하자 무사시는 주뼛거리며 그녀 옆에 자리 잡고 앉아서 다른 사람들이 하는 대로 화로에 손을 쬐었다. 요시노는 무사시가 자신의 옆에 앉을 때, 그의 소매 끝자락을 힐끗 보았다. 얼마 후, 그녀는 사람들이 이야기꽃을 피우며 정신을 팔려 있는 틈을 살피더니 살짝 종이를 꺼내더니 무사시의 소매 끝을 닦아 주었다.

"아, 죄송합니다."

가만히 있으면 아무도 눈치채지 못했을 테지만, 무사시가 자신의 소매를 보더니 그렇게 말을 하자 모두의 시선이 갑자기 요시노의 손끝으로 향했다. 그녀의 손 안에 접혀져 있는 종이에는 붉은 것이 흠뻑 묻어 있었다.

미쓰히로는 눈을 껌뻑이며 말했다.

"아니! 피가 아닌가?"

요시노는 웃으며 시치미를 뗐다.

"아뇨, 붉은 모란 꽃잎이겠지요.

모두가 술잔을 하나씩 들고 마시고 싶은 만큼 술을 즐기고 있었다. 장작불이 화로를 둘러싸고 앉아 있는 여섯 명의 얼굴에서 가물거리며 흔들리고 있었다. 그들은 불꽃을 응시하면서도 문밖에서 내리고 있는 눈을 생각하며 깊은 생각에 잠겨 있었다.

"……."

장작불이 사그라들면 요시노는 옆에 있는 숯 상자에서 한 자 정도로 자른 장작을 집어서 화로에 넣었다. 문득 사람들은 그녀가 때고 있는 가느다란 고목이 단순히 소나무 장작이나 잡목이 아니라 아주 잘 타는 나무라는 것을 깨달았다. 잘 타기만 할 뿐 아니라 그 불꽃의 색이 실로 아름다워서 황홀하기까지 하였다.

'이 장작은?'

누군가 의문을 품었지만 불꽃의 아름다움에 마음을 빼앗겨 모두가 침묵을 지키고 있었다. 겨우 네댓 개의 가는 장작이었지만 방 안은 대낮같이 환했다. 장작에서 피어오르는 부드러운 불길은 마치 하얀 모란이 바람에 나부끼듯 때때로 보랏빛과 선홍빛 불꽃이 어우러져 활활 타올랐다.

"요시노."

이윽고 한 사람이 입을 열었다.

"그대가 태우고 있는 장작은 대체 무슨 나무인가? 보통 나무 같지는 않은데?"

미쓰히로가 이렇게 물었을 때는 다른 사람들도 향기로운 냄새가 따뜻한 방 안을 가득 찬 것을 느끼고 있었다. 그 향기는 분명 나무가 타는 냄새였다.

"모란나무입니다."

요시노가 대답했다.

"모란이라고?"

모두가 뜻밖인 듯했다. 모란이라면 화초라고 생각했는데 이렇게 장작으로도 쓸 수 있는 나무인가 의심이 들었다. 요시노는 타고 있는 장작 하나를 미쓰히로에게 건네면서 말했다.

"한번 보십시오."

미쓰히로는 그걸 받아 쇼유와 고에쓰에게 보이면서 신음하듯 중얼거렸다.

"정말 모란 가지군."

요시노는 이 오기야 주변에 있는 모란밭이 오기야가 지어지기 훨씬 전부터 있었는데 백 년이 넘은 모란의 그루터기가 많이 있다고 했다. 그 오래된 그루터기에서 새로운 꽃을 피우게 하려면 해마다 겨울 무렵, 벌레 먹은 오래된 그루터기를 잘라 새싹이 돋도록 다듬어 줘야 한다고 했다. 장작은 그때 나오는 것으로 잡목처럼 많이 나오지는 않는다고 했다. 그것을 짧게 잘라 불을 지피면 불꽃이 부드럽고 아름다울 뿐 아니라 연기가 나도 눈이 맵지도 않고 향기로운 냄새까지 나니 과연 꽃 중의 왕이라고 불릴 만하며, 고목이 되어 장작으로 쓰여도 보통 잡목과는 다르다는 것이었다. 그리고 살아 있을 때에는 꽃을 피우고 죽어서 장작이 되어도 자신의 진가를 잃지 않으니, 저 모란 같은 이가 얼마나 있겠는가, 하고 말을 끝맺었다.

"이렇게 말하는 저조차 살아 있는 동안은커녕 아주 잠깐, 젊었을 때에나 사람들의 눈길을 받다가 시들면 향도 없는 백골이 되어 버리는 꽃에 지나지 않는 듯합니다."

요시노는 다시 그렇게 말하며 쓸쓸하게 웃었다.

모란의 불꽃은 새빨갛게 타오르고 있었고 화롯가의 사람들은 밤이 깊어 가는 것을 까맣게 잊고 있었다.

"아무것도 없습니다만, 여기 이름난 술과 모란 장작만은 밤이 다해도 모자라지 않을 만큼 있습니다."

요시노의 대접에 사람들은 지극히 흡족해했다.

"아무것도 없기는커녕 이렇게 왕의 호사보다 더한 것을."

웬만한 사치에는 식상해하는 쇼유조차 감탄을 했다.

"대신 후일, 추억이 될 수 있도록 여기에 한 자씩 남겨 주십시오."

요시노가 벼루를 끌어당겨 먹을 갈고 있는 동안 시중드는 소녀는 옆방에 양탄자를 깔고 그 위에 당지唐紙를 펼쳐 놓았다.

"다쿠안 스님, 모처럼 요시노의 부탁인데 한 자 써 드리지요."

미쓰히로가 요시노를 대신해서 재촉하자 다쿠안은 고개를 끄덕이며 말했다.

"먼저 고에쓰 님부터."

고에쓰가 묵묵히 종이 앞에 무릎으로 다가가서 모란꽃 한 송이를 그리자 다쿠안이 그 위에 노래를 적었다.

색도 향도 없는 몸이

무에 그리 애석한지

애처로운 꽃으로

세상을 지는구나.

그러자 미쓰히로가 시를 지었다.

바쁠 땐 산이 나를 보고

한가할 땐 내가 산을 보네.

서로 바라보아도 서로 닮지 않듯

바쁨은 늘 한가함에 이르지 못하네.

대문공戴文公[24]의 시였다. 요시노에게도 권하자 그녀는 다쿠안의 노래

---

24 '대문공'이라는 인물은 일본이나 중국의 역사에서 찾아볼 수 없는 인물이다. 여기서는 중국 위나라 사람인 대공戴公과 문공文公, 두 형제를 말하는 듯하다.

밑에 글을 쓰고는 붓을 놓았다.

꽃으로 피는
꽃의 외로움은
지고 난 후를
생각하는 마음이런가.

쇼유와 무사시는 묵묵히 보고만 있었다. 억지로 붓을 들게 하는 사람이 없는 것이 무사시에게는 다행이었다.

잠시 후, 쇼유는 옆방에 있던 비파를 보고 요시노에게 연주할 것을 청했다. 그녀가 연주하는 비파를 한 곡 듣고 난 쇼유가 오늘 밤은 그만 일어서는 게 어떠냐고 제의하자 사람들도 동의했다. 하지만 요시노는 장난기가 동한 듯 비파를 꼭 껴안더니 화롯가를 떠나 어슴푸레한 옆방 한가운데에 비파를 안고 앉았다. 화롯가의 사람들은 아무 말 없이 그녀가 연주하는 「헤이게모노가타리平家物語」에 귀를 기울였다.

모두가 화로의 불길이 사그라져 어두워져도 화로에 장작을 넣는 것을 잊은 채 듣고 있었다. 네 줄의 섬세한 음계가 갑자기 급急에서 파破의 곡조로 변하는가 싶은 순간, 꺼져 가던 화로의 불길이 급히 타오르자, 먼 곳을 헤매던 사람들의 마음이 다시 제자리로 돌아왔다.

"보잘것없는 재주였습니다."

요시노는 연주가 끝나자 그렇게 말하며 미소를 지으며 제자리로 되돌아왔다. 모두들 그제야 화롯가에서 일어서서 돌아가려 했다. 그 순간을 기다렸다는 듯 무사시는 가장 먼저 토방으로 내려섰다.

요시노는 손님들과 일일이 작별 인사를 주고받았으나 무사시에게는 아무 말도 하지 않았다. 그런데 무사시가 다른 사람들을 따라 함께 나가려고 하자 요시노가 그의 소매를 살며시 잡더니 속삭였다.

"무사시 님, 당신은 여기서 주무십시오. 무슨 일이 있어도 오늘 밤은 돌아가실 수 없습니다."

무사시는 처녀처럼 얼굴을 붉혔다. 못 들은 척했지만 다른 사람이 보기에도 허둥지둥하는 모습이 훤히 보였다.

"어때요, 괜찮지 않습니까? 이분을 여기서 주무시게 해도?"

요시노는 쇼유를 향해 그렇게 물었다.

"좋고말고. 듬뿍 귀여워해 주시게. 우리가 억지로 데려갈 이유는 없으니. 고에쓰 님, 그렇지 않소?"

무사시는 당황해서 요시노의 팔을 뿌리치며 말했다.

"아닙니다. 저도 고에쓰 님과 함께 돌아가겠습니다."

무사시가 그렇게 말하며 문밖으로 억지로 나가려 하자 무슨 생각인지 고에쓰까지 쇼유와 한편이 되어 말했다.

"무사시 님, 그러지 마시고 오늘 밤은 여기서 주무셨다가 내일 적당한 때에 돌아오시는 게 어떻겠습니까? 요시노가 저리 걱정하고 있으니 말입니다."

무사시는 그들이 풋내기인 자신을 홀로 남겨 두고 나중에 웃음거리로 삼으려는 장난이 아닌가 생각했다. 그러나 요시노와 고에쓰의 진지한 표정을 보자 결코 그런 것 같지는 않았다. 하지만 요시노와 고에쓰 이외의 사람들은 무사시가 곤란해하는 모습을 보며 재미있다는 듯이 놀렸다.

"세상에서 가장 운이 좋은 사내로군."

"내가 대신 있고 싶군."

그들이 이렇게 말하며 놀리고 있을 때, 뒤편의 담장 쪽 문에서 한 사내가 달려왔다. 사내는 요시노의 지시를 받고 유곽 밖의 동정을 살피고 온 오기야의 일꾼이었다.

사람들은 요시노가 어느새 그런 데까지 주도면밀하게 신경을 쓰는 사람인가 하며 놀랐지만, 낮부터 무사시와 함께한 고에쓰는 아까 요시노가 화로 옆에서 무사시의 소매에 묻어 있는 피를 닦아 줄 때 모든 것을 짐작한 듯했다.

"다른 분은 몰라도 무사시 님만은 섣불리 유곽 밖으로 나가시면 안 됩니다."

밖의 동정을 살피고 온 사내는 숨을 헐떡이며 모두에게 목격하고 온 사실을 다소 과장하는 것은 아닌가 하는 말투로 전했다.

"이 유곽의 문은 한곳만 빼고 모두 막혔습니다. 바깥 대문을 둘러싸고 삿갓 가게 부근과 저쪽 버드나무 가로수 뒤편에도 칼을 든 무사들이 곳곳에서 눈을 번뜩이며 다섯 명, 열 명씩 새까맣게 모여 있습니다. 그들은 모두 요시오카 도장의 제자들이라고 하는데, 근처 술집과

상인들의 집에서는 금방이라도 무슨 일이 일어나는가 싶어 문을 꼭
꼭 걸어 잠그고 떨고 있습니다. 큰일입니다. 유곽에서 마장까지 백 명
정도는 깔려 있는 것 같습니다."

사내는 어금니를 딱딱 부딪치며 벌벌 떨었다. 사내의 말을 반만 믿
는다고 해도 사태가 심상치 않음을 알아차릴 수 있었다.

"수고했어요. 이젠 됐으니까 들어가서 쉬세요."

요시노는 사내를 돌려보내고 다시 무사시에게 말했다.

"지금 한 말을 들으시면 무사시 님은 비겁자라는 소리를 듣지 않으
려고 죽어도 나가겠다고 말씀하실지 모르지만, 그런 그릇된 생각은
버리십시오. 오늘 밤에는 비겁자라는 말을 들어도 내일 비겁자가 되
지 않으면 그걸로 된 거 아닐까요? 하물며 오늘 밤에는 놀러 오신 게
아닙니까? 놀 때는 마음껏 노시는 것이 오히려 남자의 여유가 아닐는
지요. 저들은 무사시 님이 돌아갈 때를 기다려 뒤에서 치려고 하는데
그걸 피하는 것이 어찌 부끄러운 일이겠습니까? 자진해서 밖으로 나
가는 것은 오히려 사려 없는 사람이라는 말을 들을뿐더러 이 유곽에
도 피해를 끼치게 됩니다. 그리고 함께 나가시면 일행분들도 어떤 위
험한 상황에 처하게 될지 모릅니다. 그러니 잘 생각하셔서 오늘 밤은
제게 몸을 의탁하십시오. 무사시 님은 저 요시노가 안전하게 보살필
테니 여러분께서는 조심해서 돌아가도록 하십시오."

비파행

어느덧 노랫소리도 들리지 않고 오기야의 청루에서 깨어 있는 곳은 없는 듯했다. 방금 전에 축시丑時를 알리는 소리가 들렸다. 모두가 돌아간 지 일각一刻이 지났다. 그대로 새벽까지 기다릴 작정인지, 무사시는 우두커니 토방 위의 마룻귀틀에 걸터앉아 있었다. 그저 혼자 죄인처럼 묶여 있는 듯했다.

요시노는 손님들이 있던 때나 그들이 돌아간 지금도 똑같은 자리에 앉아서 화로에 모란 장작을 태우고 있었다.

"그곳은 추우실 테니 화롯가로 오시지요."

그녀는 몇 번이나 그렇게 말했지만 무사시는 그때마다 사양했다.

"괜찮습니다, 먼저 주무십시오. 날이 밝는 대로 저는 곧 돌아가겠습니다."

무사시는 그렇게 고사하면서 요시노의 얼굴조차 쳐다보지 않았다.

미야모토 무사시 4_바람風의 장

단 둘만 남게 되자 요시노 왠지 부끄러운 생각이 들었는지 입이 무거워졌다. 이성을 이성으로 느껴서는 이런 일을 할 수 없을 것이라는 생각은 그녀처럼 엄격한 수련을 받으며 자란 격이 있는 기생에 대해서 모르는, 싸구려 유곽의 여자에게나 어울리는 말이었다.

그렇지만 아침저녁으로 이성을 대하는 요시노와 무사시는 비교가 되지 않을 만큼 차이가 있었다. 실제 나이도 요시노가 무사시보다 한두 살 위인 듯했고 연애에 대한 견문이나 그런 감정을 느끼거나 구분하는 데 있어서도 훨씬 더 경험이 많을 것이었다. 하지만 그런 그녀도 한밤중에 단 둘이 있는 상대가 자신의 얼굴을 보는 것조차 눈이 부신 듯 설렘을 억누르며 멀리 떨어져서 꼼짝도 하지 않고 있자, 어느덧 처녀와 같은 마음으로 되돌아가 상대와 똑같이 가슴이 설레는 듯했다.

사정을 알지 못하는 링야와 시중드는 기생은 아까 이곳을 나가기 전에 옆방에다 공주가 덮고 자는 듯한 호사스런 침구를 펴 놓았다. 비단 수를 놓은 베개에 달린 금방울이 어슴푸레한 방에서 빛나고 있었는데 오히려 그것이 두 사람의 마음을 불편하게 했다.

때때로 지붕과 나뭇가지의 눈이 풀썩하고 땅으로 떨어지는 소리라도 들리면 가슴이 덜컥했다. 담장 위에서 사람이라도 뛰어내린 것처럼 그 소리가 크게 들려왔다.

"……"

요시노는 살짝 무사시를 보았다.

무사시의 그림자는 그때마다 고슴도치마냥 온몸이 긴장감으로 부풀어 오르는 듯했다. 눈은 매처럼 맑게 번뜩였고 머리끝까지 신경이 바짝 곤두서 있었다. 무엇이든 그의 몸에 닿기라도 하면 모조리 베어 버릴 듯이 느껴졌다.

"……."

"……."

요시노는 왠지 오싹해졌다. 새벽녘의 한기가 뼛속까지 스며들었다. 그러나 그것과는 다른 전율이었다. 한기와 이성에 대한 전율, 두 가지 느낌이 침묵 속에서 엇갈리고 있었다. 모란 불꽃은 여전히 두 사람 사이에서 타오르고 있다.

이윽고 화로 위에 올려놓은 주전자가 김을 토해 내며 끓기 시작하자 요시노는 평소의 차분한 마음으로 돌아가서 조용히 차를 준비하기 시작했다.

"이제 얼마 안 있어 날이 샐 것입니다. 무사시 님, 차 한 잔 드시고 이쪽에서 손이라도 녹이시지요."

"고맙습니다."

무사시는 말만 그렇게 하고는 여전히 등을 돌리고 있었다.

"여기 있습니다."

요시노도 이렇게 말하고는 더 이상 권할 수는 없었던지 그만 입을 닫고 말았다. 모처럼 마음을 담아 준비한 차도 비단보 위에서 차갑게 식어 버렸다. 요시노는 불쑥 화가 났지만 화를 내는 것도 쓸모없는 짓이라는 듯 비단보를 당겨서 찻잔 속의 차를 그릇에 부어 버렸다. 그러고는 가련한 눈빛으로 물끄러미 무사시를 바라보았다. 무사시의 뒷모습은 온몸에 철갑을 두른 듯 한 치의 틈도 보이지 않았다.

"저, 무사시 님."

"예."

"무사시 님은 그런 모습으로 대체 누구를 경계하고 있는 것입니까?"

"누구도 아닌 제 자신의 방심을 경계하고 있습니다."

"적은?"

"물론 적에게도."

"그렇다면 만약 이곳으로 요시오카 사람들이 들이닥치면 당신은 그 자리에서 분명 칼을 맞을 것입니다. 저는 그렇게밖에 생각할 수 없습니다. 참으로 딱한 분이군요."

"……?"

"무사시 님, 여자인 저로서는 병법에 대해 잘은 모르지만 어제저녁부터 당신의 동작이나 눈빛을 살펴보니 당장이라도 칼을 맞고 죽을 사람처럼 보였습니다. 당신의 얼굴은 죽음으로 가득 차 있다고 할 수 있습니다. 대체 무사 수행자나 병법가로 출세하려는 분이, 많은 적의 칼을 눈앞에 두고 어찌 그리 행동하는 건지요? 꼭 그런 식으로 해야 이길 수 있는 것인지요?"

요시노는 힐책하듯 이렇게 따졌다. 그녀는 말의 칼로 무사시를 베었을 뿐 아니라 그의 소심함을 경멸하듯 웃음을 지었다.

"무슨?"

무사시는 토방에서 다리를 올려서 그녀가 앉아 있는 화로 앞에 자세를 고쳐 앉으며 되물었다.

"요시노 님, 제가 미숙한 자라고 비웃으시는 겁니까?"

"화가 나셨나요?"

"말하는 사람이 여자라 화를 낼 수도 없지만, 제 행동이 지금 당장이라도 칼을 맞을 사람처럼 보인다는 건 무슨 말씀인지요?"

화를 내는 것이 아니라고 말하면서도 무사시의 눈은 결코 부드러운 빛이 아니었다. 이렇게 새벽을 기다리고는 있었지만, 무사시는 요시오카 일문의 칼날을 온몸으로 느끼고 있었다. 그것은 요시노가 굳이 사람을 보내 동정을 살펴 일러 주지 않았어도 미리 각오하고 있었던 일이었다.

연화황원 경내에서 그대로 다른 곳으로 자취를 감출까 생각하지 않은 것은 아니었다. 하지만 그건 동행한 고에쓰에 대한 예의가 아니었고, 또 링야에게 돌아오겠다고 한 말이 거짓말이 되는 셈이었다. 그와 동시에 요시오카 일문의 복수가 두려워서 도망쳤다는 말을 들을 것이 뻔했기 때문에 다시 오기야로 돌아와서 아무 일도 없었던 것처럼 그 사람들과 함께 어울렸던 것이다. 그건 무사시로서는 꽤 고통스러운 인내를 요하는 일이었고 자신의 여유를 과시하는 것이라고 생각하고 있었다. 그런데 어째서 요시노는 이제까지의 자신의 행동을 보고 미숙하다고 비웃으며 얼굴에 죽음이 가득하다며 힐책한 것일까?

무사시는 그저 가벼운 장난이라면 굳이 책할 것까지는 없지만, 무언가 깊이 깨닫고 하는 말이라면 흘려들을 수 없다고 생각했다. 설사 이 집이 적에게 포위당하고 있다고 해도 그 연유를 물어보지 않으면 안 된다고 생각하고는 진지한 눈빛으로 따지듯 물었던 것이다. 단순한 눈빛이 아니었다. 무사시는 칼끝처럼 날카로운 눈빛으로 요시노의 하얀 얼굴을 뚫어져라 응시하며 그녀의 대답을 기다리고 있었다.

"놀린 것이오?"

좀처럼 입을 열지 않는 요시노를 향해 무사시가 그렇게 말하자 그녀는 보조개를 살짝 지으며 애교스럽게 고개를 저었다.

"아닙니다. 무사이신 무사시 님께 어찌 장난으로라도 그런 말을 할 수가 있겠습니까."

"그럼, 묻겠소. 어찌하여 그대의 눈에는 내가 그리 쉽게 적의 칼을 맞을 미숙한 몸으로 보인단 말이오? 그 연유를 말해 보시오."

"그렇게 물으시니 말씀드리지요. 무사시 님, 당신은 아까 제가 다른 분들에게 들려 드렸던 비파 소리를 들으셨는지요?"

"비파? 그것이 내 몸과 무슨 상관이 있단 말이오?"

"물어본 제가 어리석었습니다. 시종 무언가에 신경을 곤두세우고 있던 당신의 귀에는 그 곡 속에 담긴 세세하고 다양한 소리가 전혀 들리지 않았을 테니까요."

"아니, 듣고 있었소. 그 정도로 정신이 없진 않았소."

"그럼 대현大鉉, 중현中鉉, 청현淸鉉, 유현遊鉉의 불과 네 개밖에 없는 줄에서 어떻게 그처럼 강하고 느린 가락과 다양한 음색이 자유자재로 울려 나오는 것일까요? 그것까지 구분하며 들으셨는지요?"

"그럴 필요까진 없었소. 나는 그저 그대의 노랫소리를 듣고 있었을 뿐인데 그 이상 무엇을 듣겠소?"

"말씀하신 그대로도 충분하지만, 저는 지금 이 비파를 한 명의 인간에 비유해 보고자 합니다. 그래서 얼핏 생각을 해도 불과 네 개의 줄과 나무로 된 몸통에서 그토록 무수한 음이 울리는 것이 신기하지 않은지요? 그 천변만화의 음계를 악보를 들어 말씀드리지 않아도 당신도 알고 계실 것입니다. 중국 당나라의 시인 백낙천白樂天의 〈비파행琵琶行〉이라는 시 속에 비파의 음색에 대해 상세히 묘사되어 있습니다. 그것은……."

요시노는 가는 눈썹을 약간 찡그리면서 시를 읊는 것도 아니고 그렇다고 해서 그저 말을 하는 것도 아닌 낮은 목소리로 읊조렸다.

　　대현은 세찬 폭우와 같고

　　소현은 가냘픈 속삭임 같네.

　　세차고 가냘프게 타는 가락은

　　큰 구슬 작은 구슬이 옥쟁반에 구르는 듯

　　다정한 꾀꼬리 노래는 꽃 속에서 노닐고

　　샘물이 흐느끼듯 여울로 떨어지네.

　　고인 샘이 차갑게 얼듯 거문고 줄 엉킨 듯

　　엉키고 흐르지 않자 소리도 잠시 들리질 않네.

따로 깊은 슬픔이 있어 수심 찬 한이 생기고

이러한 때는 소리 없는 것이 소리 있는 것보다 낫구나.

어느새 은병이 깨져 물이 쏟아지고

철기鐵騎가 돌출해서 칼과 창이 부딪치는 소리가 나듯

곡이 끝나 발을 빼고 다시 가슴에 안고 타니

네 현에서 울리는 소리는 마치 비단을 찢는 듯하구나.

"이처럼 한 개의 비파가 수많은 소리를 만들어 냅니다. 저는 소녀 무렵부터 비파의 몸이 너무나 신기하게 여겨졌습니다. 그래서 종국에는 비파를 뜯어보고 직접 만들어도 보는 사이에 어리석은 저도 이윽고 비파의 몸통 속에 있는 그 마음을 볼 수 있게 되었습니다."

요시노는 여기서 말을 끊고 자리에서 일어서서 아까 연주했던 비파를 안고 오더니 자시 자리에 앉았다.

"신비한 음색도 이 나무로 된 몸을 뜯어 비파의 마음을 들여다보면 아무것도 특별할 것이 없다는 것을 알 수 없습니다. 그걸 당신께 보여드리지요."

그녀의 연약한 손으로 언월도의 조각과 같은 가는 손도끼를 높이 치켜들었다. 무사시가 '앗' 하고 숨을 삼킨 순간, 손도끼의 날이 비파의 얇은 몸통 사이로 깊이 들어갔다. 세 번, 네 번 흡사 피를 쏟는 듯한 칼소리가 났다. 무사시는 자기 뼈를 도려내는 듯한 아픔을 느꼈다.

하지만 요시노는 주저하는 기색도 없이 어느 순간, 비파의 몸통을 세로로 벗겨내 버렸다.

"보십시오."

요시노는 손도끼를 뒤로 치우고 태연한 미소를 띠며 무사시에게 말했다.

나무판을 뜯어내자 벗겨진 비파의 내부 구조가 불꽃 아래 선명하게 드러났다.

"……?"

무사시는 비파와 요시노의 얼굴을 번갈아 쳐다보며 이 여인 어디에 지금과 같은 거친 기질이 있는 숨어 있었는지 의아하게 생각했다. 무사시의 뇌리에는 아직 그 칼날의 소리가 남아 있어서 어딘가 아픈 것처럼 몸이 근질거렸지만 요시노는 전혀 아무렇지 않은 듯 보였다.

"보시다시피 비파 속은 텅 비어 있습니다. 그런데 저 무수한 소리의 변화는 어디에서 오는 것인가 하면, 바로 이 몸통 안에 있는 한 개의 횡목橫木에서입니다. 이 횡목이야말로 비파의 몸을 지탱해 주는 뼈이고 심장이며 마음이기도 합니다. 그러나 이 횡목도 단지 굳세고 곧게 몸통을 잡아당기기만 해서는 아무런 소리를 내지 못합니다. 그 변화를 일으키기 위해서 횡목에 일부러 억양抑揚의 무늬를 새기는 것입니다. 그런데 그것만으로는 아직 진정한 음색이 나지 않습니다. 진짜 음색은 어디에서 나는가 하면, 이 횡목과 양끝의 힘을 적당하게 상쇄하는 느슨함에서 생겨나는 것입니다. 제가 억지로 이 비파를 부수면서까지 당신에게 말하고자 한 것은 결국 우리 인간이 살아가는 마음가

짐도 이 비파를 닮지 않았나 생각하기 때문입니다."

"……."

무사시의 눈은 비파의 몸통에 고정되어 있었다.

"그만한 것은 누구나 다 알고 있는 것 같으면서도 실은 비파의 횡목만큼이나 자신의 내면을 알지 못하는 것이 인간이 아니겠는지요. 네 줄을 한 번 튕기면 칼과 창이 울리고 구름도 찢을 듯한 강한 곡조를 토해 내는 몸통 속에 이런 횡목의 느슨함과 팽팽함이 적당히 조화를 이루고 있는 걸 보았습니다. 저는 언젠가 이것을 사람의 일상에 비춰 곰곰 생각해 본 적이 있었습니다. 그런데 오늘 밤, 당신의 경우에 견주어 생각해 보니 '아, 이 사람은 위험한 사람이구나. 팽팽히 당겨져 있기만 하고 느슨함이란 털끝만큼도 없고 만약 그와 같은 비파가 있어 무리하게 줄을 튕기다가는 음의 자유나 변화는커녕 분명 줄은 끊어지고 몸통은 깨져 버릴 것이다.' 실례지만 저는 당신의 모습을 보며 속으로 걱정되어 말씀드린 것입니다. 그저 나쁜 생각으로 놀리거나 조롱하려는 생각은 결코 없었습니다. 그러니 부디 어리석은 여인의 주제넘은 기우라고 생각하시고 너무 괘념치 마세요."

멀리서 닭이 우는 소리가 들렸다. 눈 때문인지 문틈으로 눈부신 아침햇살이 비치고 있었다. 무사시는 속살이 하얀 나뭇조각과 끊어진 네 줄의 잔해를 응시했다. 닭이 우는 소리도 귓가에 들리지 않는 듯했다. 그는 문틈으로 햇살이 들어오는 것도 깨닫지 못하고 있었다.

"아, 어느새."

요시노는 날이 밝는 것이 아쉬운 듯 화로에 장작을 더 지피려 했으나 모란 장작은 더 이상 없었다.

문을 여는 소리와 새들이 지저귀는 소리와 같은 아침의 기척이 저 멀리 다른 세상에서 들려오는 듯했다. 하지만 요시노는 언제까지나 방의 덧문을 열려고 하지 않았다. 모란 장작은 없어졌지만 그녀의 피는 아직 따뜻했다. 링야와 시중드는 여자도 그녀가 부르기 전까지는 이곳의 문을 함부로 열고 들어올 리 없었다.

5권에 계속